www.tredition.de

AF185041

Wolfgang Laschke

Der Morgen des Träumers

www.tredition.de

Verlag & Druck: tredition GmbH, Halenreie 40-44, 22359 Hamburg
Illustration: Wolfgang Laschke

ISBN
Paperback: 978-3-7497-8167-6
Hardcover: 978-3-7497-8168-3
e-Book: 978-3-7497-8169-0

Inhaltsverzeichnis

Prolog

Zitternd, nein eher bebend, vibrierend, taumelnd und gleich ohnmächtig den nun immerzu schwankenden, schaukelnden Boden küssend, von Angst und inniger Sehnsucht nach dem Neuen getrieben, öffne ich die unbekannte Tür, die sich hoch aufschießend, geradezu majestätisch vor mir auftut, wie ein aufgeplusterter, kampfbereiter Pfau an fernem Ort, der seine bunte Federpracht paradiesisch aufstellt um dem Auge nach innen zu schmeicheln. Unter Meinesgleichen, den Suchenden nach dem Anderen, dem Mehr, kann dieser Ort noch nicht bekannt sein, scheint eher von fremden Geistern und Gedanken, die ausufernd in den Himmel ragen, erfüllt, muss aber unweigerlich mit innerer Kraft in Besitz genommen werden. So will es die Vorsehung, die mich immerfort in ihren Bann zieht, tagein und tagaus und immer weiter, bis zur endgültigen Erschöpfung, die meine Tage schon lange krönt. Dies spüre ich ganz sicher und verleugne nicht länger meine geheimsten Wünsche, die nun hier an dieser Stelle machtvoll empor quellen, wie ein kristaller Strudel aus tiefem, felsigem Grund, der bald zum Bach, Fluss und wogendem Meere wird und meine Seele an unbekannte, neue Orte trägt, die ich bisher nur aus meinen Träumen kannte. Schließe meine Augen im nächsten Augenblick wieder, um ganz dicht bei mir zu sein und diesen Moment gänzlich einzufangen, öffne meine Seele die sogleich ins Unendliche aufsteigt und bin gleichsam aus der Welt getreten, wie ein aufsteigender Luftballon in großer Höhe zerplatzend und in tausend Teile berstend, vielleicht ein neues Puzzle, Weltenstück erschaffend.

Ein neues Weltenstück!? Vielleicht geboren aus einer inneren, zunächst verwirrenden Nabelschau, tief unter der Schädeldecke heraus ins Land der Träume getragen, die im gleichen Augenblick aus sich herausfahren und den Logos endlich bei Seite schieben, der uns schon immer die Welt anmaßend verklärt hat. Einer anderen Wesensart gleich, unwirklich von einer Ecke zur anderen schießend, ihren aufreizenden Pulverdampf ins luftige Gemisch verteilend, stehen sie über den Dingen, die nun nackt und kahl geschoren der Beliebigkeit zum Opfer fallen. Sie alleine, und nur sie, schaffen eine neue Wirklichkeit aus Geist, Magie und purer Poesie, die gleichsam getragen von frischen Winden das Neue wortreich aus sich herausschält und in die Welt bringen kann, nein sogar muss, damit es Grenzen sprengt, die über Jahrtausende nie in Frage gestellt wurden. Und dennoch waren sie schon immer da. Haben unsere auffrischenden Gedanken schnell eingefangen und zu Grabe getragen, noch ehe sie wachsen und sich läutern konnten. Nun endlich kommt der Geist zu seinem Recht an diesem Ort, der abseits steht und endlich auf Erweckung hofft.

Eines Nachts musste ich, wie von starker Hand hinaus ins kalte, stille Grau geprügelt, unvermeidlich aufstehen - zwanghaft einem schroffen, inneren Befehle folgend - und mich in tiefster Dunkelheit ins tiefer liegende Wohnzimmer durchschlagen, das mein Kommen zu dieser späten Stunde nicht erwarten konnte. Es fröstelte mich und die Wetter schlugen beim beschwerlichen Abstieg von allen Seiten auf mich ein, Blitze grölten von oben herab und ein leises Rauschen, wie von Geisterhand gegossen, war zu hören, bis ich endlich schweißgebadet und von Angst ganz zersetzt am Ziele angelangt war. Schon spürte ich wie Luft von außen ins heiße Zimmer strömte und die matte Feuchtigkeit seltsam schwer auf den Möbeln lag, um sogleich entlastend als dichter Nebel wieder ins hoch aufgetürmte Zimmer aufzusteigen und alles in sich aufzunehmen, was auf dem Wege nach oben entgegen stand, so dass nur leichte Schatten auf den Wänden kleben blieben. Das Fenster, nur leicht geöffnet vor des Bettes Ruhegang, lag nun breit und teilnahmslos, ganz aus der Struktur gerissen als ausgelegtes Einfallstor in einsamer Ruhe in seinem hölzernen Rahmen, der früher einmal ein Wald und Lebensgrund war. Hastig, schnell und wild entschlossen griff ich mit zitternder Hand zu, um es nun endlich wieder fest zu verschließen, so wie es am Vorabend bereits geschehen war. Doch brach es mir nun endgültig aus festem Rahmen, sprang mir wie wild geworden vor meine Füße und wie ein aufschießender Damon aus einer bemoosten Erdkuhle heraus brüllend, verschwand es nun im aufsteigenden Nichts der unendlichen Dunkelheit. Das Tor war nun weit geöffnet, der Untergang beschlossen und meine Wälle, die ich zum Schutze im Raume weit verteilt hatte, zerschmolzen zu einem windigen Brei, der sich breit ausufernd über den ausladenden Boden erstreckte. Schnell verlor ich meinen Halt, fiel ins Bodenlose einem Begräbnis gleich, dem ich wohl selbst nun beiwohnen musste. Denn Alles, was ich stets verabscheute, drang nun in meine Burg, umzingelte mich und befragte mich nach meinem Namen und anderen Gebrechen, die ich seit jeher in meinem Kopfe vor mir her trug. Konnte kaum sprechen, so schnürte mir die Angst die Stimme ab. Ein leichtes, ganz mageres Grunzen drang aus meiner Kehle ganz unbekannt, wie von fremder Hand gesteuert und flehentlich in den Ätherfluss geworfen. Saß wohl vor Gerichte und bat nun ohne Unterlass um Gnade. Winselnd, einem sterbenden Hunde gleich, lag ich am Boden, festgekrallt mit blutigen Fäusten die Planken umgreifend und tausend Dämonenheere schritten über mich ins Haus, das nun der abgrundtiefen, höllischen Brut ausgeliefert war. Schon schwärmten unzählige Stimmen in die verstreuten Ecken aus, marterten meinen Kopf, den ich mit meinen Händen fest am Boden hielt, damit er nicht entschwebe in die tief auf mir sitzende Nacht. Und wie ich so lag, vor dem anwesenden Gericht und tausend Dämonen und mein Untergang schon beschlossen schien, zeigten sich schillernde Sterne in den höheren Winkeln meines Zimmers und lockten mich zu sich mit ihrem süßen Gesang. Sirenengleich erklang ihr holdes Lied aus großer Höhe. Und schon schwebte ich fast kerzengerade unter der Decke - die sich vom Nebel befreit hatte und tausend Sternen eine Heimat bot - um meinen Traum endlich mit aufgemalten Tränen zu grüßen, die aber sogleich mit Wucht in die Tiefe fielen einem Wasserfalle gleich und die Pegel schnell steigen ließen, so dass man glauben konnte über einem Meere zu schweben. Nun wurde weggespült, was mich einst mit Angst erfüllte. Wütende Fluten durchwalkten meinen geschwärzten Raum, schossen durch das freiliegende Einfallstor nun endlich ins unendliche Außen und selbst das matte Fenster konnte sich mit eigener Kraft erheben und wieder einfügen an seinen angestammten Ort. Ich war wieder frei, konnte atmen und meinen Kopf der Freiheit anvertrauen. Das nächtliche Grauen dieses Ortes verwandelte sich schnell in ein neues Gewand. Heller noch erstrahlte es von hohem Berge und zog mich von der Erde ab, denn meine Zeit war nun gekommen. Mit einem tiefen Blick von oben sah ich, dass der Altar am Fenster schon fleißig errichtet war. Schwer und schwülstig quoll er auf, wie der Bauch eines Baals, so dass ich im Schweben niederknien musste, um den Göttern zu danken. So war dieser Ort geboren, einer Kathedrale gleich, der mir die Seele schuf, die lang gesucht ich hatte. Nun waren die Ketten gesprengt und frei von schwerer Schuld begann mein Weg. An diesem fernen Ort, der nun in meinem Kopfe erschaffen war.

Oder sagen wir besser an einem anderen Ort? Vielleicht sogar einem besseren Ort, der die Dinge neu ordnet und in die Tiefe gestaltet, damit sie nicht haltlos ins Flache, Weite entfliehen können, das doch nur ein Abklatsch des ewigen Scheins ist. Denn nur hier, an dieser Stelle, diesem heiligen Ort der nächtlichen Auferstehung entstehen neue Welten, von Geisterhand im Wahn gezeugt, noch nie gewogen und dennoch schwer und fest im Raume stehend. Eine neue Kathedrale des Geistes, in der Lichtblitze von einer Ecke zur anderen Ecke schießen und pfeilgleich das Alte, Verbrauchte in ihre Schranken weisen, weil es schon lange nicht mehr trägt. Das nicht untergehende Boot im ewigen Lebensfluss, das alle kreativen Geister vereinen und aufnehmen wird, wenn die vernichtenden Fluten eines Tages steigen werden und das Unvermeidbare geschehen lassen. So meine Hoffnung zu dieser späten Stunde, in der ich diese Zeilen tief gezeichnet aufschreibe. Ganz für mich alleine, bodenlos in meinen Gedanken gefangen, höre ich auf mein inneres Versprechen und mache den ersten Schritt, hin zu den Stimmen, die mich jetzt ganz unvermeidlich und mit Nachdruck zu sich rufen:

„Ich, der König unter den Engeln, die zwischen den Welten die Wege neu ausleuchten, damit kein Pfad verloren geht und ewige Wanderschaft herrscht auf der Suche nach dem Absoluten, rufe dich zu mir, denn du bist auserwählt diesen, neuen Ort zu betreten, der in deinem Kopfe geboren, nun auch hier zur Auferstehung gelangen wird. Ich, der Wächter der Zeitströme und Räume, der Veränderung und der Hüter des göttlichen Lichts werde dir beistehen in den Zeiten des aufziehenden Wandels, die sich machtvoll in den nichtsahnenden Zeitenfluss stellen, um etwas ganz Neues aus sich heraus zu gebären. Nur ich alleine kenne den Lebensplan aller auf Erden lebenden Seelen, da ich die berühmte Chronik des Lebens einsehen kann und der Hüter dieses mystischen, geistigen Weltgedächtnisses bin, das man auch als Buch des Lebens kennt, indem alles was zu Erdenken ist, machtvoll vereint und gesammelt ist. Glaube mir mein Sohn! Die Welt ist anders wie es scheint. Tiefer, machtvoller und geheimnisvoller als ein lediglich vernunftbegabtes Wesen je schauen könnte. Du kannst sie selbst erschaffen und tief aus dir heraus formen, in die Ewigkeit schauen, wenn du dazu bereit bist!"

Seine Worte zogen mich unweigerlich in ihren Bann, umschmeichelten mich und gaben mir neue Zuversicht für das was noch kommen würde. Aber ich erahnte bereits, dass das Lesen in dieser Chronik des ewigen

Geistes einen intuitiven, seelenverwandten Zugang voraussetzen würde, indem man sich in ein Bewusstsein hinein-versetzen muss, das über das Vorstellungsvermögen eines einzelnen Menschen hinaus-geht, so dass Netze geschmiedet werden müssen um einen vorsichtigen, angemessenen Anfang zu wagen. Denn erst so kann eine tiefere, weitere Erkenntnis überhaupt erst möglich sein. Und darauf kam es ja an.

Es galt also nicht nur diesen besonderen Ort, sondern auch eine Gemeinschaft von Seelenverwandten zu finden, ohne die eine wahre Erkenntnis aus der Fülle von Ideen kaum möglich sein könnte.

Ich wusste, dass anknüpfend an frühere Formen gemeinschaftlicher Erinnerung, die mystisch verankert und schon lange und immer wieder erzählt sind, ein biografisches Gedächtnis zu einem Menschheitsgedächtnis erweitert werden und damit die Möglichkeit bieten kann, den Geburtsritus der Menschheit von innen heraus neu zu verstehen und nochmals sinnhaft aufzurollen, neu zu gestalten. Es sei gehofft, so mein eindringlicher Wunsch an alle Seelenflieger, dass dies zu einer neuen Sicht der Dinge führt und die aufziehenden Nebel der Apokalypse, die sich schon deutlich am Hori-zont abzeichnen, verdrängen kann. Und dieses, so glaubet mir, gilt für alle Grundelemente aus denen unsere Welt geschaffen ist! Allerdings, so sei hier einschränkend gesagt, bin ich hier noch nicht als Held vorgestellt und eingetreten in dies neue geschichtliche Band an diesem verheißungsvollen, noch nicht erdachten Ort, der einem Würfel gleich vom Schicksal hierher getragen wurde. Der Würfel selbst, gleichsam nach Metraton, dem König der Engel benannt, soll dabei als grundlegendes Schöpfungsmuster, Plan des geistigen Lebens gelten. Er enthält innerhalb eines einzigen, aus mehreren Elementen zusammengeführten und magisch wirkenden Symbols die fünf dreidimensionalen platonischen Körper: Den Tetraeder, der für das Element Feuer steht, den Hexaeder, der als Symbol des Elements Erde gilt, den Oktaeder, der die Luft symbolisiert, den Dodekaeder für das Element Äther und den Ikosaeder als Repräsentant für das Element Wasser. Als sechstes Element kann der Kreis dazugerechnet werden als Symbol der Einheit, Wiederkehr, reinen Perfektion und der fortlaufenden Veränderung. Am Rand des so entstandenen geometrischen Gebildes befinden sich sechs Kreise, die hier als Symbol des Idealen stehen. Beachte aber! In der

Summe und beim ersten Hinsehen erschließt sich die Würfelform nicht, da sie dreidimensional angelegt ist. Der Kubus ist aber enthalten.

„Dieser Würfel", so Metatron nun weiter … „ist also ein mächtiges Werkzeug um deinen Lebensplan zu höchster Vollendung zu bringen. Er dient Dir wenn Du Dich orientierungslos fühlst, Dich nach Klarheit und Wahrheit sehnst", … so wie unser Held von dem noch die Rede sein wird.

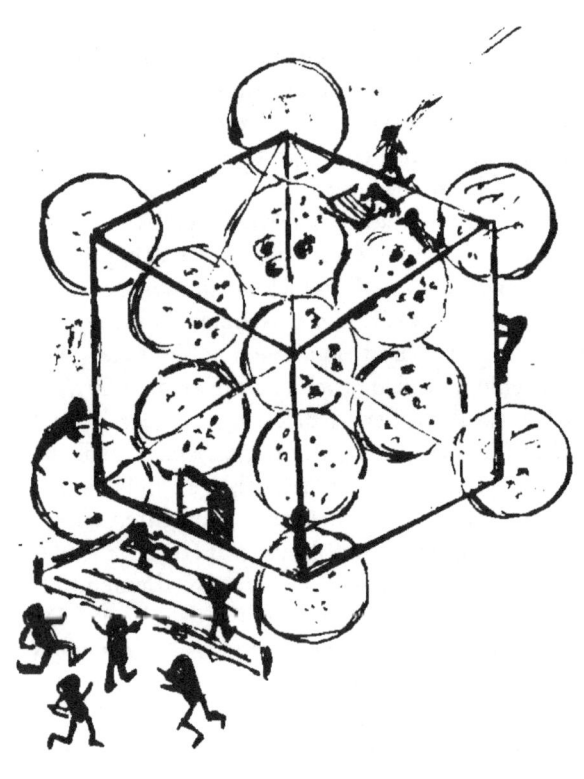

„Bevor wir aber auf unseren Helden und Protagonisten zu sprechen kommen", wird Metatron nun unweigerlich und mit Nachdruck unterbrochen „gestatten sie mir zunächst ein paar einleitende Worte, die dieses Buch ganz sicher benötigt", so unser Erzähler, der sich nun langsam zu erkennen gibt und begierig darauf wartet sein endloses Band zu schmieden. „Zu unklar schwimmt es auf hoher See, ohne feste Planken, festes Segeltuch oder schwere Anker. Zerfließt geradezu an den Rändern, um sich an anderer Stelle schroff aus tosender Brandung zu erheben und neu zu erfinden. Und dennoch geht es nicht unter. Wie ein tanzender Korken wiedersteht es den eisigen Fluten, sammelt sich an anderer Stelle zu dichten, schweren Klumpen, die man geradewegs mit einem schweren Hammer zerteilen müsste, wenn dies möglich wäre. Aber wird das schwere Gerät gehoben, enteilen die Blicke bereits übers ansteigende Wasser bis hoch ans Himmelszelt. Und dort türmt es sich nun auf, spitzt seine Segel wie Nadelstiche ins Firmament und bittet um göttlichen Beistand, den es gewiss erhalten wird. Dies sei schon mal vorweg genommen".

„Gedanken, Ideen, Geistesblitze sollen nun hier auf weißem Grund gebannt werden und das, was sie verbindet zu einem Ganzen gewoben werden. Ein Freudenfest bedruckter Bücherseiten, voll mit einer Sprache des göttlichen Lichts. Denn nur über die Sprache können eigene Vorstellungen, Ansichten, Ideen vermittelt werden, da sie die konkreteste Form ist Gedanken zur Philosophie, Poesie, Kunst oder Ästhetik zum Ausdruck zu bringen. Dies scheidet sie von Malerei, Musik und bildender Kunst, die eher im Unwägbaren bleiben, aber tiefe Reflexe setzen, die jeder Sprache ihre grundlegende Ausrichtung geben. So müssen auch Künstler wie Van Gogh, Mozart, Rodin oder Beethoven mit bedacht werden, denn hier zeigt sich die Sprache und das Ideengut in neuem, unverbrauchten Ton, von herrlichen Harmonien, Rhythmen, Farb-, Bilder und Formenwelten begleitet, die einen ganzen Kosmos erschaffen können. Und Wagner, dieser göttlich, dämonische Erneuerer, geht derweil mit planvoller Wucht voran, weil seine Musik einem klaren sprachlichen Programm folgt".

„Bibliotheken, wie wir sie noch entdecken werden und von der noch genauer die Rede sein wird, sind in erster Linie die Sammelorte von Geschriebenem, Zentrum und Symbol aller Kulturen und zugleich Orte mit geheimnisvoller, geradezu mythischer Ausstrahlung: Kathedralen des

Geistes und Speicher des kollektiven Wissens, wobei selbst die einfachste und funktionalste Architektur einer Bibliothek, wie man sie oft an den neuen Universitäten oder Stadtbibliotheken vorfindet, von einem Hauch sakraler Feierlichkeit durchweht wird, wenn man diese Orte der Ruhe und Selbstfindung andächtig betritt. Bis heute existiert dabei der wohltuende Gegensatz zwischen der geschäftigen, pulsierenden Welt des alltäglichen Einerlei dort Draußen und der stillen, friedfertigen Welt der Bücher, in die man sich mit seiner ganzen Seele, versenken kann. Den Weltfremden, den Außenseitern und den getriebenen Heimatlosen, wie auch unser Held einer sein könnte, vielleicht sogar ist, bietet eine Bibliothek wie diese sogar durchaus eine Zuflucht und gestattet ihnen zugleich, sich in dieser schweigsamen Welt der eigenen Phantasie und der Einsamkeit einzurichten, ganz hinzugeben und sich so der Realität des lärmenden, ewiggleichen Außen zu entziehen oder sich einer neuen, ganz anderen Wirklichkeit zu stellen, die von kreativer Hand gemalt, ganz sicher da ist, auch wenn sie nicht immer sofort zu greifen ist. So wird die Begegnung zwischen Literatur und der Bibliothek nicht allein auf den Ort beschränkt, sondern zerstreut sich über den Austausch ihrer Nutzer und Gestalter in alle Winkel und Köpfe dieser Erde, bildet verwobene Netzwerke aus und vielleicht, eines Tages, steigt sie irgendwann sogar in himmlische, göttliche Sphären auf und wird zu einem gemeinschaftlichen Traum der Erkenntnis? Ein endloser, vernetzter Austausch der Gedanken und Ideen muss aber am Anfang stehen!"

„Die Aufgaben einer Bibliothek sind dabei ganz verschieden: Sie gelten nicht nur als Orte, an denen Bücher der verschiedenster Art gesammelt, geordnet und aufbewahrt werden, sondern Zweck einer Bibliothek ist es auch dem Publikum das Lesen dieser Werke zu ermöglichen, ggfs. auch für die Veröffentlichung eigener Werke, die dann die Bibliothek zukünftig mehren und bereichern könnten, zu werben, aber gelegentlich auch die Kenntnis von gewissen Schriften unter Verschluss zu halten, Bücher also zu verbergen, dort wo es nötig und dringend erforderlich ist. Und fürwahr: Es gibt genügend Gründe um verwegene Gedanken nicht zu früh auf dem Altare der öffentlichen Meinung zu opfern. Manchmal sind die äußeren Umstände noch nicht bereit für ein neues Denken, dass so gleich mit einem tiefen Aufschrei in seine Schranken gewiesen und schon zu Grabe getragen wird, bevor es seine Wirkung überhaupt erst entfalten kann. Dort tief unter der Erde bleibt der Schuldspruch so über viele Jahre bestehen und kann vielleicht nur unter größten Mühen wieder aufgehoben werden, wie die Geschichte uns immer wieder, gerade in der Auseinandersetzung mit religiösem Fundamentalismus oder Systemkritikern gezeigt hat".

„Dass die Bibliothek gern als Handlungsort für erzählende Literatur herangezogen wird – und in diesem Buch wird es ebenso sein -, liegt nicht nur auf der Hand, sondern vermutlich auch daran, dass Menschen die schreiben, oft viel lesen. Genauso wie ich, der ohne Bücher nicht existieren könnte, wenn ich dies an dieser Stelle einmal bemerken darf. Obwohl ich nicht der Autor dieser Geschichte bin, den ich nicht kenne und der von meiner Existenz ebenfalls nicht viel ahnen mag, möchte ich dennoch sagen, dass die Besucher dieses Ortes meist eine eigene Wahrheit haben, der sie genüge tragen wollen, wenn sie auch gelegentlich nur an der Oberfläche des eigenen Ichs und allgemeinen Seins kratzen. In aller Regel kommen sie um ihre Eindrücke zu vertiefen, ggfs. zu erweitern und in wenigen Ausnahmefällen auch, um sich über andere Standpunkte Gewissheit zu verschaffen, die Perspektive zu wechseln, um eine andere Sichtweise zu gewinnen. Und hierzu benötigen sie oft nur ein klein wenig Unterstützung und Mut. Vielleicht durch einen Bibliothekar oder belesenen Feingeist, der sein Handwerk versteht. Für nicht wenige wird die Bibliothek daher zum naheliegenden Aufenthaltsort und Bezugspunkt, in einigen wenigen Fällen gar zum Wendepunkt und neuem Ausgangspunkt in ihrem Leben".

„So sind Bücher also die eigentlichen wahren Träger des Weltgeistes, das humanistische, kulturelle Vermächtnis und die Hochburg der menschlichen Träume und Visionen, da sie ein Thema sehr umfassend und ausführlich beleuchten können. Die sie vereinnahmende Bibliothek ist dabei gleichsam eine Maschine, die neue Geister auf den Weg bringt und surreale Traumwelten erschaffen kann, wenn man dies selbst für möglich hält, was vorausgesetzt werden muss. Denn nur das überzeugte Ich, kann sich selbst finden. Sie ist aber auch Lebensraum und damit geheimer Ort der Menschwerdung. Und somit auch Handlungs- und Geschehensraum. Der Bibliothekar fungiert dabei als Hüter dieser Welt und seines Gedächtnisses und ist den Besuchern naturgemäß übergeordnet, auch wenn er zunächst weiter von der Wahrheit entfernt zu sein scheint, als die vielen Leser, die ja einem bestimmten Thema, einer besonderen Idee nacheifern, dies annehmen und somit zwischen den einzelnen Werken und Vorstellungen stehend, auslotend, vielleicht eher zum großen Unwissenden und Vermeider wird, der die Dinge gegenüber stellt, letztlich aber auch die Lebensweisheit, das Allumfängliche repräsentiert, weil er das Gelesene konstruktiv in seine Gesamtheit einordnen kann".

„Der Erzähler, dem ich hier nicht weiter vorgreifen will, denn ich selbst muss mich gleich von ihnen verabschieden, schildert mit tiefer innerer Verbundenheit, wie einzelne Bewohner- oder Besuchergruppen der Bibliothek sich mit ihr auseinandersetzen und in diesem intensiven Austausch zueinander finden oder sich gänzlich entfernen und entfremden. So werden Gruppen, Bündnisse und Sekten gegründet, von denen einige bis zur Vergötterung der Bücher gehen und andere zur Verbrennung derselben aufrufen, weil sie vielleicht außerhalb dieser Welt stehen. Es gibt Wanderer, die die Bibliothek auf der Suche nach einem Buch mit der Antwort auf alle Fragen durchschreiten oder Wissenschaftler, die sich mit der Struktur der Bibliothek und ihrem allgemeinen Sinn befassen und viele mehr, die in dieser Welt des Geistes zu Hause sind. In dieser Erzählung werden manche Menschen in der Bibliothek alt, ohne eine definitive Antwort gefunden zu haben auf das, was sie umtreibt. Vielleicht sind sie der erhofften Antwort nur einen kleinen Schritt näher gekommen oder es haben sich andere, neue Fragen gestellt. Und dennoch: Werden sie für sich, für ihr Leben fündig? Wer weiß …Insbesondere ein junger Mann mit Namen Charly, der Held dieses Buches, taucht in eine neue Welt ein und gewinnt ein neues Leben und wird so Teil des gesamten Weltgedächtnisses, der allgemeinen Lebensweisheit. Und dieser Weg, den er beschreitet, erfolgt in 13 Schritten, die nicht immer logisch aufeinander aufbauen, aber intuitiv gedacht erforderlich sind um das Ganze zu ermessen. Denn die Zahl 13 ist nicht nur Unglückszahl, sondern steht auch für den Wandel und den Umbruch. Transformation, Loslassen, Abschiede, Neubeginn, Wachstum und Weiterentwicklung stehen im Vordergrund gegen die Macht der Mutlosigkeit, des logischen Kontrollzwanges, der Depressionen und Trägheit, die so viele bereits in ihren Bann gezogen hat, bis auch der letzte noch aus Verzweiflung den unvermeidlichen Weg in die Dunkelheit des Nichts wählte. Und diese Dunkelheit ist unumkehrbar. Ist dieser Weg einmal eingeschlagen, ist alles unwiderruflich verloren und es besteht keinerlei Hoffnung mehr, dass sich das Schicksal wendet. Dies alles sind Dinge, die auch bei Charly festzustellen waren. Denn nur so konnte es überhaupt möglich sein aus einem absehbaren Scheitern heraus, in eine neue Welt einzutauchen und sich wie Phönix aus der Asche zu einem neuen Wesen zu erheben".

„Aber bleiben wir zunächst bei den grundlegenden Kategorien allen Seins. Raum und Zeit. Ein Blick zurück, in die Vergangenheit, in die vielen tausend Jahre der Historie scheint immer möglich zu sein. In die Zukunft schauen ist aber ungleich schwerer. Wer kann schon erahnen, was in hundert Jahren sein wird und wie sich die Dinge entwickeln. Es sei denn, es gibt einen umfassenden Mechanismus, eine Regel, ein tiefes Ritual, das auf ewig zur Anwendung kommt und ein immerwährendes, gleiches Spiel zur Aufführung bringt, dass sich lediglich in Nuancen von anderen Epochen unterscheidet. Aber auch dies ist nicht gewiss. Räume allerdings lassen sich schaffen, erdenken und auch betreten, wenn man sie nur in seinem Kopfe hat und bei Gelegenheit vor sich ausbreiten kann. Dann geben sie einem Zuversicht, dem Geist ihre Struktur, den notwendigen Halt und lassen ihn gewähren, wenn die Umstände förderlich sind. So kann ein Raum, der sich zunächst nur als kleine Nische im eigenen Kopfe präsentiert, ausgeworfen zu einer riesigen Säulenhalle des Geistes werden und den Dingen eine sichere Heimat schenken, die in den Köpfen der Menschen gelegentlich für öffentliche oder auch private Tumulte sorgen, die nach Veränderung schreien. Nun gut. Wir werden sehen. Aber nun zu diesem besonderen Ort und damit zur eigentlichen Geschichte".

Kapitel 1: Ein verborgener, aber machtvoller Ort

Charly liegt träumend im Bett:

Plätschernder Wasserstrahl fällt in sandig, graumehligen Untergrund, sich schnell und mit Nachdruck vermengend, gebetsmühlenartiges Verrühren und Durchmischen der trägen Masse zu einem festen Brei, der ausgehärtet einmal mehr sein möchte als unbeständiges Einerlei im großen Zuber. Kalkquader, die über feuchtes Felsengestein in die Höhe gestapelt werden, fast zu einem unüberwindbaren Gebirgskamm aufgetürmt, der bald stolz aufragend seiner endgültigen Bestimmung zugeführt werden soll. Aufgezogener, nun gut durchmischter Mörtel, der Steine wie Butter um-schmeichelt – von unten nach oben aufgeschichtet, fast wie beim Bau einer Kathedrale als Zeichen der inneren Verbundenheit und Entschiedenheit in die Ewigkeit und Unwiederbringlichkeit gesetzt. Nur ein kleiner, beherzter Sprung aus der Ecke, gegen die noch feuchte, nicht ausgehärtete Wand … und Rettung wäre möglich, wenn die Menschenmauer sich nicht so dicht als arbeitende Gruppe vor mir aufgebaut hätte, quasi als vorausschauende Abschreckung und Durchkreuzung möglicher Ausfallpläne und mich mit ihren durchbohrenden Blicken auf Distanz und an dieser einen, nur mir alleine zugewiesenen Stelle hält; ganz ohne körperliche Gewalt, aber unbändigem Willen nach dem unvermeidlichen Ende.

Es wird geschehen – Nein! Geschieht gerade jetzt. Ein Irrtum ist ausgeschlossen. Ich habe mich gefunden und bin nun wahrhaftig am Ende angelangt, verloren und mein verbliebenes Zeitfenster schließt sich mit anmaßender Gleichgültigkeit. Ein letzter Atemzug wird ruhelos in die Welt geschickt. Wo auch immer er hingetragen wird, bin ich nicht mehr willkommen.

Angespannt und tief erschrocken hocke ich in meiner feuchten, mit fleischigem, triefenden Moos und grünlichen Wasserlachen bedeckten Felsennische, den Blick geradewegs hoch auf einen letzten, kleinen, fast verstohlen hereinbrechenden Licht-spalt gerichtet, der mir noch geblieben ist und horche der still und zielstrebig vor sich hin arbeitenden Meute dort Draußen zu, die in konzentrierter und sich bald entladener Ruhe ihr eifriges Werk bestellend mit einem letzten, erlösenden Mauerstein meine noch verbliebene Verbindung zur Außenwelt mit tiefer Erleichterung kappt, um mich damit gänzlich mit mir alleine zu lassen, wie ich es insgeheim immer befürchtet, aber auch befürwortet habe. Nur! Keiner wusste von meinen persönlichen Obsessionen und Vorlieben, und so blieb es bei diesem letzten, verzweifelten Versuch meinen Willen mit steinerner Haltung endgültig und mit Nachdruck zu brechen, der sie über so viele Jahre angefeindet hatte, obwohl hier niemals irgendjemand absichtlich wirklich zu Schaden gekommen ist, wenn man die psychische Befindlichkeit einmal außen vor lässt. Aber, kann man das überhaupt? Und wer weiß schon genau, wie das menschliche Seelenleben zu bemessen ist. Wahrscheinlich viel subtiler und weit verzweigter, als ein begrenzter Menschengeist überhaupt denken kann. Schon Rousseau hatte diese schmerzhafte Erfahrung der vermeintlichen Isolation machen müssen und ist letztlich daran zu Grunde gegangen. Zumindest nahm er dies mit rückwärts gerichtetem, zornigem Blick immer an und verstrickte sich so zunehmend in sein pathologisches Selbst- und Weltbild, aus dem es kein Entrinnen mehr gab. Er fühlte sich missverstanden und wollte sich der Welt eigentlich im Guten offenbaren, … und Charly fühlte mit ihm, wenn er sich auch insgeheim mit seiner Situation durchaus anfreunden konnte. Für ihn war sie gelebte Wirklichkeit und fast schon alltäglich, weil für ihn das Soziale nur als Randbemerkung wirklich Gültigkeit hatte. Die breite Masse sollte aus seiner Sicht davon unberührt bleiben. Sie war ausreichend vernetzt und immer dazu in der Lage eine helfende Hand zu finden. Die Randbezirke dagegen sind nahe am Äquator und den trockenen Wüsten, dort wo die brennende Sonne quasi direkt ins offene und bereits blutende Hirn brutzelt. Hier ist Hilfe nötig und eben nicht an diesem dunklen und feuchten Ort des gemeinschaftlichen Verbrechens, der wenigstens noch die Aussicht auf den selbstgewählten Freitod offen hält, zumindest wenn man prozessorientiert dachte und den zurückgelegten Weg als Mittel zum Zweck und eigentliches Ziel betrachtet, wie es bei ihm der Fall war. Nun aber war sein Platz bestimmt. Dort unten zwischen bräunlichem, nasskalten, toten Wurzelwerk, an diesem verlorenem, seinem Ort.

Molloy, eine Figur aus einem Buch, dass Charly einst gelesen hatte, setzt sich derweil auf seinen alten, klapprigen Drahtesel und schärft sich die angefressenen, mit Alkohol getränkten Sinne am vorbeiziehendem Buschwerk, abseits der großen Straßenrouten, die gelegentlich auch einmal ins Gebirge führen können. Dort kann man ihn all-abendlich – gut als abgehalfterter Pflasterkönig und Asphaltcowboy erkennbar – frierend, im hohen Gras- und Buschwerk sitzen sehen. Seine alte Blechtasse im Anschlag und den Brandy immer gut verschlossen in seiner ausgefransten Jackentasche, die schon den Geruch ihrer wertvollen Fracht über Jahre angenommen hatte und selbst für hartnäckige Raucher, wie Charly in seinem früheren Leben einer wahr, schon von weitem zu vernehmen war. Doch sollte der Brandy mal zur Neige gehen, was in aller Regel dreimal täglich der Fall war, verschiebt sich die persönliche Wahrnehmung des alten Heroen gleich tief unter die Grasnarbe, ganz nah an Charlies nun vertrauten Lebensraum heran. Aber befragen wir doch Molloy gleich selber zu seiner Sicht der Dinge. Gerade steigt er von seinem Fahrrad ab und legt sich ins bräunelnde Gras, das nun seinen trägen Körper vor der aufsteigenden Feuchtigkeit schützen soll, was aber keinesfalls gelingen kann, da Molloy ein Mann der modrigen, triefenden und damit horizontalen Anbiederung an das Erdreich ist. Zu nah steht er vor seinem zukünftigen Grab, als das hier noch Hoffnung auf Erkenntnis und persönliche Läuterung wäre.

„Hey, Molloy. Steh auf und grab dich zu mir ins Erdreich runter!", rief Charly mit aufreizender Selbstverständlichkeit und tiefer, basaler, fast grundständiger Stimme, die keinerlei Zweifel aufkommen lassen konnte, wer hier die Hosen an hat oder besser noch wer mit natürlicher Autorität gesegnet war und seinen, bei Tageslicht betrachtet, heruntergekommenen Vasallen nun zu sich herunter bestellte. Molloy, darauf völlig von Sinnen und zunächst irritiert ob der unangekündigten Ansprache, die er gelegentlich eher von ganz weit oben erwartete, wusste, dass er seinen Augen und Ohren nicht immer verlässlich trauen konnte, da seine Wahrnehmung in der Regel nur an gemeinschaftlich orientierten, anderen Orten zur Ruhe kam, die meist alko- holgeschwängert und mit ausnehmender Lautstärke gesegnet waren. „Wer bist du, dass du mich aus der Tiefe ansprichst, als wärst du der Teufel persönlich? Ein Geist, ein Derwisch oder vielleicht nur eine innere Eingebung? Das ist gut. Wahrscheinlich spreche ich gerade mit mir selbst. Mit wem auch sonst in diesem trostlosen Nirwana", und drehte sich im gleichen Atemzug wieder auf die Seite, mit nichts mehr rechnend als seinem tiefen Bedürfnis nun seinen Rausch im dahin welkenden Wiesenteppich ausschlafen zu können. „Sieh doch zu mir herunter. Gleich scharf unter der großen Eichenwurzel schau ich zu dir herauf. Sieh genau hin, als würdest du ein Geldstück am Straßenrand suchen, was ja gelegentlich eine deiner Lieblingsbeschäftigungen ist. Jetzt kreuzen sich gerade unsere Blicke. Siehst du mich?". Molloy nun klarer und in seiner Sichtweise zunehmend auf weitere neuronale Vernetzung fixiert, war nun von einem zu anderen Moment wacher, so als würde der gerade sich ausbreitende Alkohol alle wesentlichen Körperzellen wohltuend fluten, entgegen seiner eigentlichen Bestimmung als Seelenmasseur. „Ja, ich kann schon etwas erkennen. Nicht ganz Mensch und nicht ganz Tier. Vielleicht eine Eingebung aus meinem letzten Traum, der mich so trostlos zurückgelassen hat. Genauso, wie ich damals mein eigenes Kind verleugnete, dessen Mutter ich nie gekannt habe, obwohl ich ihr in einer leidenschaftlichen Minute sehr zugetan war. Aber, das kann auch ein Traum gewesen sein, wie so vieles in meinem Leben, das vielleicht gar nicht stattgefunden hat. Wen würde das auch wundern. Aber sage mir, bin ich ein lebendiges Wesen, das einen äußeren Raum umschreibt und ausfüllt und das eine zeitliche Achse abschreitet und somit auch am menschlichen Machtbegriff, jenseits der traditionell humanistischen Strömungen, so wie ihn Focault versteht, mitarbeitet? Du da unten, den ich nur schemenhaft und äußerst vage erkennen kann. Äußere dich. Zeige mir, das ich da bin und existiere!" „Ja. Ich kann dich sehen. Auch wenn deine äußere Erscheinung eine einzige Zumutung für einen ästhetischen Schöngeist ist, passt sie dennoch in mein geübtes Bunkerauge im weiten rhizomorphen Geflecht der unteren Steinwüste". „Du nennst mich eine Zumutung, obwohl ich mich doch gerade auf deinem schützenden, lehmigen Panzer ausstrecken möchte; dir meine Verbundenheit mit allen abgestorbenen Lebensenergien beweise. Was bist du nur? Ein Mensch, ein Tier oder nur eine weitläufige Ahnung, heraus gekrochen aus meinem benebelten, versoffenen Traumschädel, der sich gleich hier vom Acker macht, weil er noch nie Dinge hinterfragt und mit Disziplin ausgehalten hat. Geschlossene und begründbare Systeme, die ich meist im Hintergrund vermute und für ein Grundübel unsrer Zeit halte, sind mir also fremd. Bleib du dort unten im kühlen Erdreich und ich rette dir hier oben die Sonne, falls du weißt, wovon ich spreche". „Aus systemischer Sicht gehören wir aber zusammen, kommunizieren bereits als zwei Antipoden miteinander, auch wenn du dir dessen nicht bewusst bist. Wir sind aufeinander angewiesen, um unsere Welten positiv gegeneinander abzugrenzen. Wenn du dort oben die Sonne rettest, schärfe ich hier unten deinem langen Schatten die spitzen Falten. Also hör mir zu und jammere nicht herum, wie ein altes Waschweib". Das hatte gesessen und Charly war sich sicher, dass ihm Molloy nun zur Hilfe kam. Doch keine Reaktion, nur ein leichtes Säuseln, so als hätte der aufkeimende Wind Molloy's Körper bereits ins angrenzende Gebirge getragen, dorthin, wo die Ansprache eines vermeintlichen Dämons lediglich als verhallendes Bergecho zu vernehmen war. „Nun gut", sagte Charly, so als rechnete er noch mit der Anwesenheit von Molloy, „so soll es sein. Werde dir nicht länger auf den Leim gehen. Lediglich dein Brandy könnte mir in schweren Stunden, die ich hier unten am Stück und fast täglich auszuhalten habe, ein guter und treuer Wegbegleiter und Tröster sein". Charly schien einen wunden Punkt getroffen zu haben, da sich Molloy urplötzlich und mit ausnehmender und aggressiver Energie wieder zu Wort meldete „Werde den Teufel tun und dir mein Lebenselixier, das mir meine bessere Seite täglich liebevoll zu träufelt, zur Verfügung stellen. Eher zweifle ich an unserer Begegnung und werde dich verleugnen, wie schon so viele vor dir. Glaube mir, denn ich bin kein Mensch der in der Liebe wohnt, sondern das Glück nur für einen flüchtigen Moment betrachten möchte, bevor ich in die Unterwelt herabsteige, die du für mich so fein bereitet hast. Ist es nicht so? Also lass mich in Frieden mit meinem Brandwein und ziehe deiner Wege wie ein Maulwurf in einer feuchten Frühlingswiese. Hier oben wird dich die Sonne nur blenden und nicht wärmen, wie es nur der Alkohol vermag. Also, schärf deine diabolischen Krallen und suche dir einen anderen Ausgang. Hier bin ich der Wächter und nicht befugt dich herauf zu bitten. Versuche dein Glück an anderer Stelle, auch wenn du es hier nicht hättest besser treffen können, wenn ich dies, nebenbei bemerkt, mal sagen darf. Denn auch mir werden Wunderdinge zugesprochen, so dass ich fast schon ein transzendentales Wesen bin, wenn du weißt was ich meine. Wärst du mein Freund, dann könntest du ein Lied davon singen. Ich kenne nämlich einen vergessenen, unwirklichen Ort, an dem die Geister auf Wanderschaft gehen".…..   Und immer an dieser Stelle, genau hier endet Charlies Traum, den er so oft geträumt hatte, wie auch in der letzten Nacht, bevor es am nächsten Morgen wieder hinaus in die Welt ging.

Der Wind frischte zunehmend etwas auf und das Gekreische der Möwen war in der Ferne zu hören. Sie waren wohl schon nah am Hafen. „Die nächste rechts rein, bitte. An der Ecke können sie mich absetzen", sagte der Alte mit einer eigentümlichen Ruhe, als könne er sehr genau abschätzen wohin es ihn gerade verschlagen hatte. Hochaufschießendes Backsteinwerk, das an den oberen Rändern von einer dicken Rußschicht bedeckt und mit eingeschlagenen Scheiben durchsetzt ist, aus denen immer wieder vereinzelt Tauben, gelegentlich auch einige Möwen zum Flug ins zerstörte Umland ansetzen, das nun ganz alleine ihnen zu gehören schien. Alles lag so still und trostlos da, etwas abseits vom pulsierenden Leben der Stadt, dass man meinen konnte am Ende der Welt angekommen zu sein. Zumindest war dies Charlys erster Gedanke: „Mein Gott. Ein richtiger Industriefriedhof, wie man ihn selten vorfindet. Keine Menschenseele weit und breit, überall Müll auf den Straßen. Was wollte der Alte hier nur?", dachte er sich und fuhr wie befohlen an der nächsten Querstraße rechts rein, hielt an der Seite an, um seinen Fahrgast in dieses Niemandsland zu entlassen. Mit einer fast herrschaftlichen, überlegenen Geste reichte ihm der alte Mann einen Fünfzig-Euro-Schein, drehte sich mit einer eleganten Wendung aus seinem Sitz heraus, was man einem Herrn seines Alters nicht zutrauen würde und war bereits nach kurzer Zeit ein Stück weit die Straße hinunter gegangen, ohne dass Charly, der immer noch passendes Wechselgeld zusammen suchte, dies überhaupt bemerkte. „Mein Herr. Warten sie doch", stammelte er noch in Richtung Straße. „Sie bekommen noch Geld zurück!", rief er nun lauter und fast schon verzweifelnd schreiend, als würde das Ende nun nicht mehr weit sein. Der Alte drehte sich nur kurz um und deutete mit einer abfallenden Handbewegung an, dass er gerne darauf verzichte. „Nun gut" dachte sich unser meist abgebrannter Held, der gleich auf einen Schlag so um die 35 Euro Gewinn gemacht hatte und in Gedanken schon wie jeden Abend in seinem Lieblingscafe saß und sich den ausnahmsweise Teuren, Roten gut schmecken ließ. Trotz dieser sich deutlich am Horizont abzeichnenden Vorfreude auf den geretteten Feierabend und die unerwartete Geldspende ging ihm der Alte dennoch nicht aus dem Kopf. „Was hatte er während der Autofahrt immer und immer wieder rezitiert: Es gibt einen Ort, wo sich der menschliche Geist sammelt, verdichtet, vernetzt und zu neuen Ufern aufbricht". Ganz in einer fast meditativen Haltung gefangen, murmelte er immer wieder gebetsmühlenartig diesen einen Satz vor sich hin, geradezu wie eine Be-schwörungsformel der unbedingt Folge zu leisten ist. Und überhaupt wirkte er doch eher wie eine Figur aus einem mittelalterlichen Mythenstück, mit seinem ausufernden, weißen Bart, dem hellen, mantelähnlichen Umhang und den abgewetzten Schuhen aus Wildleder, die er ohne Socken trug und die ihn eher wie einen Druiden aussehen ließen. Charly hätte es nicht verwundert, wenn er an der nächsten Ecke einen Zaubertrank in einem selbst zusammengebauten Bauchladen feilgeboten hätte. So obskur und anders wirkte dieser alte Herr auf ihn, wobei er sein wahres Alter überhaupt nicht abschätzen konnte. „Vielleicht ging er schon auf die Neunzig zu? Und dafür war er aber noch recht gut zu Fuß unterwegs". Er schaute noch einmal kurz auf, um den Alten letztmalig zu fixieren und sein Bild nun endgültig für sich zu verinnerlichen, aber keine Spur mehr von ihm, obwohl links und rechts der Straße nur alte, verfallene Industriefassaden zu sehen waren, in die sich kaum ein Mensch freiwillig bemühen würde. Der Alte wohl erst recht nicht. Oder doch? „Wer weiß, wer sich hier alles zu nächtlicher Stunde, die sich bereits durch die einsetzende Dämmerung ankündigt, herumtrieb: Obdachlose, Gesetzlose, Drogendealer?". Charly bekam ja selbst fast das Gruseln, als er darüber nachdachte, dass er hier an diesem Ort ganz alleine war, fast wie auf einem Präsentierteller. Und bald würde die Nacht überfallartig ihr schwarzes Gewand über ihn werfen. Und dann? Blieb wohl nur die grenzenlose Angst vor diesem unwirklichen, verlassenen Viertel und den umherirrenden, skurilen Personen, die es hier wohl geben musste. „Ich muss den Alten finden und ihm klar machen, dass hier nicht der rechte Platz für einen Mann in seinem Alter ist, seine Besuche zu machen oder seinen Geschäften nach zu gehen. Das sollten mir die paar Scheinchen extra schon wert sein". Charly schloss die Tür seines Taxis und machte sich vorsichtig auf dem rechten Randstreifen daran, die Fährte seines Fahrgastes aufzunehmen. Sein Geruch, der einer Mischung aus Patschuli, ausgedunsenem Knoblauch und diverser Kräutermischungen ähnelte, lag ihm noch in der Nase und sollte ihm eine sichere Orientierung bieten. Aber hier verstaubte es ihm so schnell seine ansonsten feine Nase, dass er sich diese erst einmal putzen musste. Das Papiertuch, an den Rändern nun leicht angeschwärzt, warf er achtlos bei Seite, was vor ihm bereits Tausende von Menschen getan haben mussten. So verdreckt und verkrustet von Unrat war die Straße um ihn herum. Und nichts war zu hören: Kein Auto fuhr vorbei, keine Stimmen und kaum Geräusche in den leergefegten Straßen. Hier und da eine streunende Katze und schreckhaft aufflatternde Tauben, die überall in den Straßen zu sehen waren. Fast wie im

Traum, wo der eigene Körper meist alleine im Mittelpunkt steht und die Außenwelt eher als geheimnisvolles Stillleben daran teilnimmt. Lediglich das dumpfe Knarren eines Fensters oder einer Tür war zu hören. „Das muss ganz in der Nähe sein", dachte er sich und ging weiter den Gehweg hinunter, als wäre er gerade dabei einen neuen, noch nie von Menschen betretenen Ort zu erkunden, so unwirklich kam ihm hier alles vor. Gelegentlich wehte ein Windstoß etwas Staub auf, der sich aber sogleich wieder an seinen angestammten Platz legte, so als wäre eine Veränderung völlig unmöglich und hier nicht vorgesehen. Die Zeit schien still zu stehen, in sich kreisend und nur darauf wartend, von Mutter Natur wieder eingefangen zu werden. Schon räkelte sich das Unkraut an den verlassenen Fabrikfassaden, stand bereits meterhoch vor den ersten Fensteröffnungen. Nur ein kleiner Sprung und der braune Schmetterling, der gerade eine Brennnessel besuchte, hätte durch die offensichtlich zerschossene Fensterscheibe ins Innere des verlassenen Gebäudes fliegen können und viele seiner bereits dort anwesenden Artgenossen begrüßen können. Es schien nur eine Frage der Zeit zu sein, bis anderes Getier hier ansässig werden würde. Und irgendwann, vielleicht in naher Zukunft, würde man den ersten Wolf in diesen Häuserschluchten begrüßen können. Dann wäre dies hier Alles für die Menschheit verloren und die Natur hätte sich zurückgeholt, was der Mensch ihr Jahrhunderte lang abgerungen hatte. Doch noch war es nicht soweit. Es bestand also noch ein klein wenig Hoffnung. Und plötzlich, wie auf Kommando, rückte der Bürgersteig ein stückweit nach rechts ein und eine breite Treppe, etwas in die Jahre gekommen, aber mit gusseisernem, schön geschwungenen Handlauf versehen, und blitzblank gefegt (von wem auch immer?), tat sich vor ihm auf. Etwa anderthalb Meter führte sie in die Höhe und am Ende konnte man eine schwere, hohe Holztür aus Eichenholz sehen, die einen Spalt offen stand und sich leicht im Wind hin und her bewegte, wie ein einsames Blatt, dass vom Herbststurme verschont blieb und nun den aufkommenden Winter erwarten musste. „Hier musste der Alte verschwunden sein. Ist die einzige Möglichkeit weit und breit unbemerkt von der Straße zu kommen".

Charly blieb zunächst abwartend vor dem sich leicht im Wind hin und her wiegenden Türspalt stehen und horchte vorsichtig ins Innere hinein. Kein Geräusch drang hinaus, als wäre dieser Ort gänzlich sich selbst überlassen. Doch urplötzlich tat sich der ansonsten trübe, tief verhangene Himmel etwas auf und einige Sonnenstrahlen fielen wie spontane Blitze einschießend auf das alte Gemäuer, so dass sich auf der linken Seite der Tür ein greller Lichtreflex zeigte, der geradewegs auf ein blankgeputztes Messingschild verwies, das ihm zunächst nicht aufgefallen war. Er trat etwas zur Seite, um es genauer in Augenschein zu nehmen. „Bibliothek... Das hier soll eine Bibliothek sein? Hier? Und für wen denn? Hier ist doch kein Mensch und überhaupt ist die Gegend doch gar nicht auf Besucherverkehr, geschweige denn literarische Genüsse ausgelegt. Aber der Alte. Den konnte man sich doch wohl schon eher in einer Bibliothek, als in einem alten Industrieviertel vorstellen", grummelte Charly ganz in Gedanken versunken vor sich hin. Er konnte sich keinen Reim darauf machen, war aber bereits so von Neugierde ergriffen, dass er gar nicht bemerkte, wie er das hölzerne Portal bereits ein Stück weit aufgestoßen hatte, soweit dies überhaupt möglich war, und einige Schritte in einen nun sich weit öffnenden, großen und hohen Saal eingetreten war, der ihm wie eine riesige, antike Säulenhalle vorkam. Wahrscheinlich war dies aber auch ein intuitiver, tief sitzender Reflex auf das Wort „Bibliothek", das für ihn schon immer mit einem ganz persönlichen Zauber belegt war.

Charlies Zauber

„Bücher, Bücher, Bücher ... waren schon immer meine Begleiter, Berater, Förderer und Freunde, die ich im wahren Leben niemals fand, wohl auch nicht finden konnte, weil ich niemals danach gesucht habe. Warum auch, wenn sich die Notwendigkeit an anderer Stelle zeigt. Schlage ich ein Buch auf, und ich habe tausende von ihnen, dann eröffnet sich mir ein ganzes Universum, das ich im täglichen Leben niemals hätte finden können, weil mir der soziale Schlüssel dazu fehlte und noch immer fehlt oder ich ganz einfach dem Besonderen zugetan bin, das sich in der Regel in der näheren Nachbarschaft nicht finden lässt. Aber ein Buch aufzuschlagen, zu lesen und die Gedanken, die in jahrelanger, mühsamer Arbeit von einem originellen Geist zusammengetragen wurden, in mich aufzunehmen, ist für mich wie ein unverhoffte Wiedergeburt, ein Neuanfang, der mich zurückführt an das wahre Leben, das Schöpferische und Kreative, das letztlich nur im Kopf, im verwegenen Traum stattfindet. Und so war es für mich von Beginn an gänzlich unvermeidlich die Grund-lagen für mein schöpferisches Sein zu legen und ein Studium der Geistes- und Literaturwissenschaft anzustreben, da ich ja seit meiner Kindheit schon sehr vertraut im Umgang mit Büchern war. Alles war Literatur für mich und die Literatur war Alles, gewissermaßen meine Lebensgrundlage, geheime Obsession und tief sitzende Sehn-sucht auf den besonderen Moment, wo es mich blitzartig aus der Masse des ewigen Einerleis herausführen würde. Als Lebensentwurf für eine bessere Zukunft, der mich mit den Dingen zusammenbringen sollte, die ich tief in mir fühlte, aber noch nicht zur Sprache bringen konnte, weil die Zeit dafür wohl noch nicht reif war. Vor allem das Surreale, nicht direkt Greifbare und unwiderstehlich Treibende reizte mich wie eine schöne Frau an einem lauen Sommerabend. Geheimnisvoll flatterten ihre langen, dunklen Haare wie ein süßer Schleier im auffrischenden Wind und ihr rot geschminkter Mund schickte immerfort Liebesgrüße an mein gebanntes Auge, während das andere schon den nächsten Bilderguss in Augenschein nahm".

Immer wieder träumte Charly denselben Traum, indem er seinem Alter Ego Molloy begegnete, wenn er ein Buch aufschlug. Zunächst überflog er interessiert das Impressum. Wann und wo das Werk erschienen war. Je älter ein Buch war, umso wertvoller schätzte er es ein. Dann las er die Inhaltsübersicht und machte sich einen Plan, wie und wann er das Buch lesen würde – vorne beginnend oder mittig einsteigend, vielleicht sogar das Ende vorwegnehmend? -, besser gesagt in sich aufnehmen wollte, als Tor zu einer neuen Welt, die nur ihm alleine offenstand, und im wirklichen Leben niemals zu finden war. Und diese neue Welt musste für ihn immer präsent und greifbar sein. Er wollte sie mit allen Sinnen in sich aufnehmen können. Die schweren Leinen- und Ledereinbände fühlen, die Druckerschwärze riechen und die vielen, tausenden Worte gleichsam aus dem Buch heraus in seinen Kopf kriechen sehen. Beim Joggen etwa begleitete ihn immer das Buch von Silitoe, über die Einsamkeit des Langstreckenläufers. Auch er hielt sich für nicht korrumpierbar und war auf dem besten Wege zu sich selbst zu finden. Denn nur in der Einsamkeit des Laufens ist das wahre Glück erst möglich. Machte er sich Gedanken über das Schöne und Ästhetische, etwa bei der Einrichtung seines Zimmers, fiel ihm sogleich das Buch von Huysmanns ein oder Schillers Aufsatz über die ästhetische Erziehung des Menschen. Immer wieder las er den letzten Satz aus Hysmanns Buch Gegen den Strich: „Herr, hab Mitleid mit dem Christen, der zweifelt, mit dem Ungläubigen, der glauben will, mit dem Sträfling des Lebens, der sich nachts aufmacht, allein unter dem Firmament, das nicht mehr erleuchtet wird von den Trostfackeln der alten Hoffnung!" Und in der Natur ausruhend und das Leben schauend, rezitierte er gerne Verse von Rilke, die er noch unsortiert im Kopfe hatte.

„Härte schwand. Auf einmal legt sich Schonung
an der Wiesen aufgedecktes Grau.
Wasser ändern die Betonung.
Zärtlichkeiten, äußerst ungenau,

tasten, fordernd nach der Erde aus dem Raum.
Wege gehen tief ins Land und zeigens.
Plötzlich siehst du seines Steigens
Ausdruck in dem leeren Baum".

Und wenn er, wie es nur selten der Fall war, vor einem Gotteshaus
stand, hatte er stets Baudelaires Blumen des Bösen im Kopf. Immerfort
dachte er über das Leben, die Philosophie und Kunst nach, die Doppelna-
tur des Menschen und das ambivalente Bild der Welt außerhalb eines in
Träumen herbeigesehnten Paradieses ohne festen Glauben an eine Erlösung. Ein Sinn alleine lag im poetischen Wort, das einem Traume abgerungen war.

So war dies der Anfang zur Errichtung einer eigenen, kleinen Privat-
bibliothek in seinem engen, schmalen Studentenzimmer, draußen in der
Vorstadt, das eigentlich überhaupt keinen ausreichenden Platz bot, aber
dennoch im Laufe der Zeit und immer drängender, geradezu manisch mit
Büchern tapeziert wurde. Jedes neue Buch musste hineingepresst werden
in eine noch nicht genutzte Lücke, die es sicherlich gab, aber nicht sogleich zu finden war. Aber sie musste da sein und fand sich schließlich
immer wieder aufs Neue. Und gleichsam stand er vor der Aufgabe, die
gewählte Ordnung nicht gefährden zu dürfen. Jeder Platz war sorgsam
ausgesucht. Wie ein Architekt, der zunächst peinlichst genau die tragende
Struktur seines Bauwerkes entwickelt, überprüfte er alle Winkel und
Ecken, ging die Jahrhunderte durch, um den umfassenden Sinn nicht in
Frage zu stellen, bis er halbwegs zufrieden war mit seiner Auswahl, die er
nun für mehrere Jahre feststehend getroffen hatte. Etwas Anderes sollte
keine Geltung bekommen. In diesem Zimmer musste er zwischenzeitlich
sogar sein Bett aus dem kleinen Nebenzimmer in eine Wohn-Schlafcouch
umtauschen, die sich nun in seinem Wohnzimmer befand, um Platz für
seine ausufernde Zahl an Bücherregalen zu schaffen. Alle vier Wandregale
waren bereits so überladen, so dass sie schon einzustürzen drohten. Jeder
erdenkliche Zwischenraum war gefüllt, so dass man nicht so einfach ein

Buch herausziehen konnte, um das gesamte Bauwerk nicht zu gefährden, sondern Vorsicht und Zurückhaltung war geboten, um der schweren Aufgabe gewachsen zu sein. So war der Zugang zu jedem Buch gleichsam ein gefährliches Abenteuer, das es zu überstehen galt. Einst suchte er hastig nach Spenglers Untergang des Abendlandes, griff den dicken Wälzer unbedacht und sehr eilig heraus, ohne die umgehende Statik ausreichend zu beachten und schon war es geschehen. Der Untergang hatte ihn selbst, ganz persönlich heimgesucht und die gesamte, fragile Wandarchitektur brach in sich zusammen und hunderte von Büchern landeten auf dem Boden, als hätte man sie für immer für verloren erklärt. Es schien als wäre der Scheiterhaufen angerichtet und nun fehlte nur noch der Funke zum endgültigen Untergang. Doch nach Stunden hastiger, fieberhafter Arbeit konnte er die alte Ordnung wieder herstellen. Der erste Schock aber blieb zunächst. Weitere Vorsichtsmaßnahmen mussten getroffen werden. Für Charly wäre dies ein nicht wieder gut zu machendes Sakrileg gewesen, wenn sein über Jahre errichtetes Bauwerk eines Tages ganz zu Boden gehen sollte und gänzlich verloren wäre, weil es unmöglich sein würde, die alte Ordnung zu erinnern und wieder zu beleben. Um dies über kurz oder lang zu verhindern, fuhr er schon seit einiger Zeit nebenberuflich Taxi, um sich irgendwann einmal eine größere Wohnung leisten zu können. „Solange müssen meine Bücher noch aushalten. Und ich hoffe sehr, dass dies gelingen wird!" dachte er sich immer wieder, wenn er in sein Taxi stieg und mit leerem Blick die Straßen der Stadt befuhr. In Gedanken war er dabei immer noch zu Hause in seiner Bibliothek sitzend und hin und wieder einige Stichworte in eine braun kartonierte Kladde schreibend. Dies war sein ganz persönliches Schatzkästlein, das er noch Niemandem gezeigt hatte, geschweige denn Irgendjemandem Einblicke gewährte. Zu kostbar und persönlich waren die eingetragenen Inhalte. Insbesondere war er sehr stolz auf zwei antike Ausgaben von Fenelon und Jakob Böhme, die er für wenig Geld auf einem der vielen Flohmärkte erstanden hatte, die in den letzten Jahren wie Pilze aus dem Boden geschossen waren. Er wusste noch genau, dass er seine Freude kaum verbergen konnte, als der alte Mann ihm diese Kostbarkeiten völlig unwissend für ein kleines Handgeld überließ. „Unfassbar!", dachte er damals. Wie konnte jemand nur so nachlässig in seinem Geschäft sein, wo er doch ein wunderbares Betätigungsfeld sein Eigen nennen konnte. Und dann solche wertvollen Raritäten so zu verscherbeln? Damals war er tagelang völlig außer sich, freute sich aber inständig über seine Neuerwerbungen, die seinen Anspruch an gute Literatur in besonderer Weise erfüllten. Denn gerade die älteren Autoren schienen die Kunst des Schreibens noch vollständig zu beherrschen. Gingen geradezu im Wort und in der Schrift in ihren Gedanken auf. Insbesondere hatte er das Buch von Fenelon gierig, fast frenetisch in sich aufgenommen.

In diesem utopischen Roman „Die Abenteuer des Telemach" führt der Autor den jungen Odysseus-Sohn Telemachos und dessen Lehrer Mentor durch verschiedene antike Staaten, die meist durch eigene Schuld ihrer von Schmeichlern und falschen Ratgebern umgebenen Herrscher große Probleme haben. Fenelon zeigt aber in dieser Geschichte, wie sich diese Schwierigkeiten dank der Ratschläge Mentors durch friedlichen Ausgleich mit den Nachbarn und durch Wachstum stimulierende Reformen lösen lassen, vor allem durch die Förderung der Landwirtschaft und die Zurückdrängung der Luxusgüterproduktion. Für den Hof Ludwigs des XIV war dies eine drastische Provokation und wurde sofort als verschlüsselte Kritik am autoritären, zunehmend abgehobenen Regierungsstil des Herrschers interpretiert, sowie an seiner aggressiven, kriegerischen Außenpolitik und seiner merkantilistischen Wirtschaftslenkung, die die Produktion und den Export von Luxusgütern nach wie vor unterstützte. Fénelons Gegner am Hof gewannen nun schnell die Oberhand und er selbst wurde schnell in Haft genommen. Für Charly war dieses Buch wie eine Erleuchtung, dass man die Fehler und Auswüchse der Jetztzeit durch Literatur beschreiben, analysieren und verbessern kann und man sich somit selbst die Haube der Erleuchtung, einen Plan zur konkreten Weltverbesserung aufsetzen konnte. Denn wer, außer ihm, wusste etwas über diese historische Person und seine mutigen Taten. Lediglich Telemach, als Sohn des großen Odysseus, war und ist natürlich auch heute noch in bei vielen bekannt. Nicht zuletzt auch durch das spätere Buch von Aragon, das sich ebenfalls mit dieser historischen Person befasst und bei Charly für große Zustimmung sorgte. Und nicht nur das. Charly sah sich zunehmend selbst auch als Autor und kreativen Geist, der schon in naher Zukunft ein eigenes Buch schreiben würde. Vielleicht hatte er dies ja schon getan. So umfangreich war zwischenzeitlich seine Ideen und Manuskriptsammlung auf seinem schon in die Jahre gekommenen Computer älterer Bauart, dass er die einzelnen, teils begonnenen Projekte kaum noch überblicken konnte. Von unschätzbarem Wert war ihm dabei seine Kladde mit unzähligen Ideen und Gedanken zu Philosophie, Kunst, Ästhetik und Poesie. „Sicher war auch etwas für die Nachwelt dabei!", sprach er sich in regelmäßigen Abständen Mut zur. Eine Veröffentlichung wäre dann letztlich noch der einfachste Weg. Wichtig war zunächst, dass er die Macht der weißen Seiten hinter sich lassen würde. In Gedanken rezitiert er einige Verse, die er vor Jahren einmal geschrieben hatte:

„Wie Herbstlaub von des Windes Kraft getragen,

schwebt grünes Licht zu mir herab.

Ich weiß nicht mehr, was soll ich sagen,

Und find mich freudig damit ab.

Geplärre aus der Ferne stöbert an,

Ich lieg im Garten blank geputzt in Ruh,

Wohl dem der Stille mir ersann

und endlich steht nun auch mein Schuh.

Wohl dem, der nun die Ruhe hat gefunden und unumwunden Mächte

bricht,

und dann nun endlich weißes Licht,

ich greif zur Feder,

meine Sicht …".

Die Macht der weißen Seite

Ein weis aufgeschneiter Teppich liegt vor mir, wie eine Wüste, die ich durchschreiten muss. Ein erstes Wort, schnell hingeworfen aus spitzer Feder gibt mir eine gewisse Sicherheit, dass ich dies Feld, diese schwere Hürde überwinden kann, wenn mich mein unendlicher Wille weiterträgt. Doch die Last wiegt schwer und drückt meinen Körper immer wieder im Fluge an die unwissenden, scharfen Ränder. Gleich könnte ich fallen und in undendlichen Räumen gefangen bleiben, wie ein schwebendes Blatt im tosenden Sturm. Doch mein Glaube an das, was man aufdrucken, beschreiben, mit den eigenen Händen zerreißen, knicken oder falten kann ist unbegrenzt, führt meine innere Zerrissenheit wieder zu alter Stärke. Dies Weis ist eine magische Substanz, die wie keine andere zur Entwicklung der Welt beigetragen hat, indem sie den vernunftbesessenen Logos endlich auf weißen Grund bannen konnte. Doch es blieb nicht aus, muss an dieser Stelle hoch gelobt werden, dass auch und nun endlich, und wie habe ich es herbeigesehnt, verworrene, poetische Traumbilder und göttliche, ästhetisierende Sequenzen aufs weite, geweihte Papier flossen und es wie in dunkles Blut getränkt in düsteren Worten besangen. Und dieser ewige Gesang, früher alleine aus gespitzten Mündern geflossen, spricht von alten Mythen, die wiedergeboren bald ihren alten, angestammten Platz einnehmen werden. Hier in dieser Welt, die bald vom Schein gelackter Missverständnisse befreit sein wird.

Denn die Wissenschaft erklärt nichts, was uns wirklich bewegt. Der Apfel fällt zwar stetig vom Baum auf die Erde. Aber ist dieser Fall nicht an sich etwas anderes, als das was er scheint. Ein Symbol, eine Versuchung, ein kleiner Teil nur in einem großen Missverständnis, das uns vorgibt die Dinge beim Namen zu nennen, obwohl sie von Innen aus gespürt, doch nur reine Täuschung sind. So könnte der Apfel für einen Anfang stehen, dem immer ein Ende innewohnt. Wer weiß? Schreibe ich meine Gedanken auf, können sie fließen und zueinander führen, was ansonsten im Sande verlaufen wäre. Denn dieser weiße Grund ist göttlicher Natur.

Dereinst als profanes Zahlungsmittel seinem Zauber entrissen, wurde es als Briefpapier zum Schauplatz der modernen Seele, als Zeitungspapier zum Zentrum der politischen Auseinandersetzung und vieler Revolutionen, die unsere Welt veränderten.

In China geboren, kam dies herrliche Weis, das anfangs eher gräulich schimmernd seinen Auftritt hatte, von Ägypten nach Europa. Und schnell wurde es zum Grundstoff der menschlichen Zivilisation. Kronzeugen großer Literatur wie Rabelais, Goethe, Joyce, Proust, Rilke, Dostojevsky oder Tolstoij sind immer wieder am Urzustand, der Macht des weißen Papiers verzweifelt und haben damit gerungen, diesen Makel zu überwinden und etwas Neues zu schaffen. Die Wege dorthin waren allerdings oftmals sehr verschieden und so kam es letztlich vor allem auf die Beharrlichkeit und die Notwendigkeit dieser Form des Ausdrucks an. Das Leiden musste erst wachsen in unzähligen Verrissen, bis es unvermeidlich aufs Papier gegossen werden konnte. Manchmal reichte ein kleiner, unbedeutender Anstoß, um das Spiel beginnen zu lassen. Denn, dass es ein Spiel, ein Weltenspiel war und immer noch ist, sei hier schon einmal vorausgesetzt und beschlossen. „ Für mich selbst war dies immer ein unendlich mühsamer Kampf, der viele Entbehrungen bedeutete", gab Charly zu Protokoll, nachdem er vom Erzähler der Geschichte nach seinem Leben befragt wurde. Letztlich waren für ihn aber die Stellvertretersiege auf Floh- und Antikmärkten die treibende Kraft, um immer wieder weiter machen zu können. „Schon wieder ein Buch gewonnen und vielleicht an einem neuen Traum gesponnen", dachte sich Charly immer wieder und schmiedete weitere Verse, die aus seinem Mund flossen wie gelber Honig aufs frisch gebackene Brot.

Alles, was zu sagen wäre.

Ganz oben auf wettergeschmiedeter Spitze,

am abtrünnigen, glattpolierten Bergkamm stehend,

in das abfallende, endlose Nichts schauend,

den Blick wie von Todesangst erstarrt und

noch nicht wie blanker Strudel taumelnd,

aber unscharf das Wahre blickend,

das weit unten zu mir aufquellen möchte,

wie einst in jungen Jahren an tosender See,

als Begierden noch meinen Verstand führten.

Doch nun ist alle Sprache verloren.

lichte Farblinien flirten mit meinen Gedanken an verlorene Zeit,

die schon dem Tode verschrieben waren,

als die Bilder laufen lernten

und warmes Wasser noch meinen Rhythmus prägte.

Nun strecke ich mich mit schaumiger Krone dem Regenbogen entgegen,

der mein Tränenmeer nach außen sichtbar macht,

zu einer Zeit als meine Geschichte noch sozial verträglich war.

Wie von pulsierender Götterhand in eine neue Sicht geworfen,

die voll und ganz aus Sprache besteht

und von blutigen Winden gejagt durch die feuchten Baumkronen fegt,

das hohe Lied surrealer Anker singt.

Noch ein Wort, vielleicht ein ganzer Satz:

Und alles ist gesagt, was zu sagen wäre.

Immer wieder einen neuen, eigenen Traum schaffen und ein Entdecker des wahren Menschseins werden. Denn jedes Buch, kann einen Neuanfang schaffen. Auch wenn die Steine immer wieder abwärts ins Tal rollen und der erneute Aufmarsch gewagt werden muss. Doch niemals die Hoffnung verlieren. Denn jeder muss diesen Weg gehen.

Dies konnte so etwas wie sein Wahlspruch sein, den er irgendwann einmal in einem Gedicht verwendet hatte. Zumindest glaubte er sich daran erinnern zu können. Aber wir wissen ja bereits, dass Charly eine Unmenge an literarischen und poetischen Projekten auf den Weg gebracht hatte. Und wer sollte dies alles noch überblicken? Auf jeden Fall erstaunte es ihn immer wieder, wie der Wert gewisser Bücher zu seinem Vorteil missachtet wurde, wo doch viele Stunden der Qual in ihnen dokumentiert sind. Ein unendliches Schlachtfeld menschlicher Verzweiflung.

„Meinem Fahrgast von eben wäre dies wohl nicht passiert", sinnierte Charly weiter so vor sich hin und bemerkte gleichzeitig eher zufällig, dass sich die Tür von innen nicht nach außen wirklich öffnen ließ, sondern lediglich der kleine Türspalt blieb, durch den es für Ihn aber kein Zurück mehr gab, obwohl er als junger Mann doch recht schlank war. Zu schmal die Öffnung für einen erwachsenen Menschen, dass selbst er nicht mehr durchhuschen konnte. Offensichtlich hatte die Tür einen ausgeklügelten Mechanismus. Jemand der hereinkam musste eintreten, um an anderer Stelle, so zumindest seine Hoffnung in diesem Moment, wieder austreten zu können. Und dies musste sicherlich Gründe haben, die ihm aber jetzt (noch) verborgen bleiben mussten. Aber seine Neugierde war angestachelt „Egal. Jetzt bin ich einmal hier und werde wohl an einer anderen Stelle wieder herausfinden. Spätestens der Alte, der sich hier ja befinden muss, wird mir wohl den rechten Weg weisen!"

Das Tor der Bibliothek

Ein Tor ist zugleich Mauer, Schutz, aber auch Einfallmöglichkeit in eine andere Sphäre, die gleichsam im Kopf geboren hier zu einer neuen Wirklichkeit emporsteigt, unwiederbringlich ins menschliche Antlitz vergeistigter Einsamkeit tretend, in einer Welt ohne Trost und Zuspruch. Und dieses Kleinod muss geschützt werden vor den Hächern der Vernunft und Wissenschaft, die nur darauf bedacht sind das Offenkundige und Sichtbare zur ersten Welt zu erklären.

Der Eingangsbereich der Bibliothek ist also aus gutem Grunde ähnlich wie eine Katzenklappe angelegt, die aber zur anderen Seite automatisch blockiert wird, so dass man nur hineinkommt und auf diesem Wege nicht mehr heraus. So stellt sich Kierkegaards Frage des Entweder – Oder erneut. Nehme ich das Risiko, gehe den schmalen Grad und lass mich von meiner Neugierde treiben oder verschließe ich mich neuen Erfahrungshorizonten und folge der Vernunft? Die Türfalle jedenfalls bleibt im Schloss stecken, springt nicht mehr raus und verhindert so, dass sich das schwere Portal nach außen öffnen lässt. Gleichzeitig schießen Bolzen aus dem Boden, die das Ganze immer wieder in den alten Zustand zurückschwingen lassen und die massive Tür in dieser Position halten. „Aber welchen Grund könnte dies haben? Nach etwas Öffentlichen, frei Zugänglichen sieht das hier eher nicht aus. Vielmehr nach einer Art geheimen Ort, der sich vor der Welt verbirgt, weil Anderes, vielleicht Großes in ihm schlummert und vorgeht". Ein Schatten huschte an ihm vorbei und sprang mit einem kurzen, aber energischen Satz auf einen benachbarten

Steinsockel, so als wäre dies sein angestammter Platz an diesem verlassenen Ort. Mit Erstaunen entdeckte Charly an Stelle des Schattens eine wuschige, schwarze Katze, die ihn mit ihren grünen, durch-dringenden Augen anstarrte, geradezu musterte, als wäre es ihre Aufgabe jeden neuen Besucher der Bibliothek genauestens in Augenschein zu nehmen. Und, dass Katzen ihre besondere Aufgaben und Bedeutung haben, insbesondere in der Literatur, ist wohl unbestritten

Die Katze als Symbol in der Literatur

Charly dachte sofort an Bulgakovs großen Roman „Der Meister und Margarita" und an den dämonischen Kater Behemoth, der eine so wichtige Rolle in diesem Buch spielt, diesem Kater hier durchaus ähnlich schien und sprach ihn sogleich poetisch rezitierend aus dem Buch erinnernd intuitiv an, als hätte er ihn bereits inständig als alten Freund erwartet und herbei gesehnt: „Siehe da, mein guter Behemoth. Du frisst Gras wie ein träges Lamm auf grüner Weide, als könntest du keinem Wolf das Wasser reichen. Deine Kraft aber ist in deinen Lenden und dein Vermögen in deinen aufgeblähten Muskeln, die wie Stahlseile deinen Körper stützen. Dein Schwanz streckt sich wie eine weit gespannte Feder, steigt kerzengerade auf, wenn du es befiehlst. Und die Sehnen deiner Schenkel sind so dicht und eng geflochten wie ein festes Tau. Auch deine Knochen sind wie feste Röhren und deine Gebeine sind wie gusseiserne Stäbe. Du liegst gerne im Schatten wie mir gesagt wurde. Hier in der Bibliothek, im Rohr oder im Schlamm verbirgst du dich, wenn dir danach ist und tauchst unverhohlen, phönixhaft an anderer Stelle wieder auf. Das Gebüsch bedeckt dich mit seinem Schatten, und die Bachweiden umgeben dich sanft, dass du fast verschmilzt mit der wunderbaren Natur um dich herum. Aber auch an diesem Ort bist du ein unverrückbarer Teil der Welt der Bücher, deren Wächter du zu sein scheinst. Sieh nur her! Du versinkst in den Tag und achtet's nicht groß; lässt dich annehmen, du wolltest den Fluss alleine mit deinem Munde ausschöpfen. Aber fängt man dich wohl vor deinen Augen und durchbohrt deine Nase mit festen Stricken, so hat man deine Macht für immer gebrochen. Glaube mir nur!", sagte Charly, als spräche er geradezu mit einem aufbegehrenden Dämon, der seine Heerscharen sammelt, die vielleicht schon am Ende der sich nun weit nach oben öffnenden Steintreppe auf ihn warteten, um ihn zu tadeln oder gänzlich in dieser Welt aufzunehmen.

Vielleicht war es ja Bulgakovs Katze, die aus dem Werk heraus hier ihre große und neue Aufgabe gefunden hatte? „Wer weiß", dachte Charly. „Auf jeden Fall scheint sie hier zu leben und fängt Mäuse und Ratten, die sich in diesem alten Gemäuer wohl zu Hauf finden lassen, so dass der gute Behemoth wohl sehr wählerisch sein Gebiet abstecken konnte". Charly schien es aber so, als stünde der Kater hier nur stellvertretend für eine andere Person, der er zugeordnet war und die wohl gerade nicht aus irgendeinem Grunde abkömmlich war. Und mit Sicherheit müsste sie dazu in der Lage sein, sich mit dieser Katze zu verständigen, sie zu lenken und ihr auch kleinere Aufgaben zukommen zu lassen. Denn dies war in der gehobenen , guten Literatur, um die es ihm ja besonders ging, durchaus so üblich. Etwa bei Nakata aus Murakamis Buch „Kafka am Strand", das er mit großem Vergnügen in sich aufgenommen hatte wie ein warmes Glas Milch an einem kalten Winterabend und das ihn stark an die großen Romane Franz Kafkas, seines Seelenverwandten, erinnerte. „Ja, Kafka. Seine Welt ist mir so vertraut, weil alles in ihr keinen festen Stand hat. Bilder und Personen schweben gleichsam traumwandlerisch durch Raum und Zeit. Verlieren sich im Nichts, in der Fremdheit vor der Welt, die gleichsam ihre Welt ist und sie dennoch ausgrenzt bis auf's Messer. Der Mensch ist nicht und niemals sozial in der Nähe. Nur in der Weite, Fremde, kann er sich vollständig öffnen und zu sich finden und sich gelegentlich auch binden, wie ein Kind an seine unbekannte Mutter, deren Gesicht im aufkommenden Nebel langsam entschwindet und an anderer Stelle in neuem Gewande plötzlich erscheint". Und so ging er zunächst vorsichtig weiter, ohne sich intensiver um den Kater zu bemühen, der im gleichsam neugierig von seinem zugewiesenen Platz aus hinterher schaute, so als wollte er ihn vorsichtig mit seinen nachdenklichen Augen führen. Was Charly aber zu diesem Zeitpunkt noch nicht wissen konnte ist, dass genau dieser Kater, dessen genauen Namen wir noch nicht kennen, der wichtigste Begleiter von Professor Kien ist, dem für diese Bibliothek verantwortlichen Leiter. Und genau diesen Kien hatte er gerade eben erst hier hin chauffiert. Sofort fiel Charly der Alte wieder ein. „Er musste hier sein. Eine andere Möglichkeit konnte es nicht geben. Aber keinerlei Hinweise oder Spuren". Er blieb stehen und horchte einige Minuten lang ins Gebäude hinein. Doch nicht das kleinste Geräusch war zu vernehmen. Hier und da ein entferntes Kratzen, das wahrscheinlich von diesem erstaunlichen Kater kam, der mittlerweile seinen Platz wohl verlassen habe dürfte. Charly schaute zurück und war sich gleichsam bewusst, dass er von nun an nur noch nach vorne sehen konnte. Denn der Weg zurück war ihm ja versperrt. Wie ein groß angelegtes Labyrinth erstreckte sich nunmehr die Weite dieses Ortes in die Höhe und mit jedem Schritt, den er leichtfüßig wie auf Flügeln in den Raum setzte, glaubte er zu träumen. Wie ein Suchender teilte er Raum und Zeit, um Antworten auf seine Fragen zu bekommen, die er mit Nachdruck dem geheimnisvollen Alten stellen wollte. „Wer war dieser Mann, der vielleicht mein ganzes Leben verändern wird? Ich muss dieses Geheimnis lüften!" Charly schaute nach oben ins Halbdunkel des sich öffnenden Raumes am Ende der Treppe, und glaubte schon einige Schatten wahrnehmen zu können. Sein Schritt wurde nun zunehmend fester und fast hätte man glauben können, dass unzählige Stimmen ihn zu sich riefen, so schienen sich seine Arme langsam zu Flügeln auszubreiten. „Dein Weg steht offen. Komm nur und bestelle deinen Auftrag, auch wenn dich Niemand gerufen hat, musst du es tun. Es ist unvermeidlich". „Sieh dich vor. Die langen Schatten seiner großen Flügel liegen schon über dir. Gleich wird er zuschlagen, dich zerfetzen und sich an deinem Blute weiden". „Begleite mich ein wenig zu meinem Spiegel und schaue mein Ebenbild an, das vor Jugend nur so strahlt". „Nimm Platz an meiner Tafel und labe dich an den edelsten Dingen, die ich für dich alleine herbei getragen habe. Denn der Genuss muss immer geteilt werden, damit er zu seinem Rechte kommt." „In die Vorstadt musst du gehen, um deinen Prozess zu erwarten. Die Richter sitzen schon vor der Türe und warten". „Riechst du nicht meine duftenden Verse, die ich im Fieberwahn erschaffen habe?" „Und meine Zeit, die verloren schien, lege ich dir zu Füßen". „Stehst du mit mir am Fegefeuer, um deinen Weg zu finden?" „Was sagt er zu mir, der nur läuft, weil er nicht anders kann. Mein Hauptmann wacht über mich und hat doch keine Scheu, sich an meinem Leid zu weiden". „Steig auf meinen Berg und lass es Zauber sein!" „Stütze meine morschen Planken und rette mein berstendes Schiff, das seit Jahren schon trunken auf tobender See einem Kronkorken gleich vor Freude hüpft!" „Sei mein Held, den ich mit süßen Stimmen zu einer Insel rief!" „Komm her. Ich teile meine Kiesel mit dir. Denn Brot bestellt dies Haus nimmer mehr".

Und tausendfach erklangen weitere Stimmen. Flehentlich zogen sie mich in ihren Bann, tanzten vor meinen Augen, ließen mich fallen und gleich wieder aufschießen. Schneller immer schneller wurde mein Schritt. Sah mein Ziel schon fast vor Augen. Doch weit gefehlt, die Wege schieden sich ins Nichts und schwerer nun mein Gang bergauf. Unten die

Täler nicht mehr grün in der Sonne lagen. Grau ergossen sich die dämmernden Nebel schon über der Tiefe und die aufstrebenden Sterne zogen mich herauf. Unablässig riefen sie mir zu und ich, ganz verloren in meine Sicht, musste dies Geschrei ertragen und ging meiner Wege weiter, um zu finden, was ich suchte – in der Weite dieses Ortes.

Kapitel 2: Kien

Kien, dessen Vornamen wir nicht kennen – vielleicht heißt er Vladimir, Gregor, Franz oder einfach nur K.? -, ist ein zerstreuter, älterer, sehr belesener Herr, der sein Leben der Philosophie, Kunst, Literatur und vor allem dem Sammeln von Büchern gewidmet hat. Dies ist für ihn die Welt seiner Wahl, seine große Leidenschaft, die sein ganzes Leben ausmacht. Sonst nichts! Sozusagen die erste, einzig denkbare und mögliche Welt und Existenzform, in der er voll und ganz aufgeht, zu einem Menschen besonderer Prägung wird, wie es nur selten der Fall ist. Wenn er zuweilen auch bei vielen Menschen als verschroben und weltfremd gilt, so ist er dennoch mit den wichtigen Dingen seiner Zeit sehr vertraut, die fest im Winde stehen, den Horizont machtvoll ableuchten und die wahre Realität verkörpern, wenn man den Geist und die Seele an die erste Stelle setzt und den Logos der täglichen Routinen endgültig und unwiderruflich ausblendet, der sich wahrlich nur an der Oberfläche des schönen Scheins austobt und seinen Ehrenplatz lediglich am Rande einnimmt. Nicht die Banalitäten des täglichen Alltags, denen er kaum gewachsen ist und auch nichts davon wissen will, weil sie ihm lästig und unnütz, also nicht von großem Belang scheinen, prägen seine Tage, sondern die Welt des Geistes und der Bücher, die ihn tausendfach ummantelt, geradezu vor den irdischen Dingen beschützt, denen er sonst schutzlos ausgeliefert wäre. Denn die wahren Dinge vollziehen sich in und im Umgang mit gedruckter Literatur. Aus Ideen entwickeln sich Sichtweisen und ein Handeln, dass vom Außergewöhnlichen getragen wird. Hier hat Kien seine wahre Erfüllung gefunden, die ihn unablässig vorantreibt.

Jedes Buch war für ihn ein individueller Lebensentwurf, eine Sicht der Dinge, die unschätzbar und mit großem Respekt behandelt werden musste, weil sie tief aus dem Innern, mit undendlichen Leiden nach oben geborgen, geradezu erzwungen wurden. Nur über Bücher war der Zugang zu dieser Welt des Geistes möglich. Im täglichen Leben war diese Fülle von Ideen, Gedanken und Lebensentwürfen kaum auszumachen, verlor sich gleichsam in täglichen Routinen, die immer wiederkehrend den wahren Zauber nicht zu Geltung kommen ließen, der ja manchmal auch in den kleinen Dingen des Lebens zu finden ist. Gelegentlich half der Zufall etwas nach, wenn auch das weite Ganze nie in den Blick genommen werden konnte. Und darauf kam es doch an! Davon war Kien vollkommen überzeugt.

In seiner riesigen Bibliothek, die sich zwischenzeitlich auf einer Länge von an die 20 Meter viereckig in seinem größten Raume angeordnet hatte, lagern bis zu 15000 Bücher, die genauestens nach Fachbereichen sortiert, die grundlegenden Kenntnisse und literarischen Ergüsse der Menschheit wiederspiegeln, worauf er großen Wert legte. Alles ist hier vertreten: Die großen Klassiker der Antike - Griechen, Römer und persische Literatur des Altertums, Standartwerke der Scholastik, der Renaissance und des ausgehenden Mittelalters, bis hin zu den Werken der Neuzeit und Postmoderne, wobei ihm insbesondere philosophische und theologische Werke sehr am Herzen liegen, weil sie das menschliche Unbehagen in besonderen Entwürfen einfangen wollen und auf einen sinnvollen Lebensentwurf hin ausgerichtet sind. Und nur diese umfassende Sicht könnte vielleicht erklären, was der Mensch sei und wohin es ihn treiben sollte, wobei für ihn selbst diese Frage schon längst mit vollendeter Klarheit beantwortet war. Für Kien war die Suche nach dem, was man gemeinhin den Weltgeist nennt, das eigentliche Ziel. Egal ob es zu erreichen war. Der Weg war hier das entscheidende Element, das Ziel, das es zu verfolgen galt, ganz im Sinne von Dantes Göttlicher Komödie.

In dieser von ihm selbst erbauten Bücherwelt führte er ein groteskes Höhlenleben, eigensinnig und verschroben, immer auf der Suche nach einer neuen Entdeckung, die ihm vielleicht über die Jahre hinweg entgangen war und die es nun galt neu zu gewichten und in sein Wissensuniversum einzubauen. Nochmals Dantes Komödie oder den Ulysses von Joyce lesen und neu interpretieren, Kants Kritiken akribisch zu hinterfragen, der verlorenen Zeit Prousts nachgehen, Kirkegaards Entweder – Oder genauestens abwägen oder Hegels Weltgeist, der die Geschichte vorantreibt, von neuem beschwören und auferstehen zu lassen? Um sich allerdings ganz auf seine Aufgaben konzentrieren zu können, ist es für ihn wichtig von den lästigen Tagesroutinen befreit zu werden. So muss die Wäsche frisch gewaschen, die Hemden gestärkt, die Vorratskammer voll und das Essen fertig gekocht auf dem Tisch stehen. Selbst die Böden sollten gründlich geschrubbt sein. Alles andere entbehrte für ihn jeglicher Akzeptanz und Bedeutung, verschwand geradezu hinter einer Wand aus tausenden von Wörtern. Nur seine Regale und Bücher dürfen nicht angerührt werden, selbst wenn eine dicke Staubschicht seine Schätze bedeckte, war ihm das Einerlei. Und all dies konnte doch nur möglich sein, wenn er Jemanden finden würde, der ihm den Haushalt führen würde. Nur so war sein Leben noch vorstellbar und mit Sinn gefüllt. „Ich muss eine zuverlässige Person finden, die mir die täglichen Verrichtungen vom Leibe schafft und mir den ungehinderten Zugang zu meiner Bücherwelt bewahrt!"

Am nächsten Tag machte er sich auf den Weg zum Städtischen Anzeiger, um eine Stellenanzeige aufzugeben, in der er unmissverständlich um ausreichende Versorgung bat, damit er sich ungestört seiner Leidenschaft, seinen Büchern hingeben konnte. Das unscheinbare, zweistöckige Haus befand sich etwas außerhalb vom Stadtzentrum, gleich neben einem alten, verlassenen Bahnhofsgebäude, dessen Eingangstreppe mit hochstehendem Unkraut übersät war, als wolle es vermeintliche Besucher schon an dieser vorgelagerten Stelle von ihrem Vorhaben abhalten. „Kaum zu glauben, dass sich hier die größte Tagespresse der Stadt befinden soll". Kien öffnete die schwere, hölzerne Eingangstüre und stand sogleich in einem weitläufigen Büroraum, der übersät war mit Schreibtischen, Stenographen und dahinter sitzenden grau gemusterten Herren, die ständig irgendwelche Notizen auf bereit liegende Papierstapel schrieben, ohne auch nur ein einziges Mal aufzuschauen, ob sich in irgendeiner Form Besucher einstellten, was hier offensichtlich eher die Ausnahme zu sein schien. Zumindest nahm er das nach dem ersten Eindruck an, da Niemand seine Anwesenheit zu bemerken schien, obwohl er gerade und nach oben gerichtet, für alle gut sichtbar, in einem weiten Raum stand, geradeso wie ein Leuchtturm an einer felsigen Küste weithin zu erkennen ist. Kien steuerte zielsicher den erst besten Schreibtisch an, setzte sich auf einen davorstehenden schweren Holzstuhl, der sich beim hereinfallen in eine bequeme Sitzposition allerdings lediglich als wackliger Hocker entpuppte, so dass er umgehend wie ein Seiltänzer balancieren musste, um nicht sofort krachend auf dem Boden zu landen. Und wie er so vor sich hin wackelte und ständig darauf achten musste das Gleichgewicht nicht zu verlieren, musterte er seinen Gegenüber mit strenger Mine. Dieser schien seine Ankunft allerdings immer noch nicht bemerkt zu haben, bearbeitete weiterhin seinen nicht im geringsten kleiner werdenden Papierstapel und erst nachdem sich der Alte mit Nachdruck räusperte und deutlich auf seine Anwesenheit hinwies, schaute er zu ihm auf, um seinen Blick sofort wieder auf ein vor ihm ausgebreitetes Schriftstück fallen zu lassen, was Kien mit großem Erstaunen zur Kenntnis nahm. Denn er war es nicht gewohnt sich in Geduld zu üben. „Hätten sie vielleicht die Güte mir ihre ungeteilte Aufmerksamkeit zukommen zu lassen", sprach ihn Kien nun mit erhobener und fast schon vor innerer Wut bebender Stimme an. „Einen Augenblick noch Geduld, mein Herr. Sonst verliere ich die Fassung und meine Aufgabe aus dem Blick". „Sie verlieren die Fassung. Sie? Der sie hier ständig etwas schreiben, was die Welt nun wirklich nicht braucht, während ich schon viel zu lange hier verloren sitze und ohne meine Bücher bin. An guten Tagen, wie ich sie früher einmal kannte, hätte ich schon längst den Tag mit einem großen, neuen Kapitel eröffnet. Aber nein. Unnütz sitze ich hier und warte auf sie, der sie mein Leid wohl nicht anerkennen". „Also gut. Was wünschen sie mein Herr?" „Eine Anzeige wünsche ich aufzugeben und …", doch der Angestellte unterbrach Kien sogleich mit Macht. „Eine Anzeige hier. Das ist nicht möglich. Sie müssen ganz ans Ende des Raumes. Dort befindet sich die Annahme für die banalen Dinge". „Banale Dinge? Wichtige Dinge trieben mich hierher und …". „Dann gehen sie, solange es noch Zeit ist. An manchen Tagen schließt die Annahme sofort, nachdem sie eröffnet ist". Kien nun vollständig genervt und verschreckt, machte sich nun umgehend auf den Weg. Durchmaß den Raum mit Riesenschritten, obwohl er nicht das Gefühl hatte wirklich vom Fleck zu kommen, bis er endlich in ein hinteres Zimmer gelangte, das nur spärlich erleuchtet, eher einer offenen Gruft ähnelte. Auch hier ein Schreibtisch und ein eifriger Angestellter, der gerade mit einem dicken Schild in der Hand vor seiner Türe stand und wohl gerade seinen Laden schließen wollte. „Sie wollen doch jetzt nicht schon schließen?" „Ich schließe immer, wenn es mir beliebt, denn die Zeit drängt. Unaufhörlich schreitet sie voran und lässt mir keine Ruhe. Doch wie mir scheint, laufen sie ihr ebenfalls hinterher. Ganz verhetzt schauen sie mich an. Also will ich heute eine Ausnahme machen, guter Mann", klemmte sich das Schild kurzentschlossen unter seinen Arm und drängte Kien mit einem freundlichen Klaps auf seine rechte Schulter in den Raum hinein und schloss mit einer ausladenden Handbewegung die Türe hinter sich. Kien kam es gleich so vor, als sei er nunmehr gefangen und eine Flucht zwecklos. Zögerlich setzte er sich auf einen bereit gestellten Stuhl vor dem ausladend breiten Schreibtisch, hinter dem sich der Beamte schon auf einem hohen, thronenden Sessel aufgesetzt hatte und ihn mit scharfen Blicken von Oben herab taxierte. Kien kam es so vor, als würde er mit einem Riesen sprechen. „Was wünschen sie mein Herr? Doch bedenken sie, dass nicht alle Wünsche erfüllt werden können. Manchmal erwächst daraus sogar eine fürchterliche Anklage und ein Prozess ist unausweichlich!" „Eine Anklage, ein Prozess. Was sollte ich verbrochen habe? Ich möchte lediglich eine Anzeige aufgeben. Sonst nichts". „Aber das ist es ja. Eine Anzeige? Sie wollen etwas anzeigen, von dem ich bislang noch keine Kenntnis hatte. Was macht sie so sicher, dass dies nicht zu ihrem Verhängnis wird?" Kien wurde nun zunehmend unruhiger, rutschte unsicher auf seinem Stuhle hin und her, dabei den Beamte nie aus dem Auge verlierend und fast schon der Verzweiflung nahe. „Ich wünsche lediglich jemanden zu finden, der mir den Haushalt führt. Sonst nichts". „Den Haushalt führen. Mmmmh. Ein schwieriges Unterfangen. Dann war ihr Haus bislang führungslos? Und sie wissen was das bedeutet?" „Nein, was sollte es schon bedeuten". „Eine Pflichtverletzung ist es ganz sicher mein Herr. Denn die Dinge müssen in ihrer Ordnung bleiben. Darauf legen wir großen Wert!" „Was heißt hier wir? Und wer sagt, dass es keine Ordnung gab?" „Sie selbst machten es gerade mehr als deutlich. Und ich ermahne sie ausdrücklich hier die Wahrheit zu sprechen!" Kien war schon kurz davor aufzustehen und das Weite zu suchen, als er im hinteren Bereich des Zimmers zwei Herren in schwarzer Kleidung ausmachte, die ihn wohl schon länger unter Beobachtung hielten. Und irgendwie kamen sie ihm bekannt vor. Vielleicht aus einem Buch, das auch von einem Prozess handelte? Kien überlegte kurz und entschloss sich dann lieber sitzen zu bleiben und alle Fragen ordnungsgemäß zu beantworten. Denn ihm kam es so vor, dass der Beamte auch ein hohes Richteramt inne haben musste und die beiden Herren ihm als Gehilfen zur Seite gestellt waren. „Gut. Ich suche lediglich nach einer Haushälterin, die mich bei der täglichen Arbeit unterstützt. Nichts weiter". „Sie schaffen die Dinge also nicht alleine. Glauben sie ein vollwertiges Mitglied der Gesellschaft zu sein?" Kien, nun fast wieder aufbrausend. „Aber ja. Was für eine Frage. Ich behaupte sogar die Dinge ganz besonders durchdrungen zu haben, wie kaum jemand anderes". „Dann wähnen sie sich also an der Spitze und sitzen dennoch hier, um nach Hilfe Ausschau zu halten!?" „So ist es. Auch der stärkste Elefant benötigt manchmal ein wenig Unterstützung, mein Herr", entgegnete Kien, der nun merklich mutiger wurde und sich im Aufwind wähnte, da er bislang noch nicht abgeführt wurde, was er für ein gutes Zeichen hielt. „Wie ich sehe, haben sie ebenfalls Unterstützung eingeholt, die teilnahmslos in der hinteren Ecke ihres Büros auf ihren Einsatz wartet". „Und dieser kann gleich erzwungen werden, mein Herr, wenn sie mir nicht sogleich eröffnen, was ihr Begehr ist". Kien, den Mund weit geöffnet und fast schon sprachlos, musste erst einmal schlucken, bevor er seiner Sprache wieder mächtig wurde". „Ich wünsche lediglich eine Anzeige aufzugeben, in der ich um Unterstützung für meinen Haushalt bitte. Sonst nichts". Der Beamte schaute kurz nach hinten, so als würde er gleich den unvermeidlichen Einsatzbefehl erteilen, den alten Professor sofort abzuführen. Doch mit einem kurzen Nicken wies er seine Helfer an, den Raum zu verlassen, was diese auch gleich durch eine hintere Seitentüre gehend taten. „Sehn sie. Die Dinge regeln sich manchmal anders als man glaubt. Ich werde ihre Anzeige aufnehmen. Aber glauben sie nicht, dass die Sache damit bereits erledigt sei!" Kien, der völlig entkräftet war, ging auf die Bemerkung nicht ein und gab seine Anzeige nun in kurzen, prägnanten Worten auf, bezahlte den genommen Dienst und verließ geradezu fluchtartig, wie ein Hundertmeterläufer kurz vor der Ziellinie, den Raum, wäre dabei fast über seine eigenen Füße gestürzt, konnte sich jedoch an der Kante eines Schreibtisches noch rechtzeitig abstützen und kurze Zeit später sah man den Alten vor sich hin fluchend, die schwere Holztüre aufstoßend und diesen merkwürdigen Ort verlassen. „25 Euro für eine, kleine Anzeige!? Was für eine Bauernfängerei. Man sollte sich an höherer Stelle beschweren". Und mit diesen Worten verließ er den ungeliebten Ort und war sogleich wieder auf dem Weg zurück in seine Bibliothek, dort wo sein zu Hause und Lebensmittelpunkt war. Hastig durch-schritt er die fremden Häuserschluchten, die bedrohlich zu ihm herab schauten, schnell atmend und von tiefer Unruhe getrieben rannte er so schnell er konnte, da er am heutigen Tage noch nichts Wichtiges auf den Weg gebracht hatte, was sonst nicht in seiner Natur lag. Und so zog es ihn mit Macht zurück in seine Welt, die schon aus der Ferne ihre offenen Arme nach ihm ausstreckte, wie einen verlorenen Sohn, der nach jahrelangen Entbehrungen nun endlich Heim gefunden hatte. Nur noch wenige Meter und schon konnte er erwartungsvoll die Eingangstüre öffnen, schwebte förmlich wie von Engeln befördert durchs glitzernde, hell erleuchtete

Treppenhaus und war schon gleich wieder in seiner heimischen Burg angekommen. Mit einem Schlag war die schwere Tür aufgerissen und flog sogleich auch wieder zu. Nun konnte er wieder frei durchatmen. „Endlich. Nun kann mein Tag beginnen!"

Und so kam es, dass es schon nach zwei Tagen und für ihn vollkommen unerwartet, weil es in aller Regel keine äußere Anlässe gab, an seiner Türe klingelte. Fast schon mit militärischem Gedröhne, posaunte der irre Klang in sein Reich und erinnerte ihn schmerzlich daran, dass es dort draußen noch eine andere Welt gab, die nun um Einlass bat. Mürrisch, wie immer und abfällig gestikulierend, ob der unangenehmen Störung, machte sich Kien auf den unliebsamen Weg zu diesem verhassten Portal, das gewöhnlich keine guten Neuigkeiten für ihn bereit hielt, öffnete abrupt, als wolle er den Eindringling sogleich abschrecken und umgehend entfernen und stand plötzlich wie angewurzelt auf seinem unfrei gewählten Platze, als er eine recht ansehnliche, etwa 50 jährige Frau mit schwarzen Haaren und durchaus spitzfindigem Munde, vor sich stehen sah. „Sie wünschen? Und ich sage es ihnen gleich. Keine Verkäufe an der Haustüre und Spenden lehne ich grundsätzlich ab". „Sehr verehrter Herr Professor. Mein Name ist Grubach, Eleonore Grubach und ich stelle mich auf ihre Anzeige hin vor." „Anzeige? Ich. Was zum Teufel sollte ich suchen. Sie sind doch wohl nicht die Haushaltshilfe. Scheinen mir etwas zu fein für diese Arbeit zu sein, wenn ich dies höflichst bemerken darf". „Sie dürfen Herr Professor. Aber seien sie gewiss, dass meine Referenzen untadelig …" „Referenzen interessieren mich nicht. Wenn sie zupacken können und zuverlässig sind, stelle ich sie hiermit ein. Sie führen mir den Haushalt mit allem was dazu gehört und lassen mich um Gottes Willen in Ruhe mit dem ganzen Kram. Zu Wochenbeginn bekommen sie 380 Euro Haushaltsgeld und damit bestreiten sie alle Ausgaben, die notwendig sind. Der Rest ist ihr Salär für die Woche. Ich denke, das ist mehr wie ausreichend. Was denken sie?" „Bin ganz ihrer Meinung, möchte ihnen aber auch gerne zu Ohren bringen, dass ich eine ausgezeichnete Beraterin und Zuhörerin bin, falls sie wissen was ich meine". „Werte Frau Grubach. Wenn ich eine Beraterin bräuchte, hätte ich danach gesucht. Bleiben sie bei den Dingen, die ich ihnen auftrage. Und keinesfalls, niemals, und bitte hören sie mir gut zu! … Niemals stören sie mich bei meiner Arbeit! Die Bibliothek, die sich im hinteren Bereich meiner Wohnung befindet, muss für sie verschlossen bleiben. Das ist meine Bedingung, mein Gesetz, das ich schon vor langer

Zeit verabschiedet habe und an dem nicht zu rütteln ist". „Aber Herr Professor. Gerade im Umgang mit Büchern bin ich sehr geschult. Glauben sie mir. Einst war ich Protagonistin in einem wichtigen Buch und konnte mit ansehen, wie man einem ungescholtenen Bürger, der mir selbst gut bekannt und anvertraut war, in einem Prozess persönliche Schuld zugewiesen hat". „Mag sein liebste Frau Grubach, dass sie ihren Dostojevskij oder Gott weiß wen gelesen haben. Hier vergessen sie alles und verrichten die Dinge, die ich ihnen auftrage". Frau Grubach willigte etwas verschrocken, deutlich zurückgenommen ein und man vereinbarte sich auf den Beginn der kommenden Woche. Mit einer kurzen Handbewegung, die fast schon einem Rauswurf gleich kam, drehte er sie kurzum und hastig zur Tür hin und schob sie mit der rechten, aufgelegten Hand unversöhnlich über die Türschwelle, schloss diese so schnell als möglich, blieb aber noch einen Moment lang nachdenklich bei der Türe stehen, als hätte er etwas vergessen. „Woher kenne ich diese Person, diesen Namen nur. Grubach, Grubach???.... Und von welcher Schuld war hier die Rede? War sie vielleicht selbst an einem Prozess beteiligt? Dann wäre ja alles umsonst und sie wäre sicher nicht geeignet. Ein Prozess wäre sicherlich das Letzte was ich jetzt gebrauchen könnte." Kien kam es gleich so vor, als habe er diese Dame bereits einmal kennen gelernt, konnte sich aber nicht mehr erinnern. Intuitiv fiel ihm der Name Fräulein Bürstner ein. Und so wie ihn der Blitz der Erkenntnis kurz getroffen hatte, war dieser Gedanke auch gleich wieder zu Grabe getragen, weil ihn wichtigere Dinge umtrieben. „Hoffentlich hat sie mich verstanden. Scheint eine aufdringliche Person zu sein, die einen eigenen Kopf hat. Beraterin. Wer braucht denn so etwas? Aber was soll's. Hauptsache die Dinge werden erledigt. Wir werden sehen, ob sie sich bewähren wird. Noch halte ich ganz alleine alle Fäden in meiner Hand!"

In der nächsten Woche bezog Frau Grubach dann ein kleines Zimmer gleich neben der Küche und Kien selbst zog sich sogleich in seine Bibliothek zurück, um sich in der Auseinandersetzung mit dieser vermeintlich penetranten Person keine Blöße zu geben. So war die Demarkationslinie schon von Anfang an klar gezogen und alle Missverständnisse wohl ausgeräumt. Zumindest war dies seine Hoffnung, wenn er auch nicht ganz sicher war, da er immer noch mit ihrem Namen und erwähnter Vorgeschichte als Prozessbegleiterin haderte. Und so vergingen die ersten Tage und Wochen in wohl geteilter Zweisamkeit, die für die Grubach eher wie eine Isolationshaft anmuten musste. Lediglich an den Einkaufstagen hatte sie etwas menschlichen Verkehr mit dem immerfort grummelnden Alten, während der Professor für sie ansonsten in der Wohnung fast unsichtbar blieb, wie ein Geist, der lediglich zu nächtlicher Stunde durchs Haus schlich auf der Suche nach den irdischen Dingen, auf die er dann doch nicht ganz verzichten konnte. Sogar das wöchentliche Haushaltsgeld überreichte er ihr nie persönlich, sondern schob es fein säuberlich abgezählt in einem Umschlag verpackt durch die Küchentüre zu ihr hin. Die Grubach ging derweil geflissentlich ihrer Arbeit nach, putzte und wienerte was das Zeug hielt, während der Professor sich nun endlich wieder voll und ganz auf seine Bücher konzentrieren konnte. Es schien sich alles zum Guten zu wenden. Das Leben, sein Leben konnte nun wieder seinen wohlgeordneten Lauf nehmen.

Eleonore Grubach machte sich allerdings so ihre Gedanken, welchen Schatz der alte Professor wohl hüten würde. „ Was hatte es nur mit seiner Bibliothek auf sich?" Es musste etwas Besonderes und Wertvolles sein. Anders konnte sie sich die Geheimniskrämerei des Alten nicht erklären. Vor wem oder was fürchtete sich der Professor und was wollte er verbergen? Hatte er sich vielleicht etwas zu Schulden kommen lassen? Schon einmal hatte sie dabei beigewohnt, wie man einem unschuldigen Erdenbürger den Prozess gemacht hatte, seine Schuld dennoch nachwies und zu einer mehr als gerechten Strafe kam, die umgehend vollzogen wurde. „Das Gesetz muss zu seinem Recht kommen. Und das der alte Professor etwas zu verbergen hatte, ließ unweigerlich auf seine Schuld schließen", grummelte sie und war restlos davon überzeugt. Und für die Grubach stand ebenso außer Frage, dass diese Schuld unermesslich sein musste. Wie sonst wäre es zu erklären, dass er ihre Ambitionen gleich zu Beginn ihrer Bekanntschaft so brachial im Keime erstickt hatte? Sie geradezu abschmetterte, als würde er selbst ein schnelles Urteil über sie sprechen. Nun wollte sie Recht sprechen und diesem Lebensasketen endgültig den Boden unter den Füßen wegziehen. Denn er hatte sich selbst beschuldigt, als er ihren Rat abwies und sie gleichsam wortlos und damit ehrenlos aus seinem Haus drückte, urteilte die Grubach ohne Mitleid und war sich gewiss, dass nun ihre Zeit gekommen wäre. Sie wollte ihn beraten und mit Lebenserfahrung ausstatten, die ihm offensichtlich so dringend fehlte. Und ihm viel nichts Besseres ein, als dieses Ansinnen kühl, hartherzig und störrisch zu unterschlagen. „Schuldig, eindeutig hat er Schuld auf sich geladen und muss bestraft werden", sagte sie nun innerlich aufbrausend zu sich selbst, stand wild gestikulierend wie eine Furie vor dem Spiegel im Flur und steigerte sich dermaßen in Wort und Ton hinein, dass sie befürchten musste, dass der Alte gleich zur Türe hineingeschossen kam, was aber zum Glück nicht der Fall war. So schloss sie ihr Plädoyer, trat dreimal mit dem Schuh auf den Boden und somit war das Urteil besiegelt, rechtskräftig verkündet und musste nur noch vollzogen werden.

Nun sah sie die Gelegenheit gekommen aus ihrer einfachen Anstellung eine Eroberung fürs ganze Leben zu machen, indem sie das gefällte Urteil gegen ihn vollziehen wollte, das nach ihrem eigenen Willen nun eindeutig vorsah, sie zur eingeschränkten Herrin dieses Hauses zu machen, wenn sie nur recht vorsichtig und behutsam vorgehen würde. Nur so sollte ihr die Suche nach dem vermeintlichen Schatz offenstehen. Alleine über seine Bücher konnte sie Kien auf ihre Seite ziehen und seinen Argwohn besiegen. Und wenn dies geschafft war, würde sie den Schuldspruch über ihn sprechen und ihn hinaus werfen aus der gemeinsamen Wohnung, die ihr dann vollständig offen stehen würde, quasi zur freien Verfügung und Besetzung. Und sie würde das Geheimnis, dass sich irgendwo bei seinen Büchern verbergen sollte, schon lüften. Ganz gewiss. Diesen Schatz würde sie für sich heben!

Die Grubach war nun ganz in ihrem Element. Eifrig und beflissen erledigte sie ihre tägliche Arbeit und vermied es zunächst peinlichst genau den Professor bei seiner Arbeit zu stören. Lediglich in der Nacht schlich sie sich gelegentlich in die Bibliothek um ein wenig Ordnung zu schaffen, was Kien jedoch nicht sofort bemerkte, sondern davon ausging, dass sich die Ordnungsliebe seiner Haushälterin auch ganz automatisch auf seine persönlichen Umstände übertrug, was ihm durchaus reizvoll erschien und gefiel. Denn schon länger wunderte er sich darüber, dass er die ansonsten von einer Staubschicht bedeckten Buchrücken nun ohne größere Umstände gut lesen konnte. Darüber hinaus stellte er gelegentlich fest wie gut ihm die Arbeit von der Hand ging und die täglichen Dinge für ihn sauber geordnet zu sein schienen. Bis die Grubach ihm eines Tages feierlich eröffnete, dass sie hier und da in der Nacht auch in seiner Bibliothek etwas Ordnung schaffe, aber sehr darauf achte, die bestehenden Zustände nicht in Gefahr zu bringen. Und so hätten die Dinge, nur durch ihr Zutun, ihren richtigen Platz beibehalten. „Was? Entgegen meinen Anweisungen", donnerte es Kien zunächst aus seinem Mund, wie ein anschwellendes Gewitter an einem drückenden Sommertag. Und mit erhobener Stimme wies er zunächst den offenkundigen Verrat von sich, wenn auch die Grubach, gut vorbereitet wie immer, sofort zum unvermeidlichen Gegenschlag ausholte. „Herr Professor, denken sie doch bitte nach. Haben sie in den letzten Woche jemals vergeblich ein Buch gesucht, wie dies früher bei ihnen üblich war". „Keineswegs Frau Grubach, aber dennoch ….". Die Grubach unterbrach ihn vehement. „ Kein Staubkörnchen befleckt ihre geliebten Werke. Da haben sie es. Ohne mein Geschick im Umgang mit Büchern wäre ihre alte Ordnung doch zunehmend in Gefahr gewesen. Sie glauben ja gar nicht, wie schädlich der sich aufstapelnde Dreck für ihre Bücher sein kann. Irgendwann setzt er sich so gezielt ins beschriebene Papier, dass die beschriebenen Seiten schnell verloren sind. Sie sind in die Jahre gekommen und können die Dinge nicht mehr nur alleine richten. Was meinen sie, liebster Professor Kien?" „Vielleicht haben sie ja Recht", schlug der Professor nun einen gedämpften und versöhnlichen Ton an, weil er instinktiv fühlte, dass er hier von einer versierten Kämpferin zur Rede gestellt wurde, der er sich nicht gewachsen fühlte und sich schon innerlich aufgegeben hatte. „Aber ich muss sie dennoch nochmals eindringlich auffordern meine Anweisungen peinlichst genau zu befolgen. Nachts können sie gerne weiterhin ein wenig Ordnung in der Bibliothek halten. Aber treiben sie es nicht zu bunt wehrte Frau Grubach. Auch und gerade ein älterer Herr wie ich hat so seine eigene Belastungsgrenze, die es nicht zu überschreiten gilt". Eleonore Grubach sagte zu und befand sich innerlich schon in der Bibliothek thronend, umgeben von tausend Büchern, die sie als Schatzsucherin durchforsten wollte. Und so war der erste Schritt zur Entmachtung des alten Professors gemacht. Das Tor war nun weit geöffnet und sie selbst musste nur noch eintreten. Voller Stolz durchschritt sie es in den nächsten Wochen, einer Königin gleich, die nunmehr die ganze Macht an sich ziehen konnte. „Deine Schuld, lieber Professor, ist nun bewiesen. Du hast es selbst offenbart. Und ich vollziehe das Urteil bereits recht bald", dachte sie mit einem höhnischen Blick voller Zuversicht und ließ den Alten zunächst noch in Ruhe, betrachtete lediglich aus der Ferne die Unbeholfenheit des Professors, der sich selbst bei den einfachsten Dingen des täglichen Lebens schwer im Wege stand. So sollte es für sie ein Kinderspiel sein, die Dinge Stück für Stück an sich zu reißen, ohne dass der Alte Wind davon bekommen sollte.

Und so geschah es, dass sie ihm recht schnell klar machte, wie unentbehr-
lich sie doch sei und überhaupt ein gemeinsames, amtlich beglaubigtes
Zusammenleben das einzig Richtige für ihn wäre. Nur wenn sie seine Frau
sei, könnten die Dinge sich noch besser in seinem Sinne ordnen, sogar
Behördengänge, die ihm so verhasst waren, für ihn übernommen werden
und somit umfassend für ihn und seine so wichtige geistige Aufgabe Sorge
getragen werden. Denn nur so wäre es möglich, dass er sich vollends seiner Leidenschaft widmen und wichtige Aufgaben endlich abschießen
könne, was sie mit all ihren Fähigkeiten unterstützen wollte. Kien freun-
dete sich fast schon mit diesem Gedanken an, einem anderen Menschen
Einlass in seine Welt zu gewähren, was für ihn äußerst ungewöhnlich war
und der Grubach wiederum bewies, dass er Schuld auf sich geladen haben
musste. Wie sollte dieses Entgegenkommen sonst möglich sein? Täglich
befiel sie den alten Professor mit ihrer Sorgsamkeit, so dass der Alte nur
noch daran dachte, seine Ruhe wiederzufinden. „Soll sie doch ihren Willen bekommen, wenn nur endlich Ruhe einkehrt in dieses Irrenhaus".

So ließ sich der alte Kien also letztlich überzeugen. Hauptsache, sie gab
sich endlich zufrieden und Schluss wäre es mit dem täglichen Gequengel
und Einerlei. So heiratet der alte Professor schließlich das Fräulein Eleonore Grubach, da sie so für ihn offen-sichtlich am besten dazu in der
Lage ist, ihn und seine Bücher gewissenhaft zu behandeln und ihre ordnende Hand über seine Geisteswelt zu halten. Doch nachdem die beiden
nun endlich vermählt waren und die Grubach sich nun endgültig am Ziel
wähnte, zeigt sich schon in der Hochzeitsnacht der wahre Geist seiner
nun angetrauten, lieben Ehefrau, die ihr wahres Gesicht nun schrecklich
aus der vorgetäuschten Sorge um den alten Mann erkennen ließ.

Sich schlafend stellend und dem rhythmischen Schnarchen ihres nun angetrauten Mannes mit einer fürchterlichen Abscheu folgend, fährt sie tief
in der Nacht, während der alte Professor noch friedlich im Traume seine
Bibliothek observiert, plötzlich unvermittelt auf, rüttelt den Alten mit
roher Gewalt wach und stellt ihn sogleich mit scharfer Stimme zur Rede.
„Nun ist die Zeit gekommen, das Urteil zu sprechen, alter Mann. Nimmer
mehr kann ich ertragen, dies Röcheln, Schnarren und Schnauben neben
mir zu dulden. Mir kommt es so vor, als ruhe ich neben einem fürchterlichen Tier, das mein Leiden ins Unermessliche steigert. Deshalb verurteile
ich dich nun zum Verlassen dieses Zimmers". Kien, noch völlig schlaf-

trunken und verdutzt, sieht sich sogleich aus dem Bett gestoßen und mit einem mächtigen Wurf brachte das verschlagene Fräulein auch noch die weiche, wohlig angewärmte Bettdecke hinterher. „Verlasse dies Zimmer! Sofort! Denn ich verstoße dich hiermit". Kien, noch ganz in seinem Traum gefangen, aber schon halb auf dem Boden liegend, rafft seine Bettdecke zusammen und verlässt wie in Trance fluchtartig das gemeinsame Schlafgemach, rollt sich auf dem Boden des Vorzimmers in seine noch warme Decke und glaubt nun immer noch, er müsse dies gerade träumen und wenn er aufwachen würde, wären die Dinge wieder in ihrer alten Ordnung. Doch am nächsten Morgen, als er endlich nach großer Müdigkeit erwachte und sich unendlich elend fühlte, als wären Dämonen über Nacht über ihn hergefallen, fand er sich vor der Eingangstüre seiner Wohnung liegend. Erschrocken stand er auf, klopfte mehrmals gegen die Türe, schrie wie verrückt nach Einlass, dass die halbe Nachbarschaft schon im Hausflur stand und mit dem Kopf schüttelte, bis er endlich alle Kraft verlor, seine Decke zusammenklaubte und nach unten vor das Haus ging. Auf dem Bürgersteig war es zu der frühen Stunde noch menschenleer und der Morgen noch nicht recht erwacht. Dort fand er einen Koffer auf dem verwaisten Steig stehend, der ganz offensichtlich für ihn dort bereit gestellt war. Nach einem flüchtigen Blick des Schreckens stellte er fest, dass es sich keinesfalls um Bücher handelte, wie er inständig gehofft hatte, sondern sich im Koffer einige seiner persönlichen Kleidungsstücke befanden, die er im nächsten Moment schon in Gänze übergestreift hatte, um den Unmut der bald anwesenden Bürgerschaft nicht gänzlich auf sich zu ziehen, denn er war noch ganz in seinen Schlafanzug gekleidet. Und mit einem tiefen Seufzer verließ er den Ort seiner größten und vernichtendsten Niederlage. Aber wohin sollte er gehen? Hier war sein Leben, seine Bücher. Einfach alles, was für ihn von Bedeutung war. An der Welt, dort draußen im tristen, uneinsehbaren Grau, lag ihm doch nichts! Nur sein alter Freund Umberto fiel ihm ein, den er seit Jahren nicht mehr gesehen hatte, obwohl er in der gleichen Stadt lebte. Vielleicht war er ja schon tot? Und alles Nachdenken wäre sinnlos. Dennoch machte er sich auf den Weg zu ihm. Vielleicht gab es ja noch Rettung und nicht alles wäre verloren?

Sein Weg führte ihn durch die ihm unbekannte Stadt, wo er selten einen Fuß vor die Tür gesetzt hatte, in ein eher ärmlich aussehendes Viertel mit dunklen, engen Gassen und erinnerte ihn daran, dass Umberto als Lektor eines großen Verlages zwar gutes Geld verdiente, aber dennoch seit vielen Jahren in dieser herunter gekommenen Gegend der Stadt lebte, in der er groß geworden war. Er hing also offenbar sehr an den Bildern seiner Kindheit und Jugend, was Kien sehr gefiel, weil er selbst ebenfalls ein großer Nostalgiker war, der oftmals tief in seiner Erinnerung gefangen in Gedanken die Orte, in denen er aufgewachsen war, besuchte. Nachdem er stundenlang durch enge, fast identisch aussehende Gassen gelaufen war und fast schon die Orientierung verloren hatte, blieb er plötzlich vor einem schmalen, etwas nach hinten versetzten, eher unscheinbaren Haus stehen. „Hier ist es", sagte er mit großer Überzeugung und Erleichterung. Erwartungsvoll schaute er auf das angebrachte Messingschild an der schweren Holztüre und las …"Eco. Er lebt also noch und wohnt hier". Vorsichtig klopfte er an. Doch nichts tat sich. Nun etwas lauter und vehementer gegen die Tür pochend, öffnete sich im ersten Stock ein Fenster und ein älterer Herr mit langen, grauen, fast schon weißen Haare schaute zu ihm herab. „Umberto, erkennst du mich noch? Ich bin es, Kien". „Du, Kien? Was für eine Überraschung nach so vielen Jahren. Warte einen Moment, ich bin gleich unten!" Und nach wenigen Augenblicken lagen sie sich freundschaftlich in den Armen und gingen gemeinsam ins Haus hinein.

Kien erzählte seinem Freund bei einem Gläschen roten Wein wie es ihm die letzten Jahre ergangen war und was ihn aus seinem Haus getrieben hatte. Eco, der die schwierige, fast aussichtslose Lage seines Freundes sofort erkannte, bot ihm sofort Asyl an und wies ihm ein kleines Zimmer mit Schreibtisch in der oberen Etage zu, dass für ihn vollkommen ausreichend sein sollte, wenn ihm auch die gewohnte Nähe zu seinen Büchern fehlte. So musste er sich behelfen und hier und da auf die Bibliothek seines Freundes zurückgreifen. Denn auch er hatte eine stattliche Büchersammlung, die sich allerdings in den tiefer gelegenen Räumen befand, so dass sich Kien immer wieder auf den Weg nach unten machen musste, was seinem angegriffenen Bewegungsapparat zusätzliche Mühen verschaffte, so dass er es bald aufgab, wie in einem hohen Gebirge, mit literarischem Gepäck beladen, herum zu klettern. Lieber wollte er nur noch auf seinem Platze sitzen bleiben und seine verwirrten Gedanken zur Ruhe kommen lassen und neu ordnen.

Wochenlang sitzt der Alte nun apathisch vor einem Schreibtisch, in der Wohnung seines alten Freundes, den er schon viele Jahre nicht mehr gesehen hatte und der ihn nun endlich aufgenommen hatte, von der Straße nahm, der er selbst nicht mehr gewachsen war und fand keine passende Antwort auf seine persönliche Lage. Zu verwirrend jagten die Gedanken in seinem Kopfe hin und her und fanden keinen erlösenden Halt. Immer noch glaubte oder besser noch, hoffte er zu träumen. Und bald schon würde der Spuk ein Ende haben. So seine Hoffnung. Zunehmend zog er sich immer weiter in seine eigene Gedankenwelt zurück und nahm seinen alten Freund, der ihm gerne mit Rat und Tat zur Seite gestanden hätte, kaum noch wahr. Er verwandelte sich sozusagen in Stein, sprach kein einziges Wort mehr und verfiel zunehmend dem Wahnsinn, indem er tagelang nur noch wirres Zeug daher redete und selbst sein Freund Umberto sich keinen Reim darauf machen konnte, was mit ihm los sei und wie hier zu helfen wäre. Völlig hilflos und verzweifelt musste er dem Treiben seines alten Freundes zusehen.

Schließlich und ganz ohne Ankündigung oder ein Wort des Abschieds steht Kien eines Tages auf, zieht sich seine Jacke über, geht die Treppe hinunter, öffnet die Tür und tritt auf die Straße. Angetrieben von einer nun überbordenden Unruhe, macht sich der Professor auf den Weg. Wohin er gehen sollte, wusste er allerdings noch nicht. Ihn trieb es einfach voran. Wie ein Blatt in einem kalten Gebirgsbach, das vollkommen den Naturgewalten ausgeliefert ist. Er musste einfach gehen, sich neu finden, geradezu erfinden. Nur wohin? Welches Ziel sollte er ansteuern, wo das Meer ihn wie einen Kronkorken hin und her wirbelte und ihn nicht zur Ruhe kommen ließ? Er wusste es nicht und ließ sich einfach treiben.

Obdachlos zieht der alte Professor nun durch die Straßen einer ihm unbekannten Stadt, die er bislang noch nie in Augenschein genommen hatte, obwohl er seit vielen Jahren hier lebte. Nun war er vollkommen verloren, alleine, mit tiefer Schuld beladen, so seine ganz persönliche Vermutung und suchte sich seinen Weg, der ihn schon irgendwohin führen sollte. Vielleicht an einen anderen Ort, wenn dies möglich sein sollte!? Kiens Geist verfällt nun zunehmend dem Wahnsinn, wie einst Lenz in den Vogesen, vor langer, langer Zeit.

Ohne Trost, selbstvergessen und vollkommen von den Menschen verlassen, denen er noch nie in seinem Leben sehr nahe stand, ging er durch die hohen Häuserschluchten, die ihm wie ein riesiges Gebirge vorkamen, das sich sogleich hinter der Stadt majestätisch ins weite Blau schießend vor ihm auftat. Die weißen Gipfel und felsigen Bergflächen waren im tiefen Schnee gefangen, die Täler und Almen hinunter graues mit Moos durchsetztes Gestein, grüne, mit braunen Punkten durchsetzte Flächen, Felsen und von Wasser triefende, traurig erscheinende, dicht zusammen stehende Tannen und dornige Büsche mit hängenden Zweigen, fast bis auf den schweren, schlammigen Boden fallend, der schon darauf wartete die zögernden Schritte des Professors zu empfangen. Denn, das er zögerte war unumgänglich. Betrat er doch Neuland, wie einst Novalis in seinen romantischen Versen, auf der Suche nach der blauen Blume.

Nasskalt, windig und kühl war's auf seinem Weg nach Oben auf den glatten, wie ein scharfes Messer sich spiegelnden Bergkamm, und das Wasser rieselte in unaufhörlichen, rieselnden Strömen die mit Grünspan benetzten Felsen hinunter, sprang aufquellend über den steinigen Weg im großen Galopp, wie ein junger Gemsbock im steilen Gelände. Die Äste der traurig dastehenden Tannen hingen nun immer schwerer werdend herab in der dichten, feuchten Luft, die wie ein drückender Sargdeckel auf ihm lag, ganz seiner inneren, nichtssagenden Stimmung folgend, die ihn flach auf dem Boden hielt, obwohl er dennoch mit all seiner Kraft schnell an Höhe gewann und die weiten Gipfel schon ausmachen konnte, die ihn magisch aus der Ferne zu sich riefen. Gleich sollte er da sein! Am Himmel zogen graue, bedrohliche Wolken durchs Land, aber Alles so fest, ruhig und in gedämpften Licht, wie ein übergeworfenes Tuch, das die Lichtstrahlen im Winde hält und den Blick ins weite Blau nicht zulässt. Und dann endlich dampften die aufbegehrenden Wassernebel aus dem Tal wallend zu ihm herauf und strichen schwer und tragend durch das lebhafte, nun wild dahin gestikulierende Gesträuch, so träg, so plump wie ein aufsteigender Stein, der sein inneres Wesen verloren hat."Bleib liegen mein edler Freund. Allen Seelenfliegern zum Trotze!", stammelte der Alte vor sich hin und ging weiter seines immer beschwerlicher werdenden Weges. Gleichgültig und träge maß er seine Schritte aus, denn es lag ihm wohl nichts am holprigen und spitz aufschießenden Weg, der Einerlei war, bald auf- bald abwärts, sich gelegentlich im Kreise wie eine Spieluhr drehend oder ganz ausgestreckt den Boden ehrfürchtig liebkosend, sich nun heimisch fühlend im strauchelnden Nichts natürlicher Verbundenheit. Gleich sollte er in ihren treuen Bund aufgenommen werden. Müdigkeit spürte er keine, nur war es ihm manchmal unangenehm, dass seine Gedanken ihm nicht verlässliche Richtung auf seinem Weg geben konnten, wie in den frühen Tagen seiner Jugend, wo das Herz noch weit und offen war, gelegentlich ins Unbekannte hüpfte und neue Wege erfand, die er noch nie bedacht hatte, aber mit größer werdenden Augen für sich erwartete. Anfangs drängte es ihm wie Stiche in der Brust, dass er bald glaubte platzen zu müssen, wenn das Gestein so forsch und vital vor ihm wegsprang, der graue Wald sich unter ihm die steifen Glieder schüttelte, und der Nebel die Formen bald ganz in sich verschlang, seinen Körper halb enthüllte und lederne, in Marmor getauchte Haut zu Tage trat, die sich schnell vor der Sonne verbarg, um nicht von Oben erwählt zu werden. Es drängte in ihm wie ein aufstrebender, gleich herausplatzender Lavastrom, er suchte nach etwas, wie nach verlorenen Träumen, die er einst hatte, aber er fand nichts. Nichts, rein Nichts. Alles schien verloren und im Gewimmel der Winde ins Nichts geweht. Nur unsagbare Leere, die ihn vor sich hertrieb wie ein gehetztes Tier. Alles war dunkel und trist, so dass seine Hülle in den Winden tanzte wie ein wegschwebender Ballon an dünner Schnurr. Es war ihm alles so klein, so nahe, so nass, so verloren, so endgültig überdrüssig, als hätte er einem furchtbaren Kriege beigewohnt, der gerade erst in seine entscheidende Phase trat und er, ganz alleine für sich und ohne Beistand dem endlosen Getümmel entfliehen konnte. Er hätte die ganze Erde hinter einen lodernden Ofen setzen mögen und begriff nicht, dass er so viel Zeit brauchte, um einen Abhang hinunter zu klimmen, einen fernen Punkt zu erreichen, der in Wahrheit doch so nahe lag, zum greifen nahe. Nur seine zögernde Hand schien nicht daran zu glauben. Er hätte ihn mit seiner Hand berühren können, wenn dies Aussicht auf Erfolg gehabt hätte. Als würde man ihn halten, fest auf dem Boden drücken, um das Fliegen zu verhindern, ohne Aussicht auf Veränderung, die er aber dringend suchte, weil er musste, musste, musste und nicht anders konnte. Rein gar nichts und Niemals etwas anderes. Er meinte, er müsse Alles mit wenigen Schritten erreichen können, denn die Welt an sich schien ihm nicht sehr groß und gut gemessen, dass er sie schnell einnehmen könne. Nur manchmal, wenn der eisige Sturm die tiefstehenden Wolken in die Täler blies und es vom Wald herauf dampfte wie aus einem brodelnden Topf, und die Stimmen an den Felsen nun endlich wach wurden, wie wild nach ihm riefen, ihn umschmeichelten, bald wie fern verhallende Donner, und dann gewaltig heran brausten, in Tönen, als wollten sie in ihrem wilden Jubel die Erde besingen, und die Wolken wie wilde, wiehernde Pferde heran preschten, und der Sonnenschein dazwischen durchging mit tausend blitzenden Fanfaren und kam und sein glühendes Herz, das er steif in seiner zitternden Hand hielt und an den Schneeflächen zog, so dass ein helles, blendendes Licht über die Gipfel in die Täler schnitt, wie ein Messer durch einen Batzen Butter fährt. Oder wenn der Sturm das Wolkenmeer furchtlos abwärts trieb, immer tiefer und in einen lichtblauen, abgedunkelten See hineinriss, tief bis auf den Grund und dann der Wind sich legte und es von unten aus den felsigen Schluchten, aus den Wipfeln der ehrwürdigen Tannen wie ein Wiegenlied und Glockengeläute herauf summte, immer lauter und drohender werdend, hin zu ihm wie in die von ihm verlassene Heimat, und am tiefen Blau ein leises Rot, wie aus einem Traume hinaufklomm, und kleine Wölkchen auf silbernen Flügeln wie himmliche Engel gleich durchzogen und alle Berggipfel scharf und fest dastanden, wie Statuen, aus ewigen Stein gehauen, weit über das Land hin glänzten und blitzten, riss es ihm in der Brust, als wären tausend Adler seinem Weg gefolgt um ein Urteil über ihn zu sprechen, wie einst dem edlen Prometheus geschehen. Und seiner gleich, litt er unter den Hieben der großen Vögel, die sich zu ihm aufgeschwungen hatten und ihn tausendfach belagerten, ihre scharfen Krallen im aufkommenden Wind schärften. Er stand, keuchend, den Leib vorwärts gebogen, Augen und Mund weit offen, wie vom Staunen übermannt in lebloser Starre. Nun meinte er, er müsse dies Aufbegehren in sich sammeln, Alles in sich fassen, er dehnte sich aus und lag über der kalten Erde, er wühlte sich in die Unendlichkeit hinein, es war ihm eine Lust, die ihm wehe tat, dass er fast zu schreien begann. Oder er stand still und legte das Haupt ins weiche, aufstrebende Moos, das sich vor ihm erwartungsvoll ausgebreitet auftat und schloss die Augen halb, dann ganz, und dann zog es weit von ihm, die Erde wich unter ihm, sie wurde klein wie ein wandelnder Stern im weiten All und tauchte sich in einen brausenden aufwirbelnden Strom, der seine klare Flut unter ihm zog, wie damals als er noch an sich glaubte und ein helles Licht in der Ferne sehen konnte. Bald sollte er fallen und mitgezogen werden vom lästernden Geröll, das seinen Spott über ihn ergoss. Aber es waren nur Augenblicke, und dann erhob er sich nüchtern, fest, ruhig als wäre ein Schattenspiel vor ihm vorübergezogen, er wusste von nichts mehr, war vollkommen erinnerungslos, besinnungslos in seinen tristen Gedanken, die er nicht mehr ordnen und begreifen konnte. Sein Gehirn war unendlich leer, sein Erinnern gänzlich fort, sogar seine Anfänge schienen verloren, vielleicht für immer? Er konnte sich nicht mehr erkennen, nahm nur noch Schatten war, die angstvoll um ihn tänzelten, um ihn in Schach zu halten. Gegen Abend kam er auf die Höhe des Gebirges, auf das weite Schneefeld, von wo man wieder hinabstieg in die Ebene nach Westen. Er setzte sich oben nieder und schaute über die gespitzten, grünen Wipfel ins dahinter liegende ausgebreitete Tal, das sich groß und weit öffnete und seine Blicke anzog. Es war gegen Abend ruhiger geworden. Die dunklen Wolken lagen nun fest und unbeweglich am Himmel, soweit der Blick auch reichte, nichts als spitze Gipfel, von denen sich breite Flächen hinab zogen, und alles so still, grau, friedlich dämmernd, fast lächerlich ins Unendliche enteilt. Nun wurde es ihm entsetzlich einsam. Er war allein, ganz allein. Er wollte mit sich sprechen, aber er konnte es nicht, er wagte kaum zu atmen, das Biegen seines geschundenen Fußes tönte wie lauter, dröhnender Donner unter ihm. Er musste sich niedersetzen, um nicht für immer zu fallen und ins Bodenlose zu versinken. Es fasste ihn eine namenlose Angst in diesem Nichts, er war im Leeren, im Nichts, das ihn vollständig umgab wie ein schützender, nun gottloser Kokon. Er riss sich auf und flog von blanker Angst getrieben den Abhang hinunter wie von Donner getrieben, einem plötzlichen Blitze gleich. Es war finster geworden, Himmel und Erde verschmolzen in Eins. Die Nacht überkam alles, was einst im Lichte glänzte. Es war ihm als folgte ihm was nach, und als müsse ihn was Entsetzliches erreichen, etwas das Menschen nicht ertragen können, als jage der Schrecken in dämonischen Horden hinter ihm her. Schon konnte er die fürchterlichen, diabolischen Hufe in seinem Nacken spüren. Gleich würden sie wie ein Insekt zertreten, ihn ergreifen und fürchterlich durchschütteln, bis auch das letzte Fünkchen Hoffnung verloren wäre.

Endlich hörte er in der vertraute Geräusche, fast Stimmen, wie lockender Sirenenklang aus dunkler Nacht. Er sah entfernte Lichter, blitzend und funkelnd aus tiefem Tal, die ihm wohl heimleuchten, ihn begleiten sollten. Nun wurde es ihm leichter und wohler, als wüsste er nun wohin sein Weg ihn treiben würde. Das Herz, seine verwundete Seele begann ihn wieder zu beflügeln, wie von leichter, beschwingter Hand geweckt und das Blut schoss ihm, alle Lebensgeister weckend, durch die nunmehr frei werdenden Adern. Menschen zogen an ihm vorüber und begrüßten seinen frohen Heimweg. Man sagte ihm mit fester, wohlwollender Stimme, er hätte nur noch kurze Zeit nach dem nächsten Orte, der sich gleich hinter dem nächsten Gipfel, der sich weis schimmernd ruhig im Abendlichte zeigte, tief unten im fried-lichen Tale befand. Und so wurde sein Schritt immer leichter und wie im sanften Fluge hüpften seine Beine über die unendlichen Geröllhalden und trieben ihn ins Tal hinunter, um die Welt, die sich ihm nun wieder zuwandte, neu zu umfassen und seine Einsamkeit nun endlich zu überwinden. Als wäre die Zeit nun endlich aus finsterer Ruhe erwacht, war der Weg auch schon geschafft. Ganz im fiebrigen Wahn, von leichten Winden getragen, erreichte er das Dorf.

Nun ging er sichtlich erleichtert durch den kleinen, kaum bewohnten Ort. Die Lichter schienen von Innen heraus durch die milchigen Fenster. Er konnte die ausströmende Wärme im Vorübergehen fast spüren und sah im Vorrübergehen hinein. Kinder, ganz still und artig am Tische sitzend, alte Weiber mit krummen Rücken, Männer von der harten Landarbeit gezeichnet, Mädchen in einfachen, graumelierten Kleidern, braun gebrannte Bauernburschen mit stählernen Armen. Alles ganz ruhige, stille Gesichter, wie in einer kirchlichen Andacht dicht zusammen sitzend, vom grünen, weis gepuderten Tal beschwingt und ins Leichte, Nebulöse getrieben, als würde man gerade an einem Traume spitzen. Sogleich wurde er ruhiger. Es war ihm als müsse das wärmende Licht von ihnen ausgehen, ihn ausleuchten und sein Blut nun freier, ungehemmter fließen lassen. Es ward ihm angenehmer, die mörderische Hetzjagd nun endlich vorbei. Bald war er im ruhigen Pfarrhause angelangt, dass sich am Dorfrand stehend sogleich zu erkennen gab. „Endlich wieder unter Menschen!", rief er sich selbst zu und konnte noch nicht begreifen was mit ihm geschah. Nun konnte er endlich wieder atmen und die Freiheit des offenen Herzens schien ihn wieder machtvoll zu ergreifen. Er fühlte sich wie an Mutters Brust. So geborgen und ohne Angst.

Man saß gemeinsam am Tische, demütig, in tiefer Verbundenheit versammelt, um den Tag gemeinsam ausklingen zu lassen. Kien ging hinein mit großer Ungeduld und sanft herausschießenden Augen, die noch ganz im Feuer des Erlebten standen und nun voller freudiger Erwartung waren. Die grauen, stark verfilzten Haare hingen ihm nach der langen Wanderschaft triefend um das bleiche, noch leicht wahnsinnige Gesicht, das halb zerrissen war vom spitzen Dornengestrüpp, dort draußen in der unvergesslichen Einöde. Es zuckte ihm in den Augen und um den aufschäumenden Mund, als müsse er sein Inneres nun endlich nach außen kehren. Seine Kleider waren ganz zerfetzt und hingen in wüsten, mit Dreck verkrusteten Streifen herab, so dass man ihn für einen umherirrenden Landstreicher halten musste, der seit Jahren auf einer aussichtslosen Wanderschaft war. Nun trat der Pfarrer auf ihn zu und hieß ihn herzlich willkommen, wie es ihm seit jeher im Umgang mit weit verbreiteter Armut geboten war. Er hielt ihn für einen Handwerker oder Wandersmann, war hocherfreut und nahm ihn gleich zu seinem Sohne. „Seien Sie mir willkommen, obschon Sie mir gänzlich unbekannt sind, geehrter Herr." – „Ich bin ein Freund von Lenz, den sie doch wahrlich kennen müssen, so konnte ich erfahren und bringe Ihnen Grüße von ihm." „Der Name, wenn's beliebt" ... „Kien". „Ha, ha, ha, ist er nicht gedruckt? Habe ich nicht einige Schriften, Kritiken und Pamphlete von ihm gelesen, die einem Herrn dieses Namens zugeschrieben werden?" „Ja, aber belieben Sie mich nicht nur danach zu beurteilen, denn das letzte Spiel hat das Leben für mich geschrieben, meine Trauer geweckt und mich aus meinem Geschäfte getrieben, auf große Irrfahrt gebracht und mich für verloren erklärt". Der Pfarrer runzelte die Stirn und war nicht sicher, was er hiermit meine. Dennoch sprach man hastig weiter, um den Wahnsinn mit freundlichen Worten einzufangen. Kien suchte nach Worten und erzählte in raschen, wirren, nun herausbrechenden Schüben, aber wie auf der Folter. Erst nach und nach wurde er ruhiger, das heimliche, still daliegende Zimmer und die frommen Gesichter, die nun voller aus dem unheimlichen Schatten, wie in göttliches Licht getaucht, hervortraten, wie für ihn gemacht, das helle Kindergesicht, auf dem alles Licht wie in heiliger Trauer zu ruhen schien und das neugierig, vertraulich aufschaute, bis zur Mutter, die hinten im Schatten in engelgleicher Stille, einer Madonna gleich, saß und ihm mit ihren Blicken Zuversicht zusandte. Schon glaubte er, es sei seine Mutter, die heilige Maria. Er erzählte weiter, von seiner Heimat, seinen Büchern, seinem Lebenswerk, das nun aber endgültig verloren schien. Er zeichnete allerhand Traumgestalten, wie alten Freunden gleich, man drängte sich interessiert um ihn, um seine Geschichte zu hören und konnte nicht genug davon bekommen, denn der Wahnsinn ist ein großer Erzähler, der Wunder bewirken kann. Er konnte es immer mehr spüren und fühlte sich gleich zu Haus bei den Seinen, heimisch und nun nicht mehr verlassen. Sein blasses Gesicht, das jetzt ein wenig lächelte und strahlte, sein lebendiges Erzählen befeuerte alles um ihn herum, wie eine lodernde Fackel am Abend der Revolution, die nun endlich der Freiheit zu ihrem Recht verhilft. Er wurde ruhig, es war ihm als träten alte Gestalten, vergessene Gesichter wieder aus dem tiefen Dunkeln, alte Lieder, Mythen wachten auf. Er war weg, weit weg und dennoch endlich angekommen. Bald war es nun aber Zeit zum Gehen. Man führte ihn über die Straße zu einem anderen Haus. Das Pfarrhaus war zu eng für weitere Gäste. So gab man ihm ein Zimmer im alten Schulhause, das ganz verlassen war und wie für ihn geschaffen schien. Er ging hinauf den morschen, hölzernen Steig, fast wie in eine hohe Kuppel hinein. Es war kalt hier oben und die eisigen Gebirgswinde trieben weiter ihr munteres Spiel mit ihm, wie in den Tagen seiner Wanderschaft. Eine weite, triste Stube, ganz leer, ein hohes, still stehendes Bett im Hintergrund, das auf ihn zu warten schien. So einsam lag es auf dunklem, hölzernem Grund, fast wie ein wartendes, offenes Grab, das nur für ihn bestellt sein konnte. Er stellte das Licht auf den Tisch, und ging auf und ab, wie von innerer Wut und tiefer Trauer getrieben. Er besann sich wieder auf den Tag, seine Wanderschaft, wie er hergekommen, wo er war, das Zimmer im Pfarrhause mit seinen warmen Lichtern und lieben, nun vertrauten Gesichtern. Es war ihm wie ein Schatten, ein Traum, und es wurde ihm leer, wieder wie auf dem Berg stehend, dem er eben erst entkommen war, aber er konnte es mit nichts mehr ausfüllen, das Licht war erloschen, die Finsternis verschlang nun wieder Alles um ihn herum und eine unnennbare, aufschießende Angst erfasste ihn nun wieder mit abgrundtiefer Macht. Er sprang auf, lief durchs Zimmer, die Treppe hinunter, vor's Haus; aber umsonst. Alles dunkel und ganz finster, nichts. Er war jetzt selbst der Wahnsinn, ein großer Schreck, ein unendlicher, tief bohrender Zweifel. Einzelne Gedanken huschten auf, er hielt sie fest. Es war ihm als müsse er immer beten und seinen Gott anrufen, den er nicht kannte. Er konnte sich nicht mehr finden, taumelte gedankenverloren von einer Ecke in die andere, ein dunkler Instinkt trieb ihn, sich zu retten. Er stieß an die Steine und riss sich selbstverletzend, laut schreiend die schmutzigen Nägel aus dem blutigen Bett. Der Schmerz fing an, ihm das Bewusstsein wiederzugeben, wie damals auf seinem steinigen Weg, der ihn jeden Schritt wie eingebrannt spüren ließ. Dann stürzte er sich in den kalten Brunnstein vor dem Hause, aber das Wasser war nicht tief genug, um sein Leben endlich zu beschließen und nun alle Qualen von ihm zu nehmen. So patschte er darin wie ein junger, badender Vogel, der nichts vom tiefen Wasser weiß. Da, nun endlich, kamen Leute, aufgeschreckt vom wirren, lauten Toben. Man hatte es gehört, wie er mit Wasser um sich schlug und rief ihm zu mit großer Sorge und von fremder Angst erfüllt. Der Pfarrer, nun endlich aufgeschreckt und steil im Bette stehend, kam in großer Eile gelaufen. Kien war wieder bei sich, das ganze Bewusstsein seiner Lage ergreifend. Es war ihm wieder leicht, die Hände nun ruhig und gelassen am Körper tragend. Jetzt schämte er sich und war betrübt, dass er den guten Leuten Angst gemacht und sagte ihnen, um die Ruhe wieder herbei zu rufen, dass er gewohnt sei kalt zu baden, und ging wieder hinauf ins kalte Zimmer, wie in eine Gruft. Nun ließ ihn die Erschöpfung endlich ruhen und er konnte in seinem Kopfe wieder etwas Ordnung schaffen und fasste einen Entschluss.

Am nächsten Tage, die Sonne stand schon etwas länger ganz verloren am sich weitenden Himmel, raffte er seine restlichen Sachen zusammen und machte sich auf den Weg zurück, ganz erfüllt von einer inneren Sehnsucht. Auch wenn er in dieser Stadt immer ein Fremder gewesen war, so war dies dennoch der einzige Ort, der ihm noch geblieben war. Also trieb es ihn nun endlich heimwärts. Und während er ganz in sich versunken durch tiefe Wälder, steinige Geröllhalden und hohe Gebirgswege zurück ging, war es ihm als erstrahle seine Bibliothek in seinem Kopfe. Mit jedem Schritt durchmaß er in Gedanken seine verlorene Bücherwelt. Gedanke auf Gedanke pflasterten seinen Weg. Schon war er wieder bei Vico und Montaigne angelangt, als er schon den halben Weg geschafft hatte und in der Ferne die ersten, hohen Kirchtürme sah. „Noch zwei Tage und ich bin da“, grummelte er sich fürsorglich beschwörend zu. In der Nacht, eingerollt in eine wärmende Decke, versicherte er sich den Errungenschaften der französischen Revolution, während er am nächsten Morgen die Vorzüge der Weimarer Klassik mit sich besprach und dann folgend dem Existentiellen der 20er Jahre zugeneigt war. Und als er fast schon vor den Toren der Stadt stand und seine Gedanken zum nun notwendigen Angriff sammelte, versicherte er sich der post-modernen Literatur mit all ihren Verirrungen. Ging im Kopf noch einmal die Diskursethik von Habermas durch, um zu gegebener Zeit bereit zu sein für das, was ihn möglicherweise in einer von Menschen bevölkerten Stadt erwarten sollte. Und so kam es, dass er mit einer vollständig eingerichteten Kopfbibliothek an einem schönen Herbsttage die Stadt wieder betrat und nun ganz und gar dazu bereit schien, sein verloren geglaubtes Leben von neuem in die eigene Hand zu nehmen.

Hier, in der für ihn fremden Stadt, irrte er weiter ruhe- und ziellos umher. Ließ sich mitreißen vom Strom der plärrenden, vielbeschäftigten Menge, die beständig um ihn herum tanzte und hatte das Gefühl, eine gänzlich andere Sprache zu sprechen, so unverstanden und isoliert fühlte er sich. Überall standen Menschen vor den hoch aufschießenden Stadthäusern, gingen ganz unbeschwert über gepflasterte Straßen, immer die Augen hin und her springend, um nicht überfahren zu werden, während der Professor dies alles nur schemenhaft wahrnahm und verloren, wie ein aufgesetzter Korken auf hoher See, von einer Welle in die andere getragen wurde, ziellos den wallenden Naturgewalten ausgeliefert. „Muss sie im Kopfe behalten. Von A-Z darf nichts verloren sein", stammelte der Alte, tropfte sich im Gehen die schweißnasse Stirn ab und stieß mit einem adrett gekleideten Mann zusammen, den er gedankenverloren offensichtlich übersehen hatte. „Passen sie doch auf! In ihrem Alter sollte man etwas vorsichtiger sein", rief dieser ihm nach hinten gewandt zu und schüttelte dabei verständnislos seinen Kopf, der Kien sogleich unendlich groß vorkam, wie ein riesiger Ballon voll mit schweren, tiefgründigen Gedanken durchsetzt. Der Professor zuckte kurz auf, sah den Schatten seines Gegenüber noch entschwinden und kehrte wieder verloren in seine Gedankenwelt zurück. „Was hatte die Grubach noch gedacht, als die Männer in ihre Pension kamen um K. zu verhören?" Kien konnte sich kaum erinnern und war in Gedanken schon bei der Ausdeutung des Werkes von Kierkegaard, das ihm so viel bedeutete, weil er in ihm einen Seelenverwandten sah, der sich mit seiner Gedankenwelt ganz dicht an seine eigenen Vorstellungen anschmiegte, fast wie ein Bruder im Geiste. Schnell sah er Parallelen zu seiner jetzigen Situation. „War auch er nicht ein Ausgestoßener? Von seinen Mitbürgern verhöhnt und bedroht, immer kritisch auf die Kirche und den Klerus blickend. Ob ich dies so ausgestanden hätte wie er. Nun laufe auch ich wie wild im Kreis herum und niemand beachtet mich, obwohl ich Zuspruch durchaus gebrauchen könnte. Es fehlt noch, dass ich Kieselsteine in meinen Mund nehme, wie Hamsun's Held im hohen Norden. Ein Bibliothekar wäre mir Recht, der mir helfen könnte meine Kopfbibliothek weiter zu ordnen und die Wirrnisse zu entflechten, damit Nichts, aber auch gar Nichts verloren geht. Aber vielleicht brauche ich nur ein wenig Ruhe? Hier ist sicher nicht der rechte Ort um zur Besinnung zu kommen". Kien ging nun etwas das Tempo steigernd und zielgerichteter weiter, da er am Ende der Straße glaubte ein Cafe ausfindig gemacht zu haben. „Dort will ich auf einen Kaffee einkehren und mich ein wenig einfangen. Die Wärme wird mir gut tun. Ist schon recht kühl hier draußen und merke jetzt erst, dass ich mir den dickeren Mantel nicht übergeworfen habe. Und das alles nur wegen der Grubach. Diese Schlange. Hatte es von Anfang an auf meinen Hausstand abgesehen. Aber warte nur. Auch wenn du die Röcke einst zum Siege etwas gehoben hast, so bin ich doch nicht ganz unter sie geschlüpft. Habe meinen eigenen Kopf bewahrt. Und der ist verschlossen". Mit diesen Worten öffnete Kien die große, schwere Tür zum Kaffehaus, trat vorsichtig ein und suchte sich einen ruhigen Platz im hinteren Teil des großen Gastraumes, neben einem Mann, der ihm irgendwie bekannt vorkam. „Ich kenne diesen Mann", murmelte er noch im Vorbeigehen. Wenn ich mich doch nur erinnern könnte", dachte er und blickte von der Seite her vorsichtig zum Nebentisch. „Hier ist es doch viel sicherer für sie mein Herr. Meinen sie nicht auch?", wurde er plötzlich vom Nachbartisch angesprochen. Zunächst erschrocken fuhr er etwas hoch, nahm seine Brille aus der Jackentasche, setzte sie vorsichtig auf und schaute in Richtung der verbalen Attacke, die es zu parieren galt. „Kenne ich sie mein Herr?" „Ich glaube schon. Haben wir uns eben nicht auf der Straße beim Vorbeigehen berührt. Ich glaube ich war sogar etwas unhöflich zu ihnen und habe ihr vorgerücktes Alter nicht recht bedacht. Bitte dafür um Entschuldigung!". „Ah, sie waren der Schatten, der an mir vorbeigeflogen ist, fast wie beim Übergang von Dantes Fegefeuer in die Hölle". Sie scheinen ja sehr belesen zu sein. Auch ich schätze die Komödie sehr und entdecke immer wieder Sachen neu. Fast so, als öffnete ich jedes Mal, wenn ich sie wieder zur Hand nehme, ein anderes Buch". „Ja, das kenne ich. Es ist selten jemanden zu treffen, der Dantes Buch gelesen und für sich eingenommen hat". „Ganz bestimmt sogar. Ich hatte einmal das Glück Borges persönlich bei einer Lesung Ende der siebziger Jahre kennen zu lernen. Ein wahrer Kenner und Genießer der Komödie". „Sie kennen also auch Borges. Ganz unglaublich". Und so nahm das Gespräch seinen Lauf und bedeutete für Kien ein ungeahntes Glücksgefühl, wie er es selten erlebt hatte. Denn dieser Herr, dessen Namen hier keine Rolle spielt, ist der geheime Förderer der uns schon ein wenig bekannten Bibliothek. Nach einem längeren Gespräch, indem Kien auch, entgegen seinen Gepflogenheiten, von seiner misslichen Situation berichtet und dem wir nun nicht mehr beiwohnen wollen, nimmt er den Alten in seiner Bibliothek auf und versichert ihm, schon lange nach einem Leiter seiner so wichtigen Einrichtung gesucht zu haben. Hier findet der Professor dann im späteren Verlauf seine Berufung in der „Errettung" von Büchern. Heute kann er Menschen außerhalb dieses Systems nur noch als Störer und Feinde des Gelehrtendaseins wahrnehmen, dem seine anvertrauten Bücher keinesfalls in die Hände fallen dürfen. So sieht er für sich die Aufgabe, sie und ihren Inhalt umsichtig zu schützen und zu wahren, vielleicht sogar zu mehren. Wir werden sehen.

Der anschwellende Bauch einer Bibliothek

Einst las ich sie, bis auf den Grund. Jedes Wort nahm ich auf, besprach es mit mir selbst, zerlegte es quasi in seine Bestandteile um Neues zu gewinnen. Buch um Buch schlug ich auf, bis mein Geist sich regte und ich selbst zur Feder griff. Das weiße Blatt zerteilend schrieb ich Satz um Satz. Redigierte, korrigierte, ergänzte und gab mich ganz meinem Gedankenflusse hin. Schuf geradezu ein neues Repertoire der sprachlichen Enträtselung. Und als ich endlich ruhiger geworden und die Geistesblitze sich von oben herab milderten, sah ich mein Werk vor mir liegen. In aller Herrlichkeit schimmerte es zu mir auf. Schnell griff ich zu und suchte seinen angestammten Platz, an dem es endlich seiner Bestimmung zugeführt werden konnte. Denn an diesem Ort des ewigen Geistes sollte auch ich meinen Platz finden. Nur so ist eine Wiedergeburt ein zukünftiges Bleiben möglich, in dieser Welt des ersten Scheins, der nichts erklärt nur Fragen stellt an das was wirklich zählt. Nun war ich zu Hause angelangt! So dachte ich: „Was benötige ich noch meine eigenen Bücher, wenn ich alle Bücher um mich herum habe und mit jedermann, der sie geschrieben hat, disputieren und mich aus-tauschen kann. Ist es nicht ein unverhofftes Glück, der Grubach so auf den Leim gegangen zu sein, die mich beschuldigte, mich anklagte, meinen Prozess veranlasste, der mich nun unverhofft zum Sieger erklärt. Doch wo Sieger sind, treiben sich auch immer Verlierer um. Und wo Gut und Böse nicht klar umgrenzt sind - und das sind sie bei Leibe nicht – bleibt oft das Unwägbare, Unvernünftige, bildhaft verwurzelt im Mythos. Wer ist hier Verlierer und wer Gewinner? Ich für meinen Teil hab das Wichtigste nicht verloren und kann nun wieder meiner inneren Bestimmung nachgehen. In tiefer Ruhe erwarte ich meine Gedanken, die sauber aufgereiht der Unendlichkeit trotzen und das schwere Trübsal im Zaume halten. An diesem magischen Ort".

Kapitel 3: Die Bibliothek

All dies war Charly natürlich noch nicht bekannt, schwirrte sozusagen noch in der Unwägbarkeit herum. Denn wir befinden uns ja noch am Anfang unserer Geschichte, die vielleicht gar keine ist und nie zu einem Schluss kommen wird. Und was er auch noch nicht wissen konnte und über Kiens persönliches Schicksal eigentlich offen-sichtlich war, dass diese Bibliothek ein ganz besonderer Ort ist, der durch einen sehr reichen, ehemaligen Geschäftsmann und Kunstliebhaber, den wir bereits kurz vorgestellt haben und der allerdings im weiteren Verlauf unserer Erzählung namenlos bleiben wird, gesponsert und gefördert wird. Er steht wohl über den Dingen die hier vorgehen und hat es sich zur Aufgabe gemacht, das Wissen der Welt zu erhalten, zu durchdringen und zu mehren, ohne daraus wirtschaftlichen Erfolg zu ziehen, gegen den aktuellen Zeitgeist der allgegenwärtigen Kapitalisierung und Konsumorientierung.

Ja, gewiss. Alles richtet sich am Geld und Kapital aus, wo doch die Seele und das wahre Glück nur hüpfen kann, wenn man unter einem Baume liegt, das frisch geschnittene Gras riechen und den Wolken auf ihrer Wanderschaft zuschauen kann. Nirgends volle Überzeugung, ohne dass die Hochfinanz ihr Hände mit im Spiel hat und die Menschen wie Spielfiguren auf einem Tische hin und herschiebt, je nach Beliebigkeit und persönlicher Absicht, die meist im Dunkeln liegt und nichts Gutes verheißt. Manche fallen, werden geschlagen, bleiben einfach stehen oder gehen ihrer Wege, unbeirrt bis zum Ziel, das nicht das ihre ist, aber dennoch einen Grund zum Leben liefert, was für die breite Masse vollkommen ausreichend ist. Ist dieses einmal erreicht fragt man sich: Zu welchem Zwecke? Wo sind die früheren Legenden, die aufopferungsvoll ihre Titanenkämpfe bis aufs eigene Blut ausfochten. Sie marterten sich selbst, als wären sie Opfertiere für etwas Höheres. Nun stehen sie abrufbereit in Reih und Glied, ihren Dienst zu machen. Keine Aufgabe, nur persönlich am Ende angelangt! Und wir alle bestaunen das elende Schauspiel mit Argwohn.

Der reiche Sponsor, einst überzeugter Teil dieses Weltenspiels, bleibt allerdings viel-leicht nur eine imaginäre Person, die sich Kien eventuell nur erträumt hat, und letztlich nur durch seine Person überhaupt gedacht werden kann und wohl auch muss, obwohl sie sich ja offensichtlich einst in einem Kaffee getroffen haben mussten. Aber auch dies kann vielleicht nur ein Traum, eine Sehnsucht gewesen sein, die sich lediglich im Kopfe es alten Professors abgespielt hat. Wer weiß? Vielleicht ist dieser große Gönner sogar eine Art Gott? Oder nicht wirklich vorhanden, sondern von geheimen Mächten gewünscht und auf diesen Platz gesetzt? Oder Kien selbst ist dieser geheimnisvolle Mensch, Gönner und Mäzen, wie sie einst seit der Renaissance entstanden sind und hat sich dies alles nur er-sponnen, ganz in seiner anerzogenen, treibenden Schizophrenie gefangen? Hat er im Cafe vielleicht nur mit sich selbst gesprochen und sein Alter Ego beschworen? Man wird sehen, ob die Wahrheit ans Licht kommt!

Kien jedenfalls, ein ehemaliger Professor wie bspw. Canettis gleichna-miger Held, Nabokovs Pnin oder sein persönlicher Freund Umberto Eco selbst, der von diesem geheimen Sponsor für Geld eingestellt wurde, hat die einzige Aufgabe die Bibliothek zu erhalten und ideengeschichtlich zu mehren. Also in seinem Sinne zu idealisieren und den Prozess des Aus-tauschs mit und für die Literatur und Geisteswissenschaft zu befördern. Vielleicht sogar einen Weltgeist, eine Weltseele heraufzubeschwören. Und genau dies tut Kien durch tägliche, einstündige und öffentlich in verschie-denen Foren vorgetragene Diskussionsveranstaltungen zu einzelnen Themenbereichen wie bspw.: Der Sinn des Lebens, Ästhetik und Kunst, Das Wesen des Menschen, Humanismus, Der Geist der Literatur etc. Geladen, fast könnte man sagen vorgeladen, sind die wesentlichen Auto-ren aus der Bibliothek zu diesen Themenfeldern, vertreten durch einge-stellte, gut trainierte Schauspieler – oder sind es doch ihre Originale? So treten u.a. Freud, Kierkegaard, Cioran, Wittgenstein, Heidegger, Nietz-sche, Schopenhauer, Focault, Hysmanns, Rimbaud, Mallarme, Baudelaire, Appolinaire, Leautremont, Gide, Joyce, Beckett, Dostojewski, Nabokov, Kafka, Thoreau, Woolf, Strindberg, Hamsun, Mishima, Bulgakov, Mur-akami, Conrad, Marx, Kant und viele mehr allabendlich in einzelnen Fo-ren auf und diskutieren über den Geist, das Wesen dieser Welt. Und jeder ganz bewusst aus seiner Perspektive, seinem Verständnis heraus, das er einem breiten Publikum bekannt macht und zur Diskussion stellt.

Was Charly beim weiteren Vordringen in die Bibliothek allerdings gleich auffiel war die ungeheure Stärke und Wuchtigkeit des Gebäudes. Bunkerartig und dick umrandet stand es unverrückbar, quasi für die Ewigkeit gebaut, auf seinem Platz. Mit insgesamt 13 dicken Säulen umrahmt, beinhaltet es im Innern einen mächtigen Würfel, der in verschiedene Ebenen und Räume aufgeteilt ist. So als wäre dieser Ort auch durch seine Architektur ein lebendes Beispiel und die Verkörperung des Weltgeistes an sich, der mächtig auf seinem Throne sitzen musste. Aber die massive und ausufernde Bauweise des Gebäudes sollte nicht verwundern, da insbesondere Newton, Leibnitz und Bacon, die Gründerväter der Naturwissenschaft, für die Statik verantwortlich zeichneten. Dieses Haus musste demnach schon sehr alt und wohl jüdischen Ursprungs sein, weil gerade sie oftmals als große Kunstgönner und Sammler in die Geschichte eingingen und dafür sogleich von der übrigen Bevölkerung argwöhnisch beäugt, ausgegrenzt und verfolgt wurden. Aber umso robuster und stabiler ist es in seinen Grundfesten angelegt und scheint alles in sich aufnehmen zu können, was das geschriebene Wort hergibt. Dieser Verdienst wird augenscheinlich und deutlich durch drei mannshohe Büsten der alten Heroen der Geistes- und Naturwissenschaft im Eingangsbereich der Bibliothek dargestellt, denen Charly gerade gegenüberstand und die in keinster Weise Schlüsse darauf zuließen, dass gerade zwei dieser Protagonisten, Newton und Leibniz, zu Lebzeiten sich in einem erbarmungslose Wettstreite befanden und sich auf Teufel komm raus bekämpften. Nun thronten beide einträchtig neben-einander, begleitet von Francis Bacon, in dieser monumentalen Säulenhalle des menschlichen Geistes.

Charly ging die ausladende, weit geschwungene Treppe zwischen den Büsten hinauf und sah in einem kleinen, rechts angrenzenden Erker einen aufgebrezelten Mann, einen sogenannten Dandy, vor einem großen Spiegel (oder einem Ölgemälde) sitzen, was er im Halbdunkel nicht genau erkennen konnte, und sich andächtig, geradezu selbst zutiefst ergriffen begutachtend. Dies konnte nur Dorian Gray sein, dem Wilde ein literarisches Denkmal gesetzt hatte. Der eingefleischte Nazismus der vorgefundenen Szene ließ Charly das Blut in den Adern gefrieren. Dies war aber erst der Anfang. Von einem Moment zum anderen preschte eine elende

Figur in Ritterrüstung an ihm vorbei in Richtung Tür mit den Worten: „Kommt nur rein ihr Elendigen. Ich werde euch auf ewig in die Schranken weisen. Denn mein Name ist Don Quichote". Und einen Atemzug weiter folgte Sancho Pansa auf einem kleinen, grauen Esel sitzend und hastig seinem Chef, dem edlen Ritter der traurigen Gestalt, folgend. Auf dem Treppenabsatz angekommen vernahm Charly plötzlich dämonische Orchesterklänge, die von Schwermut und außergewöhnlichen Disharmonien getragen waren und in einem furiosen Schlussakkord gipfelten, der von Chorgesang begleitet wurde. Derweil lief auf dem oberen Flur ein verwirrter Schnauzbartträger von einem Raum in den anderen, um seinen Herrn und Meister zur Rede zu stellen, bis sich Friedrich und Richard laut anschreiend im Kaminzimmer dann endlich in den Armen lagen und in der nächsten Sekunde schon wieder wütend auseinander stoben, als sei gerade die Götterdämmerung angebrochen. Nietzsche empfand, dass in Wagners Kunst auf die verführerischste Art gemischt sei, was die Welt am nötigsten hätte: das Brutale, das Künstliche und das Unschuldige, Idiotische. Seine Musik sei ein Verderben und ziele „auf die Nerven", wie er in vielen Wortbeiträgen immer wieder bemerkte und sich dabei geradezu in Schimpftiraden hineinsteigerte und Wagner als den größten Schauspieler bezeichnete, andererseits aber auch als ein Genie, das das Sprachvermögen der Musik ins Unermessliche gesteigert habe. Er wolle nichts anderes als Wirkung, Wirkung und nochmals Wirkung! Ganz im Stile von Marx, dem es ja ebenfalls um Wirkung und direkte, praktische Veränderung ging. Und so hörte man Nietzsche sich abwendend laut in den Raum sprechend: „Alles, was Wagner kann, wird ihm niemand nachmachen, hat ihm keiner vorgemacht, soll ihm keiner nachmachen ... Wagner ist göttlich!"

Das Göttliche an Wagners Musik

Wagners Kunst hatte immer das Transzendale, Gesamte, Allumfassende, geradezu Göttliche, Dämonische im Blick. Alle Künste wie Musik, Malerei und Schauspiel sollten einbezogen werden, zu einer Synthese verschmelzen und sich symbiotisch zu etwas Neuem, Höheren, nie Dagewesenen entwickeln, das eine neue Wirklichkeit beinhaltet, die nur in der Musik erkennbar und ganzheitlich zum Ausdruck kommen kann. Charakteristisch für seinen Stil ist außerdem die Verwendung von Leitmotiven sowie die tragende Rolle des Orchesters, das nach antiker Tradition die

Dinge nach vorne treibt und sie unaufhörlich anspornt, zum Ziele peitscht. Immer weiter und mit großem Nachdruck. Er schuf bis ins Kleinste durchkomponierte Werke, deren Handlung meist der Mythologie entnommen war. So ist seine Oper in der Sage und in uralten Geschichten angesiedelt. Dabei neigen seine Figuren zu dämonischer, göttlicher Größe, die zerstörend, aber auch erneuernd wirken kann. Zentral ist dabei immer wieder das Thema der schicksalshaft Liebenden, die nur im Jenseits Erlösung finden, ganz nah am eigenen Untergang, als Voraussetzung für einen dann folgenden Neuanfang dargestellt. Grundlegend war dabei sein Konzept des Musikdramas, das auf eine ästhetisierende Wirkung angelegt war und die Dinge an der Verzweiflung, dem Grenz-gängertum maß. An die Stelle melodiöser Arien sollte ein deklamatorischer, betörender, aufbrechender Sprechgesang treten, der den Wortakzenten folgt und ihnen neue Größe verschafft; sie geradezu heraushebt aus dem geregelten Sprachfluss und verstörend auf der Suche nach dem Neuen ist, wobei das Alte zerschossen und das zu Erschaffende in den nun mächtig erstrahlenden Himmel gehoben wird. Dem Orchester schrieb Wagner dabei die Rolle des antiken Chores zu, der das Gedachte deklamatorisch begleitet. Er reflektiert und ergänzt musikalisch das Bühnengeschehen, hebt bestimmte Sequenzen hervor und schuf so durch wiederkehrende Leitmotive zusammen mit dem Gesang ein ununterbrochenes Klanggewebe einem unendlichen Netze, dichtem Klangteppich gleich. Alles war dabei dem Mythos untergeordnet, da in ihm alle Kräfte, die das Verhältnis des Menschen zu Gott, zur Natur und zur Gesellschaft prägen, wirksam seien. So entwarf er einen Mythos der Kunst, in dem das Erleben von Musik sogar die Religion ersetzen konnte.

Charly konnte sich jedenfalls augenblicklich keinen direkten Reim auf das Augenscheinliche machen. Da ja auch jede einzelne Person, Figur... für ihn nicht ansprechbar und erkundbar war, obwohl er dies mehrfach versucht hatte, aber nie eine Reaktion vernehmen konnte, so als wäre er selbst gar nicht anwesend und könnte nicht wahrgenommen werden, wie ein unsichtbarer Beobachter. Befand er sich bereits in einem Traumspiel oder war dies hier die Wirklichkeit des edlen Ortes, den er schon jetzt fasziniert und ergriffen in sein Herz geschlossen hatte, obwohl er gerade erst wenige Minuten ins Innere vorgedrungen war. „Wenn das hier alles wirklich ist, dann können diese Personen nur gute Schauspieler sein. Aber wie ist dies möglich? Diese Überzeugungskraft ist einfach unglaublich, als fühle man sich zurückversetzt in die originären Zeiten ihrer Akteure", dachte sich Charly und war schon auf dem oberen Gang ein ganzes Stück weiter vorgestoßen, als ihm ein alter, weißhaariger Herr mit einem hellen Umhang versehen und einem dicken Buch unter dem Arm geklemmt entgegen kam. Dieser Herr, der gleichsam wie ein altehrwürdiger Philosoph seiner Wege ging, schien ihm dazu geeignet einige Fragen los zu werden. Also versuchte es Charly und sprach ihn an. „Werter Herr. Können Sie mir vielleicht erklären was dies für ein Ort ist und welche Personen sich hier umtreiben. Ich glaube gar, dies ist ein umfängliches Weltenstück". „Gut gesprochen, junger Freund. Aber wie wäre es, wenn du mir zunächst einmal deinen Namen sagst, wie es unter uns Menschen üblich ist". Charly war erstaunt eine Antwort zu bekommen und blieb zunächst mit offenem Mund vor dem Greis stehen „Ja, ja …. Sie haben recht. Ich heiße Charly. Bin Taxifahrer und habe einen älteren Herrn, der gelinde gesagt etwas merkwürdig aussah, an diesen wundersamen Ort gefahren und habe mir erlaubt hier einzutreten, ohne zu wissen was mich erwartet". „Nun gut. Mein Name ist Platon. Und den älteren Herrn von dem du sprichst kenne ich gut. Es ist Professor Kien, der Leiter dieser Bibliothek. Ich selbst bin hier ebenfalls in leitender Person als Mediator tätig". „Das habe ich mir fast schon gedacht. Aber der wahre Platon bist du doch sicherlich nicht?" „Das wirst du selber heraus finden müssen, mein junger Freund. Aber alles andere kann ich dir gerne erzählen. Du scheinst mir viel Interesse für diesen Ort mit zu bringen, was mir sehr am Herzen liegt". So setzte sich Charly mit Platon in eine ruhige Fensterecke, die auf einem der 13 kreisrunden Plateaus bei den Säulen angeordnet war und keinen Blick nach Draußen zuließ, weil dicke Fenstervorhänge die Aussicht versperrten und so ein vollkommener Ort der Ruhe war, fasst höhlenähnlich und hörte seinen Worten zu, die zunächst etwas zu den hier anwesenden Personen aussagten, denen Charly ja bereits an der ein oder anderen Stelle begegnet war. Platon sprach vom Training der Protagonisten als die entscheidende Voraussetzung, um die Imagination dieses Ortes überhaupt erst zu ermöglichen. Aber Imagination setzt auch immer ein Öffnen für das Neue, vielleicht Kreatürliche voraus, das man nicht sofort sehen und erkennen kann. Aber es ist da. Nur wenige können es spüren und fühlen. Charly war jedenfalls sehr aufgeschlossen für das Imaginäre und Surreale, das zwischen den Dingen, Zeilen immer umherschwirrte. Man musste es nur herausschälen und es zu seiner eigenen Wahrheit machen. Dann erhob es sich machtvoll in neue Sphären, die gestern noch nicht gedacht werden konnten. Viele Denker und Dichter hatte er während seines Studiums kennengelernt. Und die wirklich Großen waren immer Grenzgänger. Ganz nahe am Irrsinn, der Verzweiflung, dem Fallen in tiefe Schluchten, aus denen es kein Entkommen geben konnte. Charly war fasziniert von diesen Personen, denen er sich so nah fühlte. Und nun sollte er erfahren, wie diese imaginäre Welt erfahrbar gemacht werden konnte. Er war hellauf begeistert und konnte sein Glück kaum fassen.

Kapitel 4: Das Training der Protagonisten

Platon gab Charly über ein kurzes Nicken zu verstehen, dass es jetzt Zeit wäre aufzubrechen. Sie gingen einen langen Flur entlang und stiegen dann seitwärts eine steile Treppe nach oben, die offensichtlich ins Dachgeschoss führte. Vorbei an hunderten von Bücherregalen, die auch in den Fluren und Aufgängen angebracht waren, führte ihr Weg immer weiter nach oben. An den wenigen kleinen Fenstern, die etwas Licht in die engen, dunklen Gänge warfen, konnte Charly ungefähr ermessen wie hoch sie schon gekommen waren. Ihm kam es gleich so vor, als wären sie in einem Gebirge und nun müsste der erste Schnee wohl schon fallen, denn mit zunehmender Höhe wurde es auch deutlich kühler und dicke Wolken hingen tief und bedrohlich von der Decke herab. „Du bemerkst bestimmt die Kühle hier oben. Aber alles muss authentisch sein, damit es seine Wirkung entfalten kann". Charly verstand sofort, dass dies bereits zum Training der Protagonisten dazugehören musste und rieb sich gleich seine Hände, die fast schon etwas eingefroren waren. Gerne hätte er Platon nach einem Paar Handschuhe gefragt, verkniff sich diesen Wunsch aber, um den großen Philosophen nicht unnötig abzulenken. „Es ist nicht mehr weit. Hab Geduld mein Freund!", sagte der Alte in einem freundlichen Ton, während Charly in der Ferne eine Gewitterfront auf sie zukommen sah. Platon blieb nun plötzlich stehen, zog an einer Leine, die von der Decke herab in den Aufgang ragte und zog eine Klappleiter herunter, die ihre besten Tage allerdings schon länger hinter sich gelassen hatte, so abgenutzt und spiegelblank stellten sich die Holzplanken dar. „Hier geht's nach oben, mein Freund". Mit sicheren, schnellen Schritten war er sogleich fast schon im oberen Aufgang verschwunden, während Charly noch unsicher auf dem Boden verweilte, der sich schon langsam mit ersten Regentropfen und kleineren Hagelkörnern füllte. Nun beeilte er sich hastig, hüpfte förmlich die Leiter hinauf, um Platon nicht aus den Augen zu verlieren. Und mit einem Male stand er in einem riesigen, mit dicken

Teppichen ausgelegten Raum, der mit allerlei Gerät gefüllt war. Und oben auf einer Empore, die mittig angeordnet war, saßen einige Herren, in ruhige Gespräche vertieft, in trauter Runde beisammen. Charly kamen sie alle gleich sehr bekannt vor. So glaubte er Stanislawski, Bert Brecht, Chabrol und Federico Fellini erkennen zu können. Und der Herr in der hintere Reihe, der gerade etwas aufschrieb, sah Benedetto Croce sehr ähnlich. Sein Gegenüber war unmissverständlich Golo Mann, der große Historiker und Sohn von Thomas Mann. „Das müssen die Trainer und Berater der Protagonisten sein", murmelte Charly leise vor sich hin. „Genau so ist es junger Freund. Du hast eine schnelle Auffassungsgabe", sagte Platon, der offensichtlich gute Ohren hatte und sehr aufmerksam bei der Sache war. „Aber wie ist das möglich? Sie sind doch alle schon längst tot. Aber der da ist ganz sicher Bert Brecht. Alles an ihm stimmt. Kleidung, Habitus, Brille und die obligatorische Zigarre". „Vertraue mir", entgegnete Platon. „Es ist möglich. Und Bunuel, Godard, Tarkowskij, Eisenstein, Faßbinder und Tarantino haben wir ebenfalls hier. Sieh nur her!" Und Charly traute seinen Augen kaum. Da saßen sie beisammen und unterhielten sich angeregt. Wahrscheinlich über Literatur und Theater und er, Charly konnte diesem Treiben zusehen. Unfassbar. „Sie alle sind die Trainer hier. Und Croce und Mann sorgen dafür, dass alles seinen historisch richtigen Rahmen bekommt", ergänzte Platon.

„Erstaunlich", entgegnete Charly und war so sehr in seinen Gedanken gefangen, dass er nicht wusste, wo ihm der Kopf stand. Die Eindrücke überfluteten förmlich seine Gedankenwelt, die alles in sich aufnehmen und für sich ausformen wollte. „Oder gibt es vielleicht sogar einen Ort, vielleicht sogar dieser, wo Vergangenheit und Gegenwart zu einer Realität verschmelzen, der Zeit entfliehen, die ohne Bedeutung ist – und vielleicht ist diese Frage für den Ort der Auseinandersetzung mit Philosophie, Literatur und Kunst gar nicht relevant und kann somit sogar vernachlässigt werden?" Charly war sich nicht sicher. Spürte aber, dass Platon auf diese Frage nicht eingehen würde. Dies alles war sehr geheimnisvoll und er war sich sicher, dass der große Philosoph wohl niemals alle Geheimnisse preisgeben würde. Dennoch versuchte er Charly die wesentlichen Informationen zu geben, die notwendig waren, um dies Weltenspiel wenigstens ins seinen Grundzügen verstehen zu können.

Zunächst einmal schickt Platon seine vielen Helfer aus, um geeignete Schauspieler zu finden, Frauen und Männer, die sich in Cafes, bei öffentlichen Veranstaltungen, in Parks, auf der Straße in besonderer Weise durch ihr Verhalten hervortun. Sei es, dass sie eine bestimmte Art der Aggressivität an den Tag legen, sehr impulsiv oder feinfühlig agieren oder in besonderer Weise, durch ihre starke Persönlichkeit als Agitatoren taugen. Denn sie müssen etwas darstellen können. Das ist die Voraussetzung für eine Ansprache, die dann meist eher beiläufig, aber mit großem Nachdruck erfolgt, so dass sich in der Regel recht schnell ein Häuflein Menschen findet, dass sich bereitwillig in die Bibliothek führen lässt. Und das Ganze ohne einen angedeuteten Lohn. Lediglich der Hinweis auf große, anstehende Taten und den mög-lichen vorweggenommenen Ruhm muss hier ausreichend sein und ist es offenkundig wohl auch.

Sind sie erst einmal angekommen, werden sie in Augenschein genommen, umfassend befragt und in Charaktere eingeteilt, die dann zu entsprechenden Rollen zugeteilt werden. Dann erfolgt die Lektüre und das Einüben der jeweiligen Rolle in täglichen Übungseinheiten, die natürlich auch das Erlernen persönlicher, biographischer Daten einschließt, um die Imagination vollständig zu machen. Und schließlich geht es darum, auch das Äußere genauestens an die historische Vorlage anzupassen, was bspw. bei Marx einige Wochen in Anspruch nahm, damit der geforderte, wuschige Bart auch ausreichend wachsen konnte. Erst danach geht es darum, alle Facetten miteinander zu verbinden und das Ganze so realistisch wie möglich zu gestalten, damit die Illusion vollständig ist. Und dies geht nur in den täglichen, praktischen Trainingseinheiten, die von den jeweiligen Regisseuren begleitet und vor anwesenden Komparsen als Publikum ausgeführt werden, damit alles einen möglichst realistischen Effekt hat.

So werden hier oben die vorher eher zufällig ausgewählten Schauspieler, die aus allen Teilen der Bevölkerung kommen, in diversen Trainingseinheiten (Lektüre, Person etc.) auf ihre Aufgabe pedantisch genau vorbereitet. Und nur wer seine Person glaubhaft darstellen kann, wird als Schauspieler den einzelnen Foren zugeteilt. Vorher muss er sich aber genauestens mit dem Thema auseinandersetzen und einen fundierten eigenen Standpunkt zu seiner dargestellten Person finden. Sozusagen eine innere Einstellung, um glaubhaft zu wirken. Und dies ist nur möglich, wenn man sich selbst als Darsteller und Schauspieler sieht und die ganze Welt als persönliche Bühne begreift.

Schauspiel und Theater als Notwendigkeit und Lebenstyp.

Nur im Schauspiel kann die Lebenswirklichkeit dargestellt, komprimiert, ummodelliert und neu gewichtet werden. Leben wie unter einem Brennglas seziert und neue Adern geöffnet, während andere geschlossen werden. Wo sonst sollte es möglich sein, Traumgedichte zu inszenieren, die tief in die menschliche Seele schauen und vielleicht sogar etwas von dem preisgeben, was wir den Weltgeist oder viel umfassender die Weltseele nennen. Und sei es auch nur ein kurzer, flüchtiger Blick, so ist die Richtung doch gewählt und alles Weitere kann sich fügen. Und die Haltung ist gleich mitgeliefert. Wer wollte nicht am Schauspiel seines eigenen Lebens beteiligt sein? Und glaubt mir: Wir alle sind nur Schauspieler. Für ein Weilchen wandeln wir auf einer Bühne, die stetig neues zu Tage bringt. Steht der persönliche Abgang bevor, sortiert sich schon neues Blut an hinterer Front, wellenartig die Bühne mit Sturm und Drang zu erobern, während wir nunmehr von unten dem munteren Treiben folgen. Und wie rührend spielt die sorgende Mutter ihre Rolle, die sie genauso gut an anderer Stelle darbieten könnte. Lediglich der Zufall hat sie an diese Stelle gesetzt. Genauso gut hätte sie einen anderen Platz füllen können. Und ihr Kind wäre noch nicht geboren, noch klein und hilflos im Mutterleib gefangen, um irgendwann einmal die große Bühne zu betreten, die ihre Orte gleichsam wechselt, wie die Wolkenschaar ihr Kleid bei aufblähendem Winde. Doch wer treibt alles an, stellt Personen an ihren Platz und lässt den Zufall so gewähren? Es muss eine ordnende Macht, etwas Allmächtiges sein, das alle Gedankenstränge vereint. Eine Weltseele, ein Weltgewissen, ein Weltgeist, der über den Dingen schwebt und sie stärkt und eint.

„Sind die Schauspieler erst einmal gut ausgebildet", ergänzt nun Platon „…können sie an den Foren teilnehmen, indem sie einzelnen Bereichen als feste Größe zugeordnet werden. Geleitet werden diese Veranstaltungen/Foren durch mich, indem ich den Philosophen Platon als höchste ideengeschichtliche Gestalt repräsentiere und damit gleichzeitig die Kultur des gesamten Abendlandes. Allerdings sollte man nicht verschweigen, dass es auch Wiederstände gegen meine Ernennung gab und manch einer lieber meinen alten Freund und Schüler Aristoteles auf diesem Platze sehen würde. Aber getroffene Entscheidungen sind nun einmal dafür da, um akzeptiert zu werden. Und meine Ideenwelt soll und muss hier die Grundlage bilden!".

Platons Ideenwelt

Ideen haben nach Platon einen eigenständigen Charakter und sind dem Bereich der sinnlich wahrnehmbaren Objekte ontologisch übergeordnet, weil sie aus sich heraus schon da und wirklich sind. Sie stehen also über den Dingen und haben eine eigene Wirklichkeit, eine Sphäre des Selbst, die nur dem Menschen zu Eigen ist. Platonische Ideen sind beispielsweise „das Schöne an sich", „das Gerechte an sich", „der Kreis an sich" oder „der Mensch an sich". Nach seiner Ideenlehre sind die Ideen nicht bloße Vorstellungen im menschlichen Geist, sondern eine objektive metaphysische Realität, die in der Welt steht und die man nicht leugnen kann. Sie gestalten die Welt mit großer Wirkkraft. Die Ideen, nicht die Objekte der Sinneserfahrung, stellen die eigentliche Wirklichkeit dar. Sie sind die tiefere, erste Wirklichkeit, sozusagen die Grundstruktur des Lebens. Sie sind vollkommen und unveränderlich, weil sie schon immer da waren. Als Urbilder – maßgebliche Muster – der einzelnen vergänglichen Sinnesobjekte sind sie die Voraussetzung von deren Existenz.

Verkörpert und dargestellt wird diese Welt der Ideen in Platons philosophischen Dialogen. Und Freud, der die Grenzen der menschlichen Existenz aufgezeigt hat, ist derjenige, der das notwendige Korrelat dazu, den Traum und seine eigene Welt, hinzugefügt hat, so dass etwas Großes und Ganzes entstehen konnte. Der Mensch kann allerdings nicht mehr sicher sein, dass er Herrscher über die Dinge, sich Selbst und die Ideen ist. Dies scheint das Dilemma, der Zwiespalt des modernen Menschen zu sein. Und daran wird sich so schnell wohl auch nichts ändern.

„Und ich", fuhr Platon nun fort „gebe letztlich auch den Ausschlag, welcher Weg zu gehen ist. Mache diesen Weg aber immer davon abhängig, wie gewissenhaft disputiert wurde". Supervisor und damit Oberschiedsrichter ist hier Kierkegaard mit seinem Entweder – Oder, den Grundfragen des Existentialismus, auf den alles hinausläuft. Denn nur der einzelne Mensch kann sein Leben in die Hand nehmen und es gestalten, wenn auch die äußeren Umstände mit bedacht werden müssen. „Es geht also immer um die Frage: Wie sollen wir und wie soll ich leben?", so Platon weiter fortfahrend. „Und diese Frage kann jeder nur für sich selbst beantworten. Übergeordnete ethische und moralische Instanzen werden und dürfen nicht anerkannt werden, weil sie den Seelenflug nur unnötig abflachen und behindern. Der Humanismus bleibt also sozusagen vor der Türe, weil er den Menschen und sein Denken an sich in Gefahr bringt. Und glaube mir mein Freund. Gerade Kierkegaard konnte ein Lied davon singen. Ausgrenzt aus der Maske eines spießbürgerlichen Lebens in seiner Heimatstadt Kopenhagen, trotzte er den Anfeindungen seiner Mitmenschen mit heroischer Haltung bis zuletzt. Heute frohlocken sie und feiern ihn als größten Sohn ihrer Stadt. Doch damals verspotteten sie ihn und bewarfen ihn mit Steinen, weil er den geistigen Klerus offen anfeindete und ihm gewissenhafte Fragen stellte, die nur er wahrhaft zu beantworten wusste. So sind die Menschen nun einmal und mit ihnen das Erbe des Humanismus."

Warum der Humanismus eine Gefahr ist. Vortrag eines Anthropoden

„Mir geht es darum, die menschliche Beschränkung, Einfältigkeit, geradezu offensichtliche und nicht mehr zu leugnende Dummheit aufzuzeigen und anzuerkennen in ihrer ganzen Schreckensbreite des Grauens, wie sie gerade jetzt überall zu beobachten ist. Überall erhebt sich das Desaster übers Land, übergießt die Menschen mit seinem törichten Brei aus Ignoranz und unbegründetem Übermut, so dass es mir im ganzen Kopfe schwindelt und die inneren Säfte aus dem Körper schießen lassen. Wie kommt der Mensch eigentlich dazu, sich an die Spitze der Lebewesen zu stellen und sich zum König dieser Erde zu erklären, wo er doch eher ein kleinliches und widerliches Wesen ist, das degeneriert vor sich hin dämmert? Wie maßlos stellt sich dieser kleine, verirrte, dummschwätzige Erdenbürger dar, der beim geringsten Gewitter schon aus Angst vor den niederschießenden Blitzen das Weite sucht und nichts anderes zum Ziele hat, als sich und sein Leben vor den Urgewalten der Natur zu retten, die ihn wie ein winziges Insekt zertreten könnten. Der Mensch hat und hatte niemals einen Anspruch auf eine gottähnliche Sonderstellung in der Natur, die ihn auch nur etwas hervorhebt aus der Masse der Lebewesen. Denn er ist ja noch nicht einmal Herr im eigenen Haus, dass er lediglich in einem kleinen, unscheinbaren Zimmer bewohnt, während die anderen Räume von ganz anderen Gewalten und Mächten besetzt sind, die kaum erforscht über die durchlässigen Mauern herrschen. Man mag gar nicht hinschauen, so überdeutlich zeigen sich seine Schwächen und Abgründe, die ihn nun schnell vom gewählten Podeste fallen lassen. Doch er selbst wähnt sich immer noch an der ausgelobten Stelle, die aber schon längst kein Gewicht mehr in die aufgeplatzte Runde bringen kann. Zu leicht hüpft sie an zugewiesener Stelle und sieht seinen thronenden Platz zunehmend verwaist. Wahrscheinlich ist seine betrübte Sicht sehr ergiebig und bücherfüllend! Taugt aber nur für die flachfliegenden Boulevardblätter. Getrieben von innerer Hatz, Lust, innerem Machtanspruch über die Dinge, verliert er sich gerne aus den Augen, will aber dennoch gefallen und sich seines Einflusses, auf den Lauf aller Dinge, versichern und irrt verloren durch dunkle Nebelschwaden, bis zum Ende aller Tage. Deshalb plädiere ich hier mit Nachdruck vor ihnen für eine Abkehr unserer maßlosen Selbst-überschätzung und Idealisierung vom Anthropozentrismus, als könnten wir immer und überall die Herren unseres Schicksals sein, was eindeutig nicht möglich sein wird, sogar schädlich sein muss, weil sich nunmehr ganz andere Fragen in den Vordergrund stellen, die sich von innen heraus ins Bewusstsein drängen und keine logische Grenze mehr kennen. Haltlos tun sie dies mit unbändiger Macht, die unablässig gespeist wird, als gäbe es kein Entrinnen mehr. Niemals. Nun ist das Urteil wahrlich gesprochen und muss nur noch vollzogen werden. Mensch, du hast dich selber verloren und verraten!".

„Wir können die Welt nicht retten, als hätte sie nur darauf gewartet, um von uns Menschen neu geschaffen zu werden. Denn es gibt nur diese eine, die sich bereits unsäglich mit unserer Spezies herumquält und sie abwerfen möchte, wie einen gemeinen Floh, der uns widerwärtig im Pelze sitzt und uns das Leben schwer, fast unerträglich macht. Eher arbeiten wir seit Jahrhunderten am Untergang der Welt und sehen unser Missgeschick noch nicht einmal ein, verdrängen es geradezu und schieben es anderen Umständen zu, die sich gelegentlich an den flachen Rändern finden, wo die Blicke noch frei wandern können. Doch das ist kein Grund zu verzweifeln!... meine Freunde, die ihr es nicht besser wisst. Es geht nicht nur darum, die Welt zu ver-ändern, sondern auch darum, sie richtig zu sehen und die richtigen Eindrücke zu gewinnen. Denn, dass sie da sind und ein anderes Antlitz haben, steht außer Frage. Die Perspektive zu wechseln und neue Wege zu gehen, das ist die wahre Aufgabe, die unbändigen Mut erfordert und den ewigen Ablasshandel, den faulen Kompromiss auf den Scheiterhaufen der Geschichte endlich verbannen sollte. Um das allerdings erreichen zu können, benötigen wir mediale Unterstützung und einen verlässlichen Mentor, der uns leitet und führt." Nimmt ein Glas zur Hand und trinkt einen kleinen Schluck klaren Wassers, um seinen sich ereifernden Kopf nicht gänzlich entschweben zu sehen. Mit klarem, unfehlbarem und von sich restlos überzeugtem Blicke, nahm er nunmehr seine Rede wieder auf, in der er seine innere, weit tragende Kraft bis nach außen strahlen lassen wollte. Möge sie auch noch den letzten Ungläubigen, der ganz sicher hier in den Reihen stand, erreichen".

„Wahrscheinlich werden wir sie eher an den Randbezirken und dunklen Ecken unserer Vergangenheit finden. Schon Schopenhauer, einer der großen Skeptiker, Seher und Nörgler des 19. Jahrhunderts, glaubte nicht an die universelle Emanzipation des Menschen, wie es der Zeitgeist bereits damals verhieß. Griesgrämig wie immer erwartete er wenig vom Staat, außer Sicherheit des Lebens und Schutz des Eigentums. Alles andere müsse aus sich selbst heraus erwachsen und sich zusammen fügen, wie später bei den Existentialisten so wortgewaltig dargestellt. Aus allem anderen müsse sich der große Apparat, die seelenlose Maschine heraushalten, weil es keinen Sinn mache, den Menschen nur unnötig in Gefangenschaft zu belassen. Überzeugend leugnete er eine umfassende Logik, eines höheren Sinns in der Geschichte, der uns leitet und die Dinge zum richtigen Ziele bringt, wie dies bspw. Hegel tat, der ebenfalls nur alleine den Menschen, also uns alle, in den Mittelpunkt der Betrachtungen stellte und zum persönlichen Fixpunkt in der allgemeinen Geisteshaltung und damit einer der Stammväter unserer verheerenden Geisteshaltung wurde, die bis in die heutige Zeit den Menschen zum König krönt, der wiederum aus Dankbarkeit das Jahrhunderte alte Weltenstück ad absurdum führt, und den Planeten, seinen ihm anvertrauten Planeten zum Sterben auserkoren hat, als stünde es ihm, und nur ihm zu dieses Urteil zu fällen. Was für ein fataler Irrtum. Wir sägen uns selbst den Ast ab, auf dem wir alle sitzen und werden fallen. Sehr tief, ins unendliche Nichts der Verlorenheit".

Wieder mit zittriger Hand zum Glase greifend, hätte er fast seinen festen Stand verloren, konnte sich aber im letzten Moment noch fest an sein Rednerpult krallen, so dass der freie Fall und die damit verbundene Blamage vermieden werden konnte. Welch ein Glück! Ein strauchelnder Mensch, der über die Krönung der Schöpfung, das Menschsein, referiert und gleichzeitig beispielhaft vorführt, zu welchem Fall der Mensch in Wahrheit im Stande ist. Wittgenstein hätte seine wahre Freude daran gehabt.

„Auch ich glaube wie Schopenhauer, Nietzsche und andere verwegene Geister, dass es auf diesem Wege keinen Fortschritt in der Geschichte der Menschheit in der Art gibt, wie Hegel und später Marx dies annahmen und unablässig predigten, wie die unverbesserlichen Pfaffen in den großen Kathedralen dieser Welt. Sie irrten gewaltig und können ihren Fehler bis heute nicht mehr gut machen, würden sie wahrscheinlich auch nicht anerkennen, um ihre Lehren und dem damit verbundenen Status nicht zu gefährden, sich selbst damit vom Sockel stoßend. Kein Alptraum wäre für sie größer. Und wir? Wir schauen unbekümmert zu. Die Geschichte ist nicht die stetige Entfaltung der Vernunft, sondern eher das Brechen mit dieser elenden, geistigen Plage, die uns seit Jahrhunderten die Köpfe voll schwatzt und nichts Gutes für die Menschheit bedeutete, die arglos ihrer Lust frönt und noch nichts weiß von ihrem verdorbenem Aberglauben".

„Die Idee des Fortschritts in der Geschichte ist der ins Transzendale gewendete Glaube an die Vorsehung, hin zu einer besseren, neu erstrahlenden Welt. Im Christentum hat die Menschheitsgeschichte zwar einen Sinn, weil sie auf das Heil zustrebt, dass sie mit offenen Armen in Empfang nehmen möchte. Aber dieser Sinn ist von Gott gegeben und wir können ihn nicht erkennen oder hinterfragen, sondern nur zur Kenntnis nehmen und daran glauben oder auch nicht. Ganz wie es uns beliebt. Besser wäre es allerdings, nicht an etwas zu glauben, was den eigenen Flug behindern könnte, wenn die Seelen auf Wanderschaft gehen. Das was folgt, bleibt davon gänzlich unberührt. Deshalb sollten wir demütig und bescheiden bleiben. Uns unserer Untaten bewusst sein. Es wäre geradezu gotteslästerlich, wollten wir den Anspruch erheben, Gottes Ziel in der Geschichte zu entdecken und herbei zuführen, was vollkommen unmöglich ist. Nichts dergleichen kann und wird geschehen, bis in alle Ewigkeit. In Wahrheit kennen wir Gottes Plan nicht und wissen noch nicht einmal ob es einen Plan oder überhaupt Gott gibt, ob es uns gibt und alles was die Welt um uns herum ist nur Traum oder Wirklichkeit ist. Vielleicht ist ja auch alles nur ein einziger Fall? Sind wir vielleicht nur Schatten einer gespiegelten Welt, die ohne Sonnenlicht sich gleichsam im Nirwana auflöst? So ist jede Theodizee ein geschichtlicher Witz der grenzenlosen Anmaßung und Verwerfung".

„Der Humanismus ist also im wahren Sinne kein Rationalismus, der wissenschaftlich begründet ist, sondern eine erschlagende Religion mit anderen Mitteln, die uns auf einen Irrweg führt, der uns letztlich ins Verderben stürzt. Sehr tief werden wir fallen und kein rettender Schirm steht bereit unseren Flug zu bremsen. So wird die menschliche Eierschalle hart auf dem festen Grund zerspringen Eine Flucht ist dabei ganz unmöglich. Dorthin, wo wir wahrscheinlich auch alle hingehören. Ich für meinen Teil behaupte, dass die Grundüberzeugung der Humanisten, die Geschichte der Menschheit sei eine Fortschrittsgeschichte, die in die Zukunft weist, ein Aberglaube ist, wie er im tiefsten, scholastischen Mittelalter die Köpfe der einfachen Leute füllte und sie blind machte für das was war und auf ewig sein wird. Insofern ist der echte religiöse Glaube, wie er leider nur noch von wenigen getragen wird, eher wohl ein nützlicher Damm gegen die menschliche Hybris der Überheblichkeit und lehrt uns Demut vor den Dingen, die sind und noch werden. Ehrfurchtsvoll könnten wir so den Dingen um uns herum gegenüber treten, wie es angemessen wäre. Mit Focault könnte man sagen, dass die Religion für Humanisten durchaus ein subversives, veränderndes Potential enthält, das man nutzen sollte, um diese Chimäre endgültig über den Haufen der Geschichte zu werfen. Und genau deshalb bekämpfen und pervertieren sie den religiösen Glauben bis aufs Äußerste".

„Aber: Lässt sich das Böse nicht bekämpfen, muss man wohl oder übel mit ihm leben? Oder ist es nicht so, meine lieben Zuhörer? Nur dort wo das Böse ist, kann aber das wahrhaft Gute entstehen. Und ich behaupte, gerade dort. Denn beide bedingen sich, ziehen sich an und stoßen sich wiederum unweigerlich ab, wie zwei Pole, die gemeinsam eine Welt spiegeln. Es an sich heran lassen, das ist die wahre Kunst, der man sich stellen muss. Es mit vollen Zügen auf sich zukommen lassen und der Angst trotzen, alle Wiederstände überwindend".

„Natürlich kann die Alternative nicht Resignation vor dem Unmöglichen sein. Aber wir müssen uns von der irrwitzigen Idee eines Idealzustands, einer möglichen Vollkommenheit für die ganze Menschheit verabschieden, auch wenn unser Übervater Platon, dem ich gerade eben noch begegnet bin, dies explosionsartig leugnen müsste, wäre es doch die richtige Sicht der Dinge, die alles wieder in sein Lot bringt.". „Aber kann dann nicht wenigstens das utopische Denken wie ein Leuchtfeuer wirken, als ferner Orientierungspunkt am Horizont, der die Richtung vorgibt und die Blicke zentriert?", so nun Platon, der sich plötzlich und unvermittelt vor dem Redner aufbaute. „Mit Verlaub - Wohl eher nein, mein lieber Platon und meine verehrten Zuhörer. Leuchtfeuer können ein Schiff ebenso gut auf die scharfen Klippe locken, wo es unweigerlich zerschellen und sinken wird. Darin liegt ja gerade das Trügerische des Fortschrittsgedankens. Die Humanisten sagen: Das Ziel mag einstweilen unerreichbar sein, aber wir können darauf zuhalten und es später erreichen, wenn sich die Umstände geändert haben. Das aber sind antike Sirenengesänge, die schon Odysseus Schiff vom Aberglauben getragen zerschellen ließen. So ist diese alte Sicht unzweifelhaft zum Scheitern verurteilt". Platon senkte etwas den Kopf und mit einem überheblichen, leicht angesäuerten Grinsen ging er seines Weges und blickte noch nicht einmal zurück. Auch nicht im Zorn.

„So scheint es eher so, dass jeder vermeintliche Fortschritt widersprüchlich ist und keine geraden Weg weist, eher auf spiralig, kreisförmiger Bahn unterwegs ist und sich von Schritt zu Schritt herantastet an das was der Grund, vielleicht sogar der Fall sein könnte. Wissen kann man anhäufen und sammeln, ethische Verbesserungen nicht. Sie müssen mühsam erworben, wachsen und ausgehandelt werden, kommen oder bleiben dann aus. Lediglich ein stetiges Begleiten und in Augenscheinnehmen ist möglich, wen man nach der Wahrheit sucht, die nicht leicht zu suchen und schon gar nicht gleich erkennbar ist, wenn man vielleicht sogar direkt darauf zusteuert, ohne den Wald vor lauter Bäumen nicht zu sehen. Das ändert nichts daran, dass universelle Werte wie die Würde des Menschen nicht ernsthaft in Frage gestellt werden können und sogar sollten. Die Idee lässt sich nicht zerstören, weil sie schon immer da war, hat uns schon Platon gelehrt. In uns hat sie sie sich über Generationen hinweg aufgeplustert, Stein um Stein gedreht, das Unmögliche gewähnt und im selben Moment wieder zerschlagen, mit einem dicken Fragezeichen versehen. Und dennoch war sie da. Dass sie allerdings nicht immer geachtet wird, steht auf einem anderen Blatt. Das Schlimmste wie Barbarei oder ein Genozid kann in einer zivilisierten Gesellschaft durchaus passieren, was uns die Geschichte immer wieder lehrt und grausam dargeboten hat. Und gerade deshalb müssen wir uns auf einen der größten Denker des Abendlandes konzentrieren: Sigmund Freud".

„Freud sah in der Zivilisation eine Schutzmaßnahme des Menschen gegen sich selbst, um nicht ganz dem Wahnsinn zu verfallen, der schon kurz vor der Türe steht und um Einlass bittet. Denn der Mensch ist nicht nur Eros, sondern auch Thanatos - mit seiner Neigung zu Aggression, Wut, Grausamkeit, Zerstörung und Todeswahn, die ihn unaufhörlich antreiben mit peitschenden Sturmböen der Verwüstung. Deshalb ist jeder Fortschritt zweischneidig und eben nicht zum garantierten Wohl Aller angelegt; kann vielleicht schneller zerstören, was in Jahrhunderten gewachsen ist, als uns lieb und teuer ist. Die Mehrung des Wissens erhöht die Macht des Menschen, zum Guten wie zum Bösen, über die Natur wie über andere Menschen. Es bleibt also auch hier beim Entweder – Oder Kierkegaards. Der Homo sapiens ist und bleibt immer auch ein Homo rapiens, ein Räuber mit ungeheurer zerschlagender, vernichtender Kraft, der die Welt in den Untergang führen kann, weil er sich niemals in Frage stellt und den Dingen unerbittlich nachstellt, als wäre es ganz alleine nur seine Sache. Dass Wissen befreit, dass Erkenntnis auch eine moralische Komponente hat, dass Einsicht und Vernunft das Gute befördern und das Böse zähmen, das ist die Quintessenz euro-päischer Philosophie und hat nichts mit dem zu tun was wirklich ist. Eine reine Chimäre, die schon auf den zweiten Blick in sich zerfallen muss, wie so Vieles was die Menschheit auszeichnet".

„Mein persönlicher Abschied vom Humanismus ist dabei allerdings ein direkter Angriff auf das westliche Menschenbild und auf zweitausend Jahre Philosophiegeschichte, die uns im Unklaren gelassen hat, wer wir wirklich sind, was wir wollen und welcher Weg zu gehen ist. Schweigend beließ sie es dabei nur ein wenig an der Oberfläche zu kratzen. Gelegentlich wurde der Untergang des Abendlandes auch schriftstellerisch erprobt, aber keineswegs in die Tat umgesetzt. Wissen macht uns nicht frei, sondern bedrängt uns eher in unserer Einfalt, wühlt auf und führt uns gelegentlich auch in die Irre, macht uns zu schaffen, lässt unsere Köpfe einem Bienenkorb gleich zerspringen. Ja, das ist eine unstatthafte, schwer erträgliche Wahrheit, wie mir durchaus bewusst ist, der man sich aber stellen muss, weil sie unumstößlich da ist und da sein muss. Fast schon so etwas wie ein Naturgesetz. Aber sie ist tausendfach durch die Geschichte belegt".

„Seit Sokrates beruht das westliche Denken auf der Annahme, dass die Erkenntnis des Wahren unweigerlich zum Guten, zum Wohle Aller führt. Die Genesis der Bibel, der Mythos vom biblischen Sündenfall, die Grausamkeiten des Holocaust, der Abwurf einer Atombombe am Ende des Zweiten Weltkrieges, der Genozid auf dem Balkan oder das Wiederaufflammen des Antisemitismus und Faschismus, auch in westlich geprägten Ländern, sagt aber etwas anderes, widerlegen diese Aussage mit Nachdruck. Die Unschuld ist verloren, sie ist unwiederbringlich verloren und lässt sich nicht wiedergewinnen. Alle Hoffnung scheint verflogen. Wir haben vom Baum der Erkenntnis gegessen, aber wir bleiben zu jeder Torheit und zu jeder Bosheit imstande und sind somit verloren. Restlos und endlich! Und so stehen wir alleine im großen Universum vor einem riesigen Scherbenhaufen der Erkenntnis und schauen ganz unvermeidlich ins Leere."

Ein starrer Blick in die Runde bewies, dass er seine Zuhörerschaft gefunden hatte. Gebannt schauten ihn über hundert Augen an, als könnten sie seinen nächsten Gedanken schon erraten und in sich aufnehmen, wie einen Heilsgedanken, der ihnen von oberster Stelle durch diesen hohen Priester des Wortes gesandt wurde.

„Die Frage nach dem richtigen Leben hat Denker und Dichter, Propheten und Wissenschaftler von jeher beschäftigt und angespornt, teilweise sogar in den Wahnsinn getrieben. Falls die Hoffnung auf Fortschritt wirklich eine Illusion sein sollte, was durchaus möglich sein könnte, denn jeder Schritt nach vorne führt nicht immer zum Ziel. Aber wie sollen wir denn dann leben? Worauf kommt es an und wer spendet Trost und Hoffnung? Ich glaube, dass der Nihilismus seinen Schrecken verliert, wenn wir uns von der Zwangsvorstellung lösen, das menschliche Leben müsse vor dem Sturz in den Abgrund der Sinnlosigkeit bewahrt werden, was eindeutig nicht der Fall ist. Vielleicht gibt es so etwas wie Sinnlosigkeit ja gar nicht und alles folgt einem übergeordneten, chaotisch angelegten Plan aus der Erinnerung heraus? Aber auch dies ist vielleicht nur eine scheinbare Chimäre? Denn wir sind schon längst im Flug, hinab in die Hölle oder auf anderen Wegen, die uns neue Welten und Erkenntnisse eröffnen. Erahnen dies gelegentlich auch, ohne den Mut zu haben dies auszusprechen und in aller Öffentlichkeit als Wahrheit zu verkünden, die bitte schön dann auch anzuerkennen ist".

„Ein gelungenes oder erfülltes Leben beruht nicht auf der Kapazität, einen Beitrag zur Weltverbesserung zu leisten. Denn wer hätte hier das richtige Maß und könnte darüber richten? Wohl Niemand auf diesem Planeten. Die Gewissheit, dass es kein Heil gibt, ist selbst das Heil, so hat es Cioran einmal formuliert und ich teile diese Ansicht mit Nachdruck, auch wenn ich damit nicht viele um mich scharen kann. Denn ein Leben ohne Himmelsversprechung kann auch unendlich entlasten, den Druck aus den geschwängerten Köpfen nehmen, die nun endlich frei durchatmen können. Das Leben hat keine Bedeutung, die über es selbst hinausweist. Es bleibt lediglich ein Leben, das es zu bewältigen, zu leben gilt. Sonst nichts. Nicht mehr und nicht weniger. So muss jeder Mensch mit seiner Existenz auskommen, sie gestalten und für sich in die richtige Richtung führen, ganz ohne Sicherungsseil. Hilfe ist hier nicht zu erwarten, kann nur aus sich selbst heraus kommen, wenn man lange und tief genug danach gräbt!"

„Das gute Leben ist nicht die Summe von Weltverbesserungs- oder Fortschrittsträumen, es ergibt sich aus dem Bewältigen schicksalhafter und damit leider auch tragischer Zufälle, die jeden betreffen können. Denn hier zeigt sich das wahre Menschsein, vielleicht sogar die vermeintliche Krönung der Schöpfung? Für die Moralphilosophen, von denen es Gott sei Dank nicht mehr allzu viele gibt, ist die vorhandene Zufälligkeit der menschlichen Existenz, ein permanenter Skandal, den es zu entkräften gibt. Denn aus ihrer Sicht ist die Moral die wesentliche Klammer, um das menschliche Leben zu stützen und auch zu verstehen. Aber im Grunde ahnen wir, dass uns nichts gegen Schicksal und Zufall verlässlich schützen kann, da wir nackt und verloren vor der Welt stehen, wie schon ganz am Anfang und nicht wissen was als Nächstes auf uns zukommt. Ist es der Untergang oder können wir uns noch ein Weilchen an der wärmenden Sonne erfreuen? Das Leben ist also eine Abfolge von Zufällen und der freie Wille besteht in der Kunst der Improvisation auf freier Bühne des Welttheaters, das sich in viele Richtungen bewegt, nicht in der Entscheidung zwischen Gut und Böse. Jedenfalls kann das richtige Leben nicht im Versuch bestehen, irgendein Ideal zu verwirklichen, das es nicht gibt und noch nie gegeben hat. Denn Ideale sind Irrlichter, die uns vom eigenen Leben abhalten, uns den Weg verstellen für das Wesentliche, das nur tief ins uns seine Geltung bekommen kann. Auch wenn Platon dies anders sehen würde, müssen wir dennoch erkennen - und uns damit abfinden -, wie unfrei wir in Wirklichkeit sind. Gefesselt, hinter Gittern lebend glauben wir an den täglichen Freigang, der uns das Atmen erleichtern soll. Im kühlen Wind sollen wir dann zu uns finden und der Moral freundlich zur Geltung verhelfen, als gutes Bespiel des Menschseins. Das selbstbestimmte Leben ist aber ein moderner Aberglaube, eine Fata Morgana im heißen Wüstensand oder besser noch eine große Lüge, der wir aufgesessen sind. Wer die Welt durch Willenskraft verändern will, der irrt gewaltig. Denn der Wille alleine ist ein zahnloser Tiger im weiten Universum."

„Aber woher kommt das menschliche Bedürfnis nach Sinnhaftigkeit? Unterscheidet sich der Mensch vom Tier nicht doch dadurch, dass er ein metaphysisches Wesen ist? Der Mensch ist sich seiner selbst bewusst und in sich gespalten, ein Opfer widerstreitender Ideen, moralischer Reflexe und tief verdeckter Instinkte. Dieses Selbstbewusstsein des Menschen führt ihn dazu, seine Sterblichkeit in Frage zu stellen, seine Endlichkeit, der er mit Angst und ohne Zutrauen entgegensieht, die er lieber leugnen und ausblenden möchte. Manche Tiere können Trauer empfinden, doch Bestattungsrituale, Totenkulte, Ahnengedenken praktiziert nur der Mensch alleine, auch wenn es gelegentlich Beobachtungen gibt, bspw. bei Elefanten oder Menschenaffen, dass es auch in der Tierwelt eine Form von Trauer gibt. Der Tod ist also dennoch ein humanes Mysterium, das es zu bewältigen gilt. Und das ganz alleine nur für den Menschen. Wir erleben den eigenen Tod nicht, befinden uns schon längst auf der anderen Seite, wie auch immer diese gestaltet ist. Deshalb bezweifle ich, dass wir seine Endgültigkeit ernsthaft akzeptieren und noch nicht einmal denken können. Denn das, was danach kommt und sein wird, ist für die Menschen undenkbar und unerklärlich. In dem wir dies verleugnen, schaffen wir uns unseren eigene Sinn, der nichts anderes wiederspiegelt als die eigene Angst. Der Mensch bleibt das todesbestimmte Tier - das einzige auf diesem Planeten".

„Für Humanisten sind die Religionen Illusionen. Aber vielleicht sind sie notwendige und wichtige Illusionen, die der hässlichen, verzerrten Fratze des Logos fest entgegen stehen. Auf jeden Fall gefährliche Illusionen, die eher rückwärtsgewand sind. Und diese Gefährlichkeit schwindet indes nicht, wenn wir Gott für tot erklären wie dies bspw. Nietzsche getan hat, obwohl er letztlich ohne seinen Glauben nicht auskommen konnte. Es gibt nichts Schrecklicheres, und zugleich nichts Menschlicheres, als die Bereitschaft zu töten und zu sterben, um seinem Leben abschließend einen Sinn zu verleihen. Hobbes glaubte, dass die Geschichte sich aus dem Streben des Menschen nach Selbsterhaltung erklärt, was einem stetigen Vorwärts im Fluss des Lebens entspricht, ähnlich wie bei Heraklit. Aber für den Menschen auf der Suche nach Sinn kann der Tod die Erfüllung bringen: das Ende als metaphysischer Sieg – auch gegen den Humanismus westlicher Prägung. Der Tod bringt die Wende und ist das gewünschte Ziel, das es zu erreichen galt. So könnte es vielleicht sein. Erst wenn wir dort angelangt sind, können wir unser Leben rückwärts erinnernd begreifen, wie einst Proust auf seiner langen Suche nach der verlorenen Zeit. Erkennen uns als kleinen Teil der Menschheit, der getrieben nun zur Ruhe findet und nach dem letzten Sinn greift".

Charly war zunächst sprachlos, ob dieses maßlosen, anprangernden Vortrages, der wie aus dem Nichts in den Raum geschleudert wurde und ihn zunehmend dazu auf-forderte, seine Worte zukünftig mit Bedacht zu wählen, um diesem Betrug, der er ja war, nicht weiterhin zu folgen. Er musste und sollte also die Seite wechseln. Aber wohin genau? Und zu wem? Er schaute zu Platon, wollte etwas Zeit gewinnen, die Dinge für sich genauer zu hinterfragen um sich Klarheit zu verschaffen und sprach: „Aber wer macht den hier die andere Arbeit, die sich in einer Bibliothek ja nicht von alleine regelt". „Du hast recht. Dafür müssen wir auf den Maschinenraum zu sprechen kommen, der sich im Keller befindet und das Herzstück der täglichen Arbeit ist, dabei aber so gut wie nichts mit der ideengeschichtlichen Auseinandersetzung in den oberen Stockwerken zu tun hat. Ich führe dich herunter und zeige dir was ich meine. Aber denke daran, dass die untere Welt nicht von der Sonne gewärmt und erhellt wird. Sie liegt eher dunkel und verschlafen im tristen Grau und wartet auf eine Erweckung, für die es aber keine Vorsehung gibt. So treiben sich dort unten Gestalten herum, die vielleicht einst als Seelenflieger gestartet, nun tumb, flügellahm und einsam den kalten Boden bevölkern. Manchmal sammeln sie sich an den elendigen Rändern, um zum Marsch auf die übergeordneten Instanzen aufzurufen. Doch unsere Tore sind hoch und fest, schneiden sie vom Rest des Hauses ab und halten sie in ihrer Welt gefangen. Vielleicht werden sie eines Tages aufsteigen können, wenn die heraufziehenden Wetter der Veränderung ihre lodernden Blitze schicken und der Donner der Weltenteilung ein jähes Ende bereitet. Bis dahin allerdings gebührt ihnen dieser Platz, den ich dir nun zeigen möchte". Charly war etwas erschrocken, ob der resolut vorgetragenen Ablehnung der unteren Schergen durch Platon. „Könnte es vielleicht sein, dass Platon tief in seinem Innersten ein Despot war", dachte sich Charly, so wie dies in einigen Stellen seiner politischen Dialoge zum Staat durchaus ansatzweise zu erkennen war. Ein Verfechter von Freiheit und Liberalismus war er so jedenfalls nicht. Aber Charly wollte wie immer nicht vorschnell urteilen und sich selbst ein Bild machen; machte sich mit Platon nun auf den Weg nach unten in den Maschinenraum. Ihm kam es fast so vor, als gingen sie der Hölle entgegen. Schon standen erste Schweißperlen auf seiner Stirn, tropften auf den kühlen, sich in die unendliche Weite erstreckenden Boden, der von einer dicken Staubschicht überzogen war, so dass sich ihre Schritte deutlich abzeichneten. Eine Verfolgung wäre also gut möglich gewesen, wenn sich jemand mutig aufgemacht hätte. Doch hier waren nur Platon und Charly und wie an einer Perlenschnur aufgereiht, strebten sie nunmehr dem Maschinenraum entgegen, der sich irgendwo in den unteren Katakomben befinden musste. Je tiefer sie stiegen, desto stickiger wurde die Luft und schien geradezu durchzogen von menschlichem, stinkendem Auswurf, so dass Charly kaum noch einen befreienden Atemzug nehmen konnte, so sehr drückte die schwere Last auf ihm. Ihm kam es so vor, als würden sie in eine tiefe Gruft steigen und der Sargdeckel sich schon ganz langsam von oben schließen würde. Kaum ein Lichtstrahl drang noch von oben durch. Gleich musste die Sonne untergehen und es bestand kaum Aussicht darauf, hier unten einen Mond zu gewinnen.

Kapitel 5: Der Maschinenraum

Treppe um Treppe stiegen sie hinab. Das spärliche Licht von oben versank zunehmend im Dunkeln. Charly kam es so vor, als würden sie durch einen tiefgelegenen Wald laufen und bald zum Hades gelangen. Schon machte sich eine muffige Wärme breit, die das Blut merklich zum kochen brachte, dass er glaubte bald den Verstand verlieren zu müssen. Platon dagegen blieb völlig unberührt, schien seine Schritte geradezu abzuwägen, wie ein pendelndes Lot, das nun endlich zur Ruhe findet. Man konnte ihm förmlich ansehen, dass dies nicht der Weg war, den er für gewöhnlich einzuschlagen pflegte. Eher schien es ihm lästig zu sein, hier unten seine Aufwartung machen zu müssen, wo er doch die helle und strahlende Wärme des Idealen liebte. Sein Blick war immer auf das Höchste, Vollkommene ausgerichtet und nicht wie hier unten auf den vermeintlichen Vorhof zur Hölle, den er gedanklich nie wirklich im Blick hatte, so dass ihm der Geburtsort des Heizers nicht bekannt sein dürfte, der sich auf der dunklen Seite des Lebens durchschlagen musste. An einer schweren Eichentür, die mit einem breiten Kantholz gesichert war, klopfte er dreimal an. „Wie lautet das Losungswort?", erklang eine düstere, fast drohende Stimme von innen heraus, als hätte sie nur darauf gewartet Eindringlinge in Empfang zu nehmen, um sie dann vehement in die Flucht zu schlagen. „Einlass, wem Einlass gebühret. Für die Einheit des Weltgeistes". Ein Schlüssel wurde langsam gedreht, so dass es nur so knarrte und das schwere Kantholz wurde von innen heraus mit einem ausgeklügelten Mechanismus, den Charly nicht genau erkennen konnte, zur Seite gedreht, so dass die Tür nun schlagartig von einem kleinen, rundlichen Mann aufgestoßen wurde und beide sogleich eintreten konnten. Sofort vernahmen sie den staubigen, schweiß-gebadeten von abgestandener Luft durchtränkten Geruch, wie in einer verborgenen Gruft, die nach Jahren erstmals wieder geöffnet wird. Die wenigen Kerzen, die in den Ecken standen und nur ein spärliches Licht abwarfen, ließen einen ersten prüfenden Blick kaum zu, so dass sich Charly zunächst die Augen reiben musste, um wieder halbwegs klare Sicht zu bekommen. Platon war allerdings davon unberührt und ohne den Öffner beim Eintritt zu grüßen, hatte er schon mit seiner Anwesenheit den gesamten Raum in Besitz genommen und füllte ihn sogleich mit seiner tragenden Stimme aus: „Das hier ist also unser sogenannter „Maschinenraum, mein junger Freund. Das Arbeitsherz unserer Bibliothek, das noch keine lebende Seele außer dir zu Gesicht bekommen hat". Charly war natürlich sehr angerührt, als er diese Worte hörte, aber gleichsam auch irritiert, warum gerade ihm diese Ehre zu Teil wurde. Und Platon schien diesen Ort nicht zu mögen, obwohl er das arbeitende Herz der Bibliothek war, wie er es selber doch sagte. Er konnte sich keinen Reim darauf machen, hielt es aber zunächst für ratsamer bei seinen Äußerungen vorsichtiger zu sein und nicht zu vorschnell zu urteilen. „Wer weiß worauf das Ganze hier hinausläuft?", dachte er und ließ sich wieder auf die Erklärungen von Platon ein.

„Hier gibt es die Gehilfen oder besser Nachsteller, die alle gestohlenen Bücher (und das sind nicht wenige) im unteren Bereich in digitalisierter Form nachdrucken lassen und wieder dort einstellen, wo sie ihren angestammten Platz haben. Die Buchdrucker sind gleichfalls über ihre vorgesetzten Lektoren (Herder und Lessing) für die Annahme neuer Bücher verantwortlich. Der Diebstahl einzelner Bücher wird dabei wohl-weißlich in Kauf genommen und nicht weiter verfolgt". Dies leuchtete Charly sofort ein, denn die Weiterverbreitung von Büchern konnte natürlich auch durch den Dieb-stahl einzelner Werke erfolgen. „Du siehst also. Hier ist sozusagen Syssiphos bei der Arbeit".

Die Legende von Syssiphos

Sissyphos, eine Gestalt aus der griechischen Mythologie, äußerst verschlagen und listenreich, aber auch ständig gewaltbereit und im Vorwärtsgange drängend unterwegs, scheute auch nicht davor zurück, einen Raub zu begehen und dafür mit seinem Schicksal zu bezahlen. Als Zeus die Tochter des Flussgottes Asopos entführte, verriet der König Didyphos den Täter und den Aufenthaltsort. Als Gegenleistung lies Asopos auf der wasserlosen Felsenburg Korinths, die vom König Syssiphos regiert wurde, eine Quelle entspringen, die das Land nun bewässern und fruchtbar machen konnte. Zeus wollte Syssiphos daraufhin bestrafen und schickte Thanatos, den Tod um ihn in die Unterwelt zu bringen. Syssiphos konnte Thanatos jedoch überwinden und mit starken Fesseln an einen Baum binden. Damit brach er die Macht des Todes und niemand konnte von da an mehr sterben. Erst dem mächtigen Kriegsgott Ares gelang es, Thanatos zu befreien. Bevor Ares jedoch Syssiphos ins Reich der Schatten bringen konnte, verbot dieser seiner Frau heimlich, die rituellen Todesopfer für ihn darzubringen. In der Unterwelt jammerte er dann laut über dieses Versäumnis und überredete den Gott der Unterwelt, Hades, ihn noch einmal in die Welt der Sterblichen zurückzuschicken, damit er seine Frau an die Todesopfer mahnen könne, was dieser ihm auch sogleich gewährte. Zurück zu Hause brach er sein Wort und dachte nicht daran, in die Unterwelt zurückzukehren. Er genoss das Leben an der Seite seiner Frau, wobei er kräftig und innerlich lachend über die Götter der Unterwelt spottete.

Während eines Festgelages tauchte dann plötzlich erneut Thanatos vor ihm auf und entführte ihn nunmehr mit Nachdruck, unerbittlich und unwiderruflich ins Schattenreich. Und diesmal half ihm auch keine List mehr, da Thanatos gut vorbereitet war und keine Einwände mehr gelten ließ. Als Strafe für seine Vergehen wurde er in den unteren Teil des Hades geworfen. Und dort muss er einen Felsbrock aus Marmor einen steilen Berg hinauf rollen. Kurz vor Erreichen des Gipfels entgleitet ihm jedoch der schwere Steinbrocken immer wieder und rollt zurück zum Fuß des Berges, woraufhin Syssiphos mit seiner Arbeit immer wieder von neuem beginnen muss. Nur ein einziges Mal hielt der Geplagte in seiner Arbeit inne - als Orpheus in die Unterwelt stieg um mit seinem Gesang und seinem Saitenspiel Hades zu erweichen, Eurydike freizugeben.

„Es ist also kein Ausruhen gestattet", fuhr Platon fort. „Wer hier arbeitet, hat freiwillig mit der Welt abgeschlossen, hat sich aufgegeben und an diesem Ort seine letzte Bestimmung gefunden, wie einst Syssiphos. Oft sind es ehemalige Häftlinge oder Todeskandidaten wie Gilles de Rais, Danton oder Giordano Bruno, die hier noch für ihr restliches Leben etwas sinnvolles Tun können und am gemeinsamen großen Vermächtnis der Bibliothek mitarbeiten können, das in Teilen auch ihr Leben beinhaltet, welches mitunter sehr tragisch verlaufen ist. Bruno, der vermeintliche Ketzer, ist hier ein mahnendes Beispiel. Herder und Lessing, die ich dir bei Gelegenheit noch vor-stellen werde, sind ihre Vorgesetzten. Zur Zeit sind sie in den umliegenden Ge-fängnissen unterwegs, um neue Arbeitskräfte zu rekrutieren, was ihnen nicht schwer fallen dürfte, da die äußeren Umstände zunehmend dazu führen, dass sich das Böse und vermeintlich Unmoralische weiterhin regeneriert und fortpflanzt. Schau in ihre verbrauchten Gesichter und du wirst erkennen, dass diese hier es nicht mehr lange machen werden! Aber dennoch werden sie angemessen bestattet, wenn ihre Zeit gekommen ist, und bekommen einen Ehrenplatz in der Ahnengalerie der unteren Welt, die ich dir ein anderes Mal zeige".

Die Ahnengalerie der unteren Welt

Die Unterwelt der griechischen Mythologie kennt drei Namen, die zugleich auch die sie beherrschenden Götter benennen: Erebos, Orkus und Hades. Mit Hilfe des Fährmannes Charon, dem Empfang der Begräbnisriten und einer Geldmünze, dem sogenannten Obolus unter der Zunge, kann der Fluss Acheron, der die Ober- von der Unterwelt trennt, überquert werden. Kerberos, der dreiköpfige, schlangenhaarige Höllenhund, bewacht den Eingang zum Hades und sorgt dafür, dass kein Lebender die Unterwelt betritt und kein Toter sie verlassen kann.

Nach ursprünglicher griechischer Auffassung war der Hades allen Sterblichen gleichermaßen bestimmt: hochrangig oder gering, gut oder schlecht. Sie lebten dort nicht weiter, sondern existierten nur als scheue Schatten. Der Hades blieb somit nur sehr wenigen, auserwählten Menschen erspart – sie wurden vergöttlicht und zu den Göttern auf den Olymp gesellt. Ein Beispiel dafür ist Herakles, der eine gottähnliche Stellung wie Zeus inne hatte und auch heute noch sehr verehrt wird.

Der wahre Herakles

Der junge Herakles begegnete einst an einer Weggabel zwei Frauen. Die eine trug kostbare Gewänder und verspricht ihm ein Leben voll Genuss und Reichtum. Die andere, schlicht gekleidet, warnte ihn dagegen: „Von dem Guten, Sinnlichen und wahrhaft Schönen geben die Götter den Menschen nichts ohne Mühe, Fleiß und einen angemessenen Preis." Im Streitgespräch debattieren die beiden Frauen, die die Glückseligkeit und die Tugend darstellen, die Vorzüge und Nachteile der zwei Lebenswege, ganz im Sinne des Entweder-Oder Kierkegaards. „Das wichtigste im Leben bleibt doch der Genuss und die Freude, das Leben genießen zu können. Und dazu muss man genügend Mittel haben. Was hilft einem die treue Absicht, wenn man arm am Straßenrand steht und nicht ein und aus weiß", so das glückselige Weib. „So spricht nur jemand der die falsche Fährte sucht und nichts empfindet als den Luxus materieller Dinge. Doch tief im Herzen bleibt eine kahle Stelle, die dich dereinst vor die Tore des Hades treiben wird", erwidert ihr geschwind die Tugend. „Mag schon sein. Aber bis dahin genieße ich den Wein beim erfüllten Tanze mit einem schönen Weib ..." „... und wirst feststellen, dass ein solcher Wein niemals munden kann. Mögen die Götter blutige Rache nehmen! Und genau das werden sie wohl auch tun. Darauf ist Verlass". Nun ging der Streit noch eine Weile weiter, während Herakles teilnahmslos und ohne Worte ihren Äußerungen folgte. Schließlich entscheidet er sich, angewidert vom faulig riechenden Dialog, der Tugend zu folgen. Doch war dies ein guter Schluss, wenn man bedenkt dass Moral und Tugend letztlich aus humanistischem Grund geboren, niemals in der wahren Wirklichkeit waren? Sie sind von Menschen gemacht und waren nie Bestandteil der ersten Welt. Hätte er sich für die Freude und den Genuss entschieden, wäre er vielleicht auf die Traumseite gewandert und hätte ein wenig zum eigenen Ich gefunden. So erträumen wir uns erneut ein anderes Bild, das schwerer wiegt als die Leichtfüßigkeit drückender Regeln. Denn auch Herakles sollte ein Kind des Hades sein.

Die Totenrichter Minos, Rhadamanthys und Aiakos entschieden nach dem Tod über das Schicksal der Seele, und zwar auf der mit Asphodelos bewachsenen Wiese im Hades. Die meisten Seelen gingen in die, vom Strom des Vergessens umflossenen, elysischen Gefilde ein, wo sie sich entweder als Schatten schmerzlos, verloren und freudlos auf der Asphodeloswiese aufhielten oder in ewiger Glückseligkeit im Elysion existierten. Die Frevler aber wurden in den dunklen Tartaros gestoßen, die tiefste und von unheimlichen Gestalten bewohnte Region. Diejenigen, die schwere Verfehlungen gegen die Götter begangen hatten, sollten hier ewige Qualen erleiden.

Mit der Einwilligung des Zeus raubte Hades die junge Persephone und machte sie zu seiner angetrauten Gattin. Ihre Mutter Demeter war darüber so betrübt, dass sie vergaß, das Getreide wachsen zu lassen. Zeus versuchte erst, Persephone zu befreien; da diese bereits von jenen Früchten, die eine Rückkehr aus der Unterwelt verwehren, gekostet hatte, musste sie in der Unterwelt bleiben. So wurde die Vereinbarung geschlossen, dass Persephone sechs Monate des Jahres auf der Erde weilen durfte und die restlichen sechs Monate bei Hades in der Unterwelt verbringen musste.

Orpheus, der berühmte Sänger, stieg ebenfalls in den Hades hinab, um seine geliebte verstorbene Frau Eurydike zu befreien. Mit seinem Gesang konnte er Charon, den Fährmann am Archeron, dazu bewegen, ihn mit in die Unterwelt zu nehmen. Dort traf er auf Eurydikes Seelenschatten und bat den Gott Hades, sie wieder mit in die Oberwelt nehmen zu dürfen. Es wurde Orpheus gestattet, jedoch unter der Bedingung Persephones, dass er vor Eurydike her ginge und sich unter keinen Umständen nach ihr umschauen durfte, bis sie wieder in die Oberwelt zurückgekehrt wären. Orpheus war daher bestrebt, den Aufstieg so schnell wie möglich zu machen, doch begann er sich sogleich zu fürchten, Eurydike könnte vielleicht nicht Schritt mit ihm halten. So haderte er mit sich und sah sich endlich um. Eurydike war in Schattengestalt hinter ihm. Sie musste ihn daraufhin sofort verlassen und endgültig in die Unterwelt zurückkehren, wo sie für den Rest ihrer Tage blieb.

Hades hielt auch Theseus gefangen, der geschworen hatte, die Tochter des Zeus zu heiraten. Theseus wählte Helena und entführte sie und beschloss, sie solange festzuhalten, bis sie im heiratsfähigen Alter war. Peirithoos hatte sich vorgenommen, die Persephone aus der Unterwelt zu rauben. Sie ließen Helena zurück und stieg, von Theseus begleitet, zur Unterwelt hinab. Hades täuschte ihnen Gastfreundschaft und ein Fest vor – sobald die Ermüdeten sich aber niederließen, umwickelten Schlangen ihre Füße und hielten sie dort gefangen. Wegen dieses frechen, demütigenden Unterfangens fesselte sie der Gott der Unterwelt an einen Stein, wie es einst mit Prometheus geschehen war.

Um zuletzt den Höllenhund Kerberos aus der Unterwelt zu holen, ließ sich Herakles zunächst vom Priester Eumolpos in die Mysterien von Eleusis, einem Demeter-Kult, einweihen. Er begann nach Opferungen und der Entsühnung der Morde an den Zentauren den Abstieg in den Hades. Sogar in der Unterwelt flohen die toten Seelen vor dem heraneilenden Heros, der mit seinem Knüppel nach der Medusa schlug. Athene und Hermes halfen ihm auf dem Weg durch den Hades hin und zurück.

Ganz nahe zu den Pforten des Hades gekommen, erblickte er seine Freunde Theseus und Peirithoos… Als beide den befreundeten Halbgott erblickten, streckten sie weinend und flehend die Hände nach ihm aus. Den Theseus konnte Herakles bei der Hand greifen und befreite ihn von seinen Banden. Ein zweiter Versuch, auch den Peirithoos zu befreien, misslang aber, denn die Erde fing plötzlich an, ihm unter den Füßen zu beben. Am Tore der Totenstadt stand der König Pluton und verwehrte ihm daraufhin den Eintritt. Aber der spitze Pfeil des Heroen durchbohrte den Gott an der Schulter, dass er Qualen der Sterblichen empfand und, als der Halbgott nun bescheiden um Entführung des Höllenhundes bat, sich nicht länger widersetzte. Doch forderte er als Bedingung, dass Herakles desselben mächtig werden sollte, ohne die Waffen zu gebrauchen, die er bei sich führe.

Hades musste zusehen, wie Herakles eine seiner heiligen Kühe schlachtete und mit dem Blut der Seele des Theseus neue Kraft einhauchte. Theseus entkam daraufhin endlich der Unterwelt. Auch holte Herakles Alkestis, die Gattin des Königs Admetos, aus dem Hades zurück. Den Hirten Menoites erwürgte er dabei fast, hätte Persephone den Halbgott nicht besänftigt, ehe dieser mit dem Kerberos durch die Höhle abzog und die letzte seiner Aufgaben bestand.

„Doch hüte dich vor einem gewissen Marx", fuhr Platon nun fort…, „der die unteren, hadesken Chargen gegen die edlen Ideengeber aufhetzt. Er bringt Unheil und will die Massen zu ihrem Unglück auf die Barrikaden treiben. Doch dies kann ihm bestenfalls hier unten gelingen. In die oberen Stockwerke dringt er niemals vor". „Ich kenne diesen Marx und halte ihn für einen großen Erleuchter der Armen und Arbeiter. Viele meiner Freunde gehören zu seinen Jüngern. Also: Warum soll sein Denken verboten sein?" „Du wirst schon sehen junger Freund. Aber lass uns weiter gehen, damit die Arbeit nicht liegen bleibt. Heute Abend aber wirst du Gelegenheit haben mit Karl Marx zu disputieren. Er ist zum ökonomischen Forum geladen". Platon und Charly gingen weiter, ohne große Hatz. Aber Charly hätte sich gerne noch ein wenig umgesehen und mit den hier Tätigen einige Worte gewechselt. Aber diese schienen ihn gar nicht wahr zu nehmen, was wohl an der Anwesenheit von Platon lag, der keinen Hehl daraus machte, dass er den sogenannten Freund aller Arbeiter, diesen Marx, am liebsten in die Hölle Dantes oder die verbotenen Orte de Sades verweisen würde, wenn es ihm obliegen würde.

Warum sollte man Marx meiden? Ein philosophischer Monolog

Marx ist schon deshalb nicht mehr auf der Höhe unserer Zeit, weil grundsätzlich natürlich alte Rezepte gegen neue Probleme wenig taugen. Und neu ist so ziemlich alles in den gegenwärtigen Zeiten eines umfassenden Wandels. Marx hatte also nicht schon immer Recht, sondern nur in seiner Zeit, in der er natürlich gedanklich gefangen war. Der berühmte Grundsatz von Marx: „Der andere sei nicht nur die Grenze, sondern die Bedingung meiner Freiheit", ist etwas, was in der Philosophie zurzeit ohnehin, auch im Anschluss an Hegel sehr stark diskutiert wird, und dem Marx eine ganz bestimmte, eigensinnige Prägung gegeben hat. Seine Kapitalismuskritik bleibt dabei natürlich zu Recht bestehen, wenn auch weiterhin viele Einwände entgegen zu stellen sind. "Ich glaube", so Charly, der früher einmal ein glühender Verehrer von Marx Thesen war, „dass man die Marxsche Kapitalismusanalyse erheblich erweitern oder differenzieren muss, um überhaupt die Entwicklung nicht nur der letzten Jahre, sondern die Geschichte des Kapitalismus seit der Industrialisierung angemessen verstehen zu können. Im Grunde genommen haben wir gelernt, soweit ich das sehe, dass der Kapitalismus in verschiedenen Formen und Ausprägungen existiert, die sich gelegentlich überschneiden, aber nicht immer deckungsgleich und identisch sind. Das bedeutet: Die institutionellen Rahmenbedingungen, in denen die kapitalistische Wirtschaft eigentlich zum Tragen und zur Existenz gelangt, muss man viel ernster nehmen, als man es gemeinhin tut, wenn man sich in die Gedankenwelt von Marx versetzt und die wahren Verhältnisse des Kapitals vermessen möchte. So spielt das Kapital zum Beispiel im kommunistisch geprägten China oder im autoritären Russland fast eine wichtigere Rolle, wie in den westlichen Industriestaaten, die demokratisch und sozial-staatlich geprägt sind, wenn auch die ausufernde Globalisierung viele Staaten machtlos an die Ränder drängt und multikulturelle Konzerne weltweit die Dinge gestalten lässt, ganz wie es beliebt. Zumindest erscheint es so. Marx bleibt aber sicherlich relevant und wichtig für die Analyse des aktuellen Zeitgeistes, eben weil in den meisten Globalisierungstheorien zu wenig auf die reine Ökonomie des Kapitals eingegangen wird und der freie Warenverkehr, die Freiheit des Konsums alleine in den Vordergrund gerückt wird. Und mit seiner Perspektive ist es wirklich deutlich sichtbar, dass es eine Verschiebung gab, dass wir jetzt eine Vorherrschaft von Finanz- und

Investivkapital haben, und es vor allem darum geht, bestimmte Gegenstände wie Wohnung oder auch eben Daten jetzt warenförmig zu machen, um sie entsprechend verwerten zu können. Und dafür ist Finanzkapital dringend erforderlich. Diese marxistische Analyse ist weiterhin natürlich aktuell. Was problematisch ist aus einer Perspektive, die eben auch die ganze Welt einbezieht, ist, dass Phänomene wie zum Beispiel die Arbeit von Frauen, Leiharbeitern oder großer Internetkonzerne, in seiner Analyse gar nicht vorkommen und auch nicht vorkommen können, weil es eher neue Phänomene sind, die es zu seiner Zeit noch nicht gab und diese Entwicklungen auch nicht abzusehen waren. Und dies Alles muss zwingend ergänzt werden".

Aber, wo bleiben die Frauen, um den Weltgeist zu befeuern?

Woolf, Sand, Curie, Bronte, Beauvoir, Austen, Susan Sontag, Christa Wolf, Ingeborg Bachmann, Camille Claudel und Andere. Warum finden sie keine Erwähnung an diesem Ort; sind keine Protagonisten und von Anfang an nicht gedacht? „Ich weiß keine Antwort, wohl weil ich selbst auch ein Mann bin und bleibe daher zunächst stumm, obwohl ich zum Beispiel Woolf, Sand und Bachmann mit großem Vergnügen gelesen habe …", sagt Charly, sich selbst kritisch zu hinterfragen. Und dennoch, sind sie natürlich ein wichtiger Bestandteil der Weltliteratur und einige von ihnen ganz sicher sogar Vorreiter in ihrem Fach, wie beispielsweise Woolf, die man durchaus direkt neben Joyce oder Proust stellen könnte. Leider ist sie selbst freiwillig aus dem Leben geschieden. Mit dicken Steinen hat sie sich die Taschen gefüllt und ist, ohne ein Wort des Abschieds in den Fluss, gleich hinter ihrem Haus gestiegen. Ganz ohne Erklärung, als sei dies folgerichtig und unvermeidlich. Vielleicht gehört dies ja zu jener Zeit zum Leben einer großen Schriftstellerin dazu? Wer weiß? Aber nun wieder zurück zu Marx!

„Den meisten Wert produzieren bspw. wirklich arme ländliche Frauen in der Dritten Welt, die überwiegend von Kapitalströmen aus dem Ausland abhängig sind. Bangladesch oder Pakistan sind hier an erster Stelle zu nennen. Aber auch viele andere Länder stehen dem nicht viel nach. Und dann ist da noch die Frage der Bodenschätze, als Grundkapital des Wirtschaftens eines Nationalstaates, den es in dieser Form so heute ja gar nicht mehr gibt, da sich einzelne Staaten zunehmend in größeren Verbünden organisieren, um mehr Gewicht auf der Weltbühne zu erlangen".

„Arm und Reich – der Kampf der Klassen. Ich denke zunächst mal, man sollte den Begriff des Klassenkampfes nicht in der Form, in der Marx sie entwickelt hat verstehen, sondern weiter fassen oder sogar umdeuten. Er hatte ja die Vorstellung, dass da zwei Klassen sind, die sich gegenüberstehen und ständig bekriegen, wie es heute aber so nicht mehr der Fall ist. Die Grundidee aber daran ist ja immer noch richtig, denn es gibt nach wie vor gravierende Gegensätze, die auch zunehmen, aber viel gegensätzlicher und undurchdringlicher sind, als man gemeinhin für möglich hält. Unsere sozialen Realitäten, Institutionen sind umkämpft. Und alles an sozialer Realität, an gesellschaftlichen Gegebenheiten ist auch das Resultat von Kämpfen zwischen sozialen Akteuren, die allerdings vielgestaltiger und undurchsichtiger sind als zu Marx Zeiten. Das ist eine ganz erweiterte Sicht dessen, was er mit Klassenkampf gemeint hat. Wir müssen uns auch um die Frage, was eigentlich eine gute Gesellschaft im umfassenderen Sinne ist, kümmern. Wenn man das jetzt auf Marxsche Begriffe zurück rechnet, würde man sagen: Marx hat eben über Ausbeutung und über Entfremdung geredet. Und es gibt ein starkes Interesse, diese Entfremdungsverhältnisse, die sich heute vor allem auf den Digitalisierungs- und Freistellungsprozess beziehen, auch wieder in den Blick zu bekommen. Es geht wieder um das gute Leben und die Gerechtigkeit. Eigentlich will er sagen: Der Kapitalismus führt doch zu Lebensformen, die ihr bei klarem Verstande nicht akzeptieren könnt. Er macht euch zu zweckrationalen, verschiebbaren Puppen, er formt Charaktere, die am Nutzen orientiert sind, die auch ihre eigenen sozialen Verhältnisse gar nicht mehr angemessen verstehen können, weil sie sie nur als abhängig von einem Gegenstand verstehen können, geprägt, gemacht durch das übermächtige Kapital. Also diese radikale Vorstellung finde ich die Interessantere als die Frage der Gerechtigkeit. Dazu haben natürlich viele andere Denker, wie beispielsweise Rawls wahrscheinlich Produktiveres dazu gesagt".

Zur Frage der Gerechtigkeit

Rawls, einer der wenigen zeitgenössischen Philosophen, der großen Einfluss auf die Gesellschaft ausübte und bereits zu Lebzeiten sehr geschätzt wurde und weltberühmt war, stellt folgendes fiktive Verfahren vor: „Wir lassen", sagt er, „das Problem nicht von einem Unbeteiligten, sondern von den Beteiligten selbst entscheiden, aber wir binden ihnen, wie der

Gestalt der Justitia, einen Schleier der tiefer Unwissenheit um. Sie sollen nur das vorhandene Problem selbst kennen, nicht hingegen wissen, welche Stelle sie selbst darin einnehmen werden. Und nun brauchen wir bei ihnen keinen expliziten Gerechtigkeitssinn vorauszusetzen. Wir lassen sie einfach wählen, wie sie das Problem aus der Perspektive ihres Eigeninteresses gelöst sehen möchten".

Dieses Modell ließe sich auf beliebige Gerechtigkeitsprobleme anwenden. Rawls führt es nur für den speziellen, aber grundlegenden Fall durch, der die Gerechtigkeit der Prinzipien betrifft, die die fundamentale Struktur einer Gesellschaft festlegen. In diesem Fall nimmt die Entscheidung, die unter dem Schleier des Nichtwissens stattfinden soll, die Form einer ursprünglichen Übereinkunft an.

Er versucht ausführlich zu begründen, dass man sich dabei auf folgende Prinzipien einigen würde: 1. Die fundamentalen Bürgerrechte sind zu gewährleisten, und mit Bezug auf sie gilt strikte Gleichheit unter allen Bürgern. 2. Soziale und wirtschaftliche Ungleichheiten können gegebenenfalls im Interesse aller sein. Das heißt aber dann, dass sie nur dann berechtigt sind, wenn sie auch den am wenigsten Begünstigten mehr Vorteile als Nachteile bringen. Außerdem ist soweit wie nur möglich Chancengleichheit für Alle zu gewährleisten. 3. Das erste Prinzip hat dabei absoluten Vorrang vor, dem zweiten. Das heißt eine Einschränkung der Bürgerrechte zugunsten ökonomischer Vorteile soll gänzlich ausgeschlossen sein. Aus diesen Prinzipien folgt dann weiter gedacht, dass der soziale und liberale demokratische Staat das einzige gerechte politische System ist und ermöglicht somit einen Rückgriff auf das Denken der Aufklärung, das seit Anfang des 19. Jahrhunderts in der englischen und amerikanischen Philosophie durch den Utilitarismus verdrängt worden war. Dem Utilitarismus zufolge ist dasjenige gesellschaftliche System das Beste, dass das größte Glück der meisten befördert, gleichgültig wie es sich verteilt und zu welchen ausufernden Spitzen und Auswucherungen es führt. Und die Folgen lassen sich insbesondere noch heute in den kapitalisierten und globalisierten Systemen gut ablesen, wenn man bedenkt, dass die Schere zwischen Arm und Reich immer weiter auseinander geht.

„Marx spaltet", ergänzt nun Platon, „...in zwei Seiten. Und das haben wir heute in Gänze an vielen Stellen. Mit Blick auf den einen Weltgeist hilft dies keineswegs weiter, sondern schadet nur, stellt Mauern auf, die keinen freien Blick in die Zukunft mehr gestatten und das Gesehene, Gedachte dann unmissverständlich verfälschen!" Nach einer kurzen Pause des Innehaltens ergänzt er: „Im bibliothekaren Kosmos kämpft er für die Gehilfen und wünscht ausdrücklich eine proletarische Literatur. So unterstützen ihn bspw. Zola, Saint Simon und Byron dabei, sein revolutionäres Ansinnen umzusetzen und ästhetisieren es geradezu, so dass es auch für die höheren Bildungs-schichten intellektuell interessant erscheint. Sie verteilen Handzettel, diskutieren auf öffentlichen Ebenen mit den Besuchern und Vieles mehr".

Platon nahm Charly nun an die Hand und führte ihn nochmals weiter runter in die Katakomben der Bibliothek, an einen tief, verborgenen Ort, der wohl nichts Gutes verheißen konnte. So zumindest glaubte Charly, der die tiefsitzenden Gedanken, die sich aus dunklen Quellen zu ihm aufwühlten, geradezu schon fühlen konnte. Denn seine Seele war dazu bereit, diesen schattigen Weg zu gehen und die Dinge geschehen zu lassen.

Warum tief verborgene Orte nichts Gutes verheißen können

Tief verborgen,

in verwunschenen Wäldern leben magische Wölfe,

weben finstere Hexen mächtige Zauber und

suchen mutige Recken nach Erlösung.

Lausche dem Gesang der Sirenen,

triff den König der Feen und

tanze mit den Wesen der Anderswelt im Mondlicht.

Doch achte auf deine Schritte!

Denn wer sich in den Schatten dieser Welt verliert,

bleibt auf ewig verschwunden

Und ist dieser Weg erst einmal bestritten,

kannst du unumkehrbar nicht mehr zurück,

bleibst ein Gefangener

und musst dich dem fügen

was als tiefere Wahrheit scheint.

Uralte Ruinen, verzauberte Steinkreise, rätselhafte Figuren und eine wahrhaft magische Landschaft. Zwischen den lärmenden Metropolen, weit ab von der Hektik der modernen Städte, hat dies alte, tiefliegende Land überlebt, von dem schon die alten Zauberer berichteten.

Verborgen liegt es, nur mit der Seele erfühlend, tief unter dem Verstand, der nur das Scheinbare greifen kann. Und wenn des Nachts die schwarzen Schatten über das Land fliegen, wird man heimgesucht von tausend Träumen, die einen an die Hand nehmen und hinab führen in dies Anderland, dass wir uns an dieser Stelle dann neu erobern müssen. Lass es auf dich wirken und schaue das Verborgene mit neuen, lichten Augen, die nur von Innen glänzen können, um das Unfassbare, Verborgene mit ihrem ganzen Gewicht erfassen zu können!

Kapitel 6: Das Verborgene

De Sade gilt gemeinhin als der Hüter der dunklen, verborgenen Orte, als Verkörperung der schwarzen Seele, die unwiderruflich auch das Gute in ihren Bann zieht, wenn man dies überhaupt so beschreiben kann, ohne dabei einem moralgeschwängerten Erdenbürger zu sehr vor den Kopf zu stoßen, der den Einfluss des Dämonischen kategorisch ablehnt. Hier in den unteren Katakomben der Bibliothek, verlaufen sich verirrte und verloren gegangene Seelen, tragen ihre schwarze Seite in alle Ecken, zeigen sie her und verbergen sie dennoch, dort wo es nötig ist, einer Schattenwelt gleich, von denen den Meisten in den oberen Etagen nichts bewusst ist. Hier trifft man Leautremont, Gilles de Rais, Jünger, Hitler, Stalin aber auch die Schatten von Hamsun und Heidegger, die sich selbst erschrocken zeigen, hier unten ihr Dasein fristen zu müssen und gelegentlich zeigt sich auch Nietzsche, der sich mal wieder verlaufen hat und sogleich wieder den Weg nach oben antritt, von seinen Freunden und Förderern befeuert. Lediglich Hamsun und Heidegger haben ab und zu etwas Freigang, bleiben aber unter ständiger Beobachtung von Platon, der ihnen nicht über den Weg traut und sie seiner persönlichen Kontrolle unterstellt hat.

Noch nicht ganz angekommen in ihrer eigenen Welt, können sie sich noch nicht recht entscheiden, wohin ihr Weg sie letztlich führen soll, ja geradezu führen muss. Weil sie Getriebene sind und immer weiter voran schreiten müssen, auf ihren dornigen Wegen durch endlose Wüsten und verschneite Gebirgslandschaften, die wie die letzten Orte auf diesem Planeten daher kommen. Und Platon, wie auch Kien haben hier ja auch noch ein bedeutendes Wörtchen mit zu sprechen, wohin sie der Weg führen wird. Vielleicht stehen sie ja gerade an, eine große Revolution der Weltseele in Angriff zu nehmen und die Moral der Herrschenden endgültig zu brechen? Gelegentlich treibt sich hier unten auch ein gewisser Rimbaud herum. Eine Abenteurer, Grenzgänger und apokalyptischer Poet, wenn er auf seinem trunkenen Schiff so über die Wellen reitet und das Heer der geistigen Vernichter anführt, auf dem Ozean des Lebens. Immer auf der Suche nach schwarzen Seelen und einem neuen Abenteuer, dass ihn aus der bürgerlichen, ideengeschichtlichen Welt heraus holt und hineinführt in eine andere Wirklichkeit, die nur tief im Verborgenen geschaut werden kann, wenn die Blicke einen nicht trügen. Gerade die unbekannten, verbotenen und verborgenen Orte der Bibliothek treiben ihn um, lassen seinem inneren Schmerz freien Lauf und weisen ihn an, nach dem Neuen, Besseren, Tieferliegenden zu suchen, dass man letztlich doch nur in sich selbst finden kann. Doch das wusste der geniale Dichter bereits seit seiner Geburt.

De Sades Standpunkt und Stellung

Das wohl am weitesten verbreitete von de Sades Werken ist „Die unmoralischen Lehrer oder die Philosophie im Boudoir" von 1795. Hier schildert er die ungefähr einen Nachmittag und Abend füllende sexuelle und intellektuelle Initiation eines adeligen jungen Mädchens durch eine adelige Frau und zwei adelige Männer sowie einen gut bestückten Bauernburschen, wobei die vier Hauptfiguren in den nötigen Erholungspausen philosophische Gespräche führen, in denen sie sich als unmoralische Lehrer profilieren. Leitmotiv seiner Einstellung ist die Vorstellung des Rechtes des Stärkeren, das de Sade interpretiert als Recht einer sozialen und geistigen Elite – letztlich der Hocharistokratie – auf eine ungehemmte Verfolgung ihres Strebens nach Lustgewinn. Marx würde sofort auf die Barrikaden gehen und zum Aufstand gegen de Sade rufen, ihn zu Nichte machen wollen mit all seiner Kraft. Denn die Seite der Gesellschaft, die er mit Nachdruck vertritt, scheint bei de Sade alleine dazu auserkoren zu sein, einzig und alleine deren Lustgewinn zu maximieren, unabhängig von den eigenen Bedürfnissen. Die dunkle, dämonische und mächtige Seite regiert also die Welt und schaut auf die niederen Schichten herab, nimmt sie lediglich als vermeintliches Opfer wahr und teilt ihnen ihre Aufgaben, ihren Stand durch direkte Anschauung und Handlung mit.

Die dunkle, dämonische Seite – ein Essay

Sie erscheint in allen Begebenheiten, die wir durch Verstand und Vernunft nicht aufzulösen vermögen. Es manifestiert sich auf die verschiedenste Weise in der ganzen Natur, in der unsichtbaren wie in der sichtbaren. Manche Geschöpfe sind ganz dämonischer Art. Goethe rechnet zum Beispiel Napoleon dazu, wie auch Friedrich den Großen und Paganini, den teuflischen Geiger, der unabdingbar nicht von dieser Welt sein konnte. Und von sich selbst sagt er das erstaunliche Wort: "In meiner Natur liegt das Dämonische nicht. Aber ich bin ihm unterworfen." Also. Auch er speist sich gelegentlich aus dieser dunklen, verborgenen Quelle an diesem verruchten Ort.

Hier scheint uns ein Zugang offen zu stehen, der uns eine kleine Tür wenigstens ins Reich des Dämonischen aufschließt. Dieses ist nach diesem Wort vor allem eine Kraft, die sich in der Natur oder besser gesagt im gesamten Kosmos befindet, und die sich gern an bedeutenden Figuren misst, sie quasi als Wirt benutzt und aussaugt bis zum letzten Tropfen Blut. Das Dämonische wäre demnach nicht im Charakter des Menschen selbst enthalten, sondern wäre etwas, was außerhalb des Menschen wirkt und sie bedrängt, sie umgarnt und letztlich in ihren Bann zieht, als Teil der menschlichen Wirklichkeit. Ihn von außerhalb her, geradezu schicksalhaft überfällt, ihn gefügig macht für die Verletzung und Verleugnung von Moral, Tugend und Ethik. Und dämonisch wäre vor allem der Mensch zu nennen, der diesem Ansinnen am meisten ausgesetzt ist, sei es, dass er die feinsten Empfangsorgane für das Dämonische besitzt wie Dostojevskij oder Leautremont; sei es, dass er sich überhaupt in seiner ganzen Struktur zum Instrument des Dämonischen eignet, welches ja seinen Wirkungswillen hat und ihn, sofern nicht andere Mächte dem entgegenstehen, schärfstens zu besitzen bestrebt ist. Geradeso wie ein dicker Mantel, der die Schneeflocken abhält und die aufsteigende Körperwärme sich wohlig darunter entfalten lässt.

Uns Nachfahren der aufgeklärten Jahrhunderte und gescheiterten Moderne, die wir alle es noch im Blute haben, nur das Sichtbare und Fassbare zu glauben, kommt es schwer an, eine Macht anzuerkennen, die außerhalb des Menschen steht und ihn je nach seinem Charakter überfällt oder übergeht und die nicht beherrschbar zu sein scheint. Zu sehr haben wir uns in die neuzeitliche Haltung hineingefunden, nach welcher der Mensch alle Macht über sich hat, was nicht der Fall ist und auch nicht der Fall sein soll. Denn wir haben es schon oft gesagt. Der Mensch ist nicht Herrscher über die Welt und nicht mal Herr im eigenen Hause. Zu sehr ist uns sowohl die antike Auffassung der Führung durch die Dämonen, zu sehr die mittelalterliche fremd geworden, nach welcher die Dämonen den Menschen verfolgen und verderben. Der heutige Mensch fühlt sich letzten Endes frei, wenn er denn positiv denkt und sich in Unschuld auf der moralischen Seite wähnt. Was er schafft, hält er für sein Verdienst, was er zerstört, das nimmt er als seine Schuld an, so dass er Buße tun muss. Und in bestimmten Grenzen des Lebens, die von der Vernunft regiert, *von* der Erkenntnis verwaltet, vom Willen behütet werden, in diesen Grenzen, die in der nie untergehenden Sonne des faktisch Begreifbaren liegt, ist es auch so. Aber die Randbezirke, Schattenseiten, die Untergründe, unterstehen noch anderen Mächten, die wesentlich tiefer und abgründiger wirken, als man es sich vorstellen kann. Jeder Künstler weiß es, wann ihn der gute Dämon anrührt, er weiß es, dass die Geschichte und die Gebilde, die Töne, Harmonien und die Farben, nicht von ihm sind, sondern von einer Macht, die ihn besitzt und wieder loslässt, wenn es ihr gefällt, die sich seiner ungefragt bemächtigt, die ihn auf göttlichen Flügeln trägt, die ihn Tiefblicke und Weitblicke tun lässt, um ihn plötzlich in den Abgrund des Nichtigen zurückzuwerfen, aus dem es kein Entrinnen gibt. Schon Appolinaire oder auch Baudelaire schrieben ihre Verse unter diesem Eindruck. Jeder weiß es, den nicht der Dämon ganz in Besitz genommen hat, der sich des Unterschiedes bewusst bleibt zwischen der privaten Existenz und dem künstlerischen Dasein, das der dunklen, verborgenen Seite so nah ist. Alle gewaltigen Schöpfungen sind mehr oder minder dämonischer Natur, von Dämonen dem Menschen eingehaucht, durch Dämonen in ihm und durch ihn bewirkt. Fast alle großen Taten dieser Welt sind vom Dämonischen mit bewirkt und haben ihre Strahlkraft gegen den Logos gestellt, ihn gänzlich überwunden und in den Schatten gestellt. Sie kommen mit ihren Kräften aus Tiefen, die kein Verstand auslotet, aus Bezirken, die kein Wille mehr vollständig beherrscht. Sie haben eine Aufgabe, deren Ziel im Dunklen liegt, und deren Weg nur allzu oft mit Trauer und Zerstörung bepflanzt ist.

Dies alles sind zunächst tastende Versuche, einer Wirkungsgewalt, der wir alle ausgesetzt sind, die ersten Umrisse zu geben. Ausgesetzt – aber nicht gänzlich ausgeliefert. So scheint es. Sicherlich wird der Mensch, der in sich die Kräfte zu etwas Außergewöhnlichem spürt, und der gleichzeitig verspürt, wie ihn eines Tages unbegreifliche Kräfte erfassen und ihm die Kraft geben, zu seinem Ziel zu kommen. Er muss es geradezu. Es ist unvermeidlich! Und dieser Mensch wird sich ganz sicher dem Dämon nicht widersetzen wollen. Im Gegenteil: er wird sich bereit machen, sein Instrument zu werden, fügsam sich hingebend den Kräften die ihn umschwirren und umschmeicheln, die ihn aufheben, auch wenn in diesem Aufheben die Gefahr des Sturzes enthalten ist. Wer aber ein wenig mit diesen Kräften in Berührung gekommen ist, der wird auch wissen, dass man sie nicht einfach ohne Widerwehr auf sich und in sich wirken zu lassen braucht. Der wird erkennen, dass der Mensch nicht nur das Instrument von unbekannten Kräften ist, die ihn je nach seiner Fähigkeit und nach ihrem Belieben überfallen oder verlassen, sondern dass er auch noch etwas an und für sich ist. Ein kreativer Gestalter und Denker des eigenen Ich's. Sei er auch noch so gefangen. Etwas, das ja und nein zu sagen hat, etwas, das dem Bereiche der Dämonen entgegengehen kann oder ihm ausweichen, der darin verweilen oder aus ihm fliehen kann.

Zwar scheint das Dämonische so mächtiger Natur zu sein, dass es am Ende doch recht behält und den Logos in seine Schranken weist. Nur muss der Mensch auch wiederum gegen das Dämonische recht zu behalten suchen, und man muss dahin trachten, durch allen Fleiß und Mühe die Arbeit so gut zu machen, als es in unseren Kräften steht. Wir sehen daraus, dass der Mensch nicht freizusprechen ist von seiner Verantwortung, dass er immer in der Lage bleibt, das Schiff noch selbst zu steuern, selbst wenn die See aufgewühlt und rau ist und das Boot an scharfkantigen Klippen zu zerschellen droht, wie einst Rimbauds trunkener Nachen. Auf hoher See streckte es seine Planken der aufwirbelnden Gicht entgegen und trotzte den aufsteigenden Fluten. Kein schwerer Anker lastete auf ihm. Leicht und wendig hüpfte es gedankenschnell über die aufschäumende Gicht. Selbst Sphärenklänge, die aus dem Bauch des Meeres nach Vergeltung riefen, brauchten keine Umkehr aus sich heraus. „Hier meiner Wege gehen und vielleicht zerbrechen. Dies Schicksal will ich tragen, wenn mein Kopf noch Dichterverse schreiben kann. Denn unten teilt sich schon das Wasser zum beschlossenen Fluge. Giert herauf und zieht mich runter, bis das letzte Segel in blauer Wand entschwunden ist. Und diese Stätte will ich Grab nicht nennen. Ein Neuanfang ist hier gelungen". Und mit diesen Worten brach das Meer auf und verschlang alles was auf ihm herum tobte. Klirrend zersprangen die Holzplanken in tausend Teile und das Meer nahm sich, was es einst gegeben hatte.

Ist das Dämonische nun etwas Göttliches oder ist es vom Teufel hinaus in die Welt der Menschen gesandt, um sie zu locken und gefügig zu machen? Nun Platon mit deutlichem Stimme: "Liebes Kind, was wissen wir denn von der Idee des Göttlichen und der teuflischen, dämonischen Seite, und was wollen denn unsere engen Begriffe vom höchsten Wesen sagen." Es gibst also keine entsprechende Regel. Und dennoch können Regeln wichtig sein.

Kapitel 7: Regeln

„Es gilt folgende einfache Regel, die über allem steht: Wenn du ein eigenes Buch schreibst, das Teil dieser Bibliothek wird, kannst du in der Nacht am lebendigen Diskurs der toten und noch lebenden Philosophen, Schriftsteller und Künstler dieser Welt teilnehmen und deinen eigenen Weg, deine ganz persönliches Sicht der Dinge darstellen und im gemeinsamen Austausch vielleicht vervollkommnen. Bist du dann endlich aber Teil dieser Bibliothek musst du der Außenwelt entsagen, deinen Platz hier einnehmen und das Weltgewissen mit verkörpern. Erlöst wirst du erst dann, wenn ein anderer deinen Platz einnimmt und dein Thema, deine Ideen, dein Buch weiter verfolgt und schreibt. Es quasi auf eine höhere, wahrere Stufe hebt. Und dies kannst du nur dadurch erreichen, indem du für dein Thema, dein Buch wirbst und ganz bekannte Autoren, die noch leben oder bereits tot sind, für dein Bestreben gewinnst. Hierzu erhältst du Gelegenheit in der Nacht zur Tagung der einzelnen Foren. Denn nur dann sind viele von ihnen hier, nehmen ihren Platz ein und tragen ihren Teil zum gemeinsamen Diskurs bei. Wenn du überzeugend wirkst, es dir gelingt andere zu inspirieren, dann wird dein Platz wieder frei und du kannst deinen eigenen, neuen Weg in der Welt – dann vielleicht auf einer höheren Stufe – gehen und deine persönlichen Ziele erreichen". Charly fühlte sich fast erschlagen. „Und dies alles soll hier möglich sein. Aber wie sollte ich einen großen Geist von den Dingen überzeugen, die mich bewegen?" Platon ging auf diese Frage nicht ein und redete unbeirrt weiter.

„Du kannst einen Weltgeist herausfordern, bis du selbst einer wirst, in dieser wahrhaftigen und wirkmächtigsten Welt aller Zeiten. Aber sage mir, welches Buch du geschrieben hast. Denn, da ich dich ins Forum geladen habe, muss ein Buch von dir Teil dieser Bibliothek sein". „Ja. Ich gebe es zu. Vor Jahren schrieb ich einen kleinen, unbedeutenden Gedichtband, der aber wohl kaum hier eingestellt sein dürfte, da die Auflage nur sehr gering war". „Sage mir den Titel und ich sage dir, wo dieses Buch steht".

„Schwarzbilder". Platon überlegte nur kurz: „Es steht in der 2. Etage, im poetischen Raum gleich neben den Gedichten von Verlaine". „Was. Du machst Scherze". „Nein, ich beliebe nicht zu Scherzen. So etwas ist mir, mit Verlaub gesagt, vollkommen fremd". Platon griff ihn sehr bestimmend bei der Hand und ging mit ihm hinauf ins lyrische Zimmer, das vollgestopft war mit dünnen Leinenbänden, die allerdings noch sehr gut erhalten und kaum abgegriffen erschienen, was ohne Zweifel dem Umstand geschuldet war, das es sich um eine vermeintliche unwichtigere Literaturgattung, eben der Lyrik und Poesie, handelte, obwohl gerade sie zu Beginn der Literaturgeschichte mit ihren Balladen und Oden geradezu die Königsdisziplin und Alleinherrscherin in der Literatur war. Und siehe da, sein Buch war da, gleich neben den unglaublich schönen Versen von Verlaine und Mallarme. Etwas unterhalb standen die „Blumen des Bösen" von Baudelaire und Rimbauds „Trunkenes Schiff". Charly konnte sein Glück kaum fassen. Sein Buch ein Teil dieser unendlichen surrealistischen Tradition, der er sich schon immer sehr verbunden fühlte. „Einfach unglaublich!" Und verwundert rieb er sich die Augen, als wäre er gerade aus einem Traume erwacht.

Warum die Poesie kaum Leser findet und ihre in Leinen gebundenen Ergebnisse fast wie neu gedruckt erscheinen?

Ja. Man hat sich in diesen Verhältnissen seither eingegroovt. So ist sie eben, die Lyrik, klein, drollig, und weiterhin vom Zeitgeist eher zu vernachlässigen. Als Dichter nimmt man dieses Image zähneknirschend hin – so lange jedenfalls, bis auf einer Lesung der Moderator in pädagogisch überzeugtem Ton verkündet, es müsse mehr Lyrik gelesen werden, und ob das nun auch in der hintersten Reihe endlich angekommen und begriffen sei. Das Publikum schaut barmherzig zu einem auf, und in solchen Momenten frage ich mich, warum diese Armen denn bloß Lyrik lesen müssen. Wieso? Aber dennoch ist und bleibt sie die Königsdisziplin, wenn man ein wahrer Dichter sein will. Von Anfang an stand die Poesie für die wahre Dichterkraft, wenn die Wörter sich machtvoll erheben und zu wilden, betörenden Blumen der Schönheit und des Idealen werden. Dann werden Träume wahr und die Alltagssprache verschwindet im Nichts, in der Bedeutungslosigkeit, weil sie das Unfassbare nicht greifen kann, dass alleine dem Traum und der Poesie vorbehalten ist.

Vom Aussterben bedroht wirkt die Szene nicht: Neue Festivals und Lese-bühnen ziehen mit Dichtung ein junges Publikum an, das sich manches etablierte Literaturhaus wünscht. Lyrikverlage werden neu gegründet, Slogans wie "Poesie als Lebensform" und "Poetisiert euch", auf Jutebeutel und Plakate gedruckt, machen die Dichtung zum hippen Accessoire einer neuen Generation, die den gekürzten, vielleicht eigenwilligen Sprachaus-druck doch lieben müsste! Denn wer schreibt und liest heute noch Roma-ne, die 1000 Seiten und noch länger sind, wenn man doch auch kürzere Formen, wie die Kurzgeschichte, eine Erzählung oder gar ein gekürztes Hörbuch wählen kann. Und die Lyrik lässt dazu noch die Sprache aus sich heraus brechen in ein neues, nie gekanntes Feld der gedanklichen Explo-sion, das wahrhaftig und machtvoll sich nach außen ergießt. Doch der Brückenschlag vom spezialisierten zum breiten Publikum misslingt ein ums andere Mal. Eine Hürde stellt dabei auch der Buchhandel dar, der Lyrikbände meist nur äußerst vorsichtig einkauft und sich dabei gern auf Goethe, Schiller, Heine und Brecht verlässt. Ohne Verkauf jedoch bleibt jedes Lyrikprogramm ein Zuschussgeschäft, in engagierten Kleinverlagen, oft aus der privaten Tasche der Verleger finanziert. Die Tatsache, dass Lyrik ökonomisch so wenig abwirft, hält obendrein das Vorurteil aufrecht, es handele sich um eine ohne Subvention längst abgelegte kulturelle Pra-xis. Die Förderung von Lyrik und die von Kohle werden dann gern in dieselbe Amtsstube verbannt. Tür zu. Ende der Unterstützung. Dabei kann die Lyrik und Poesie, auf gedrängtem Raume, fast alles sein und umfänglich wirken. Ein kleines Buch kann hier eine ganze Welt in sich tragen und sie kühn zur Schau stellen, wenn man sie erkennen und erfüh-len kann.

Platon und Charly verließen den Raum und trafen auf den alten Kant, der hier als Wächter der Zeit zu einer bestimmten Stunde herum geht und die Gesprächszeit in den Foren einläutet.

Kants Stern in der Menschheitsgeschichte

Seine Transzendentalphilosophie geht der Frage nach, ob und wie syn-thetische, etwas Neues enthaltende, Erkenntnisse a priori, also schon vorher, unabhängig von der empirischen Erfahrung möglich sind. Die Frage ist damit auch, wo die Grenzen unseres Wissens und der menschlichen Vernunft sind. Kants Meinung nach prägen alle Menschen dieselben Anschauungs- und Denkformen. Die Elemente a priori werden nicht aus der fertigen Welt abgelesen, sondern in sie hineingelegt, also selbst von Innen heraus konstruiert. Transzendental ist das, was die gegenständliche Erfahrung überschreitet und was als Voraussetzung mitgedacht werden muss, um überhaupt Erfahrungen machen zu können, z.B. Raum, Zeit, Kausalität. Es ist allerdings nicht möglich, über die Grenze der Erfahrungen hinauszublicken. Was wir sehen und erleben ist abhängig von unseren Anschauungen, die dann die Welt ausmachen, die wir selbst für uns erschaffen. Eine wissenschaftliche Lehre von der Seele und von Gott als Inbegriff des Absoluten ist unmöglich, kann und sollte auch nicht gedacht werden, weil es unsinnig und absolut hoffnungslos wäre.

Für Kant ist eine Handlung dann gut, wenn ihr ein guter Wille zugrunde liegt. Etwas ist gut, weil es aus Pflicht getan wird, das heißt als etwas das unbedingt getan werden soll, wie zum Beispiel Nächstenliebe, Erste Hilfe, Beistand in einer schweren Stunde etc. Pflicht ist die Notwendigkeit einer Handlung aus Achtung für das Gesetz, wie das allgemeine Sittengesetz. Pflicht hat nichts mit Treue zu einem Einzelversprechen oder zu einer Einzelperson zu tun. Seine Maxime ist: "Ich soll niemals anders verfahren als so, dass ich auch wollen könne, meine Maxime solle ein allgemeines Gesetz werden."

Somit ist für Kant der Mensch Bürger zweier Welten: Bürger der Welt der natürlichen Erscheinungen: Hier ist er, wie jeder Gegenstand einer basalen Kausalität unterworfen. Und auch Bürger der Welt der geistigen Dinge an sich: Hier herrscht Freiheit. Freiheit ist das Vermögen, Handlungen hervorzurufen, die nicht im Sinne der Kausalität bedingt sind, sondern aus sich selbst bestimmt sind und Ursache einer Kette kausaler Vorgänge werden können. Also bietet das Denken, auch an den ungewissen Rändern, viele Möglichkeiten der Weltdeutung und des eigenen Handelns! Es bestand also noch große Hoffnung!

„Kant verkörpert hier gewissermaßen Raum und Zeit, die beiden grundlegenden Kategorien der menschlichen Physik und Metaphysik", sagte Platon, grüßte Kant noch einmal im Vorübergehen und zog Charly nunmehr hektischer werdend in Richtung Forenhalle zum eingeladenen ökonomischen Disput. Von weitem vernahm man schon das Gemurmel vieler anwesender Personen, denn bis zum Eintreffen von Platon und seinem jungen Freund sollten ja noch einige Minuten vergehen.

Kapitel 8: Das Forum

Die einzelnen Foren werden immer auf einer anderen, kreisrunden Ebene im mächtigen Würfel durchgeführt, in der Nähe einer der 13 sinntragenden Säulen, die hierarchisch miteinander verbunden sind. Diese symbolträchtigen Orte sollen die Bedeutung des gemeinsamen Diskurses herausstellen.

Platon, der sich gemeinsam mit Charly einige wenige Minuten verspätet hatte und nun seinen angestammten Platz auf einem breiten, podestartigen Sessel einnimmt, fungierte wie gesagt als Moderator, Ideengeber und Wächter über den gemeinsamen Diskurs. Der Entscheider über den Disput, und damit Sinn- und Richtungsgeber, ist allerdings Kierkegaard mit seinem „Entweder – Oder".

Kierkegaard vertrat hier schon seit langem schon die Ansicht, dass man die Wahrheit nicht wissen kann, sondern nur in der Wahrheit sein kann, wenn man diese für sich erspürt. Und man ist nur in der Wahrheit oder aber in der Unwahrheit, je nachdem man gut oder schlecht mit der Wahrheit umgeht und diese damit entweder die Wahrheit für mich sein lässt oder aber sie als Wahrheit verdirbt. So die gelebte Doktrin des großen Dänen, der Platon gegenüber saß, etwas abseits und in tiefergelegener Stellung, um näher am Geschehen dran zu sein und dem nun auch Charly gegenüber stand, dabei sehr ergriffen war von seiner omnipotenten Präsenz, die an den jungen Kant im Kreise seiner Studenten erinnerte. Das Forum selbst wurde durch Karl Marx, Michel Focault und den greisen Kant selbst durchgeführt, der sich hier ausnahmsweise auf diese, für ihn wohl profane Diskussionsebene herab ließ, was sonst nicht so ohne Weiteres seine Art war. Denn im Allgemeinen stand er, auch historisch gesehen, über den Dingen und nahm eine besonders bedeutende Position ein. Charly selbst, der etwas abseits stehend seinen Platz eingenommen hatte, fungierte mehr als Zuhörer, denn als aktiver Repräsentant einer eigenen Idee, die sich ja selbst erst noch aus seinem Gedankenfluss herausschälen musste. Von außen sah man viele Zuschauer herbeieilen, die mit aufgerissenen Mündern dem ausschweifenden Austausch der Gedanken folgen wollten, aber überrascht zur Kenntnis nehmen mussten, dass hier offensichtlich ein kurzes Theaterstück zur Aufführung kommen sollte, entgegen den traditionellen Gepflogenheiten. Vielleicht auch nur einer plötzlichen Eingebung Tarantinos folgend, der für solche Dinge ja durchaus bekannt war und sich für die nun folgende Aufführung verantwortlich zeigte.

Ruhig nahmen nun alle ihre Plätze ein und mit einem Schlag auf einen überdimensionalen Gong, der dem anwesenden Publikum quasi vor die Nase gehalten wurde als deutliches Signal, wurde das Schauspiel eröffnet.

Ein junges Mädchen, etwa im Alter von Charly, lief mit einer breiten Tafel beladen und diese schwungvoll hervor zeigend im Stile einer tänzelnden Ballerina, von einer Ecke zur anderen und verkündete den Anwesenden den Titel des nun folgenden Einakters, der offensichtlich aus der Feder von Ionescu stammte.

Wie Focault Marx zur Seite tritt und von Kant wiederlegt wird (Ein Einakter)

Focault sitzt an einem kleinen Holztisch und schaut verloren auf einen Geldschein. Kant dreht derweil seine Runden. Schaut gelegentlich aus einem kleinen Fenster. Im Hintergrund ist eine Kirchturmspitze mit Uhr zu sehen. An der Wand hängt ein überdimensionales Porträt von Marx, der selbst nicht anwesend zu sein scheint.

Focault: Das Kapital verschlingt Alles. *Und deutet mit dem Finger auf das Bild von Marx.*

Kant: Doch kann es auch Hoffnung schenken, wenn der Mensch Hunger hat und es warm aus der Backstube duftet.

Focault: Für den Bäcker kann dieser Ort zur Höllenmaschine werden ...

Kant: ...aber auch zu einem berufenen Ort, wenn er sein Handwerk richtig versteht.

Focault: Doch sein Auskommen reicht nicht wirklich aus, um von der Hölle in den Himmel zu kommen. Zu eng bemessen das klägliche Salär. Und die industrielle Macht drängt alles an die schmalen Ränder. Schon sieht man sie in die offenen Gruben fallen, lieber Freund.

Kant: Lass sie doch fallen, wenn sie zum Himmel aufsteigen können. Dort werden sie Ruhe finden.

Focault: Eine trostlose Ruhe der Schande in unserer heutigen Zeit. Er, *zeigt dabei nochmals auf das Portrait von Marx,* hat dies verstanden und es zu seiner Aufgabe gemacht, Abhilfe zu schaffen. Ein neuer Kuchen muss gebacken werden! Größer denn je, damit ein jeder sein Stück erhält. Dann lohnt sich auch das Fallen wieder, wenn Glauben sich in tiefer Brust erregt.

Kant: Du sprichst von lohnen und führst den Glauben ein, der doch nur einsam und ganz rein gewonnen werden kann. Nur in der Stille unseres Herzens kann die Wahrheit sich ereifern.

Focault: Doch wahr ist, was das Brot uns bringt und unsern Augen schmeichelt. Erst dann kann Wärme sich erbieten, das Wahre anzustreben.

Kant: Zuerst das Fressen, dann die Moral. So sag es gleich und schrei heraus, was tausend Male schon geschrieben. Doch wird nichts wahrer durch Geschrei, moralisch ist das Einerlei.

Focault: So sei's drum greiser Mann. Wenn Brot genug für alle da, und niemand mehr Verzweiflung sah, kann innerlich nach außen quellen und nimmer mehr in Frage stellen. Nun ist die Zeit für die Moral, egal ob klein, verschroben in großer Zahl. Ein jeder nun wird schnell gewahr, was Gott einst für den Menschen war.

Kant: Doch wenn ihm dies erst jetzt bekannt, so denke ich ist allerhand, dass nicht vom Herzen wird gewogen, sondern bauchwärts eingezogen. Und schaun wir in den Spiegel dann, erkennen wir uns im neuen Gewand. So trügerisch beseelt vom Brot, ganz ohne Not und seelisch tot.

Focault schließt seine Augen, legt den Kopf auf den Tisch und den ausgelegten Geldschein, der fast schon in Flammen steht, während der alte Kant weiter seine Run-

den dreht und unaufhörlich zur Kirchturmsuhr schaut, als warte er auf ein Zeichen von Oben. Und plötzlich und wie auf Kommando fällt das Bildnis von Marx von der Wand und bleibt dort mit der Rückseite nach oben liegen.

Focault: Ja, mein alter Freund. Deine Zeit scheint vorbei zu sein. Ruhe in Frieden!

Geraune geht durch die anwesende Menge. Einzelne Personen wollen sich Gehör verschaffen, während Platon zur Ruhe ermahnt und die Anwesenden bittet nun ihre Fragen an die Protagnisten des Spiels zu stellen, die sich mittlerweile auf dem mittleren Plateau aufgestellt haben und selbst der alte Marx gesellt sich nun hinzu, als wäre er niemals abhanden gekommen und hätte seinen Beitrag zum aufgeführten Spiel geliefert. Tarantino stand etwas abseits und erwartete wie immer nur das Unwägbare. Charly war es Einerlei. Er musste zunächst das Dargebotene für sich durchdenken. Insbesondere interessierte er sich für das Denken Focaults, der ja im Stück von Kant recht brachial an die Seite gedrängt wurde und seinem Marx nicht besonders nützlich sein konnte.

Das Denken Focaults mit Blick auf Marx' Werk

Durch Foucaults Denken zieht sich ein grundlegendes Muster hindurch. Ein systematischer Skeptizismus gegenüber allen anthropologischen Universalien, die den Menschen irrtümlich zum Mittelpunkt der Welt erklären, was er nicht ist und auch nie war, um dies gleich vorneweg zum Ausdruck zu bringen. Damit wüsste sich Marx allerdings nicht vollkommen einverstanden, der sich gerade mit Nachdruck auf diese Seite in seinem Werk beschränkt und das große Heil in einem neuen, sozialisierten Menschen sieht, der unweigerlich im Mittelpunkt des Weltgeschehens steht. In seiner Schrift „Die deutsche Ideologie" rechnet er mit Ansichten ab, die von der Herrschaft des Allgemeinen ausgehen. Für Marx und Engels ist keine Universalie der Ausgangspunkt, sondern es sind vor allem die wirklichen Individuen, ihre Aktionen und ihre materiellen Lebensbedingungen, sowohl die vorgefundenen wie die durch ihre eigne Aktion erzeugten, die entscheidend sind für ihr Dasein und Wohlsein hier auf Erden. Und nur darum muss es seiner Meinung nach gehen! Allerdings beschreiben Marx und Engels dann durchaus Bedingungen, die ihrer Ansicht nach zum Leben von Menschen im ganz allgemeinen Sinne immer dazu gehören müssen. Demnach unterscheiden sich Menschen von Tieren immer und grundsätzlich durch die eigene Produktion ihrer Lebensmittel und die Fähigkeit, etwas zur eigenen Reproduktion beitragen zu können, die Dinge in die eigene Hand zu nehmen. Außerdem glauben sie an einen universellen Zusammenhang zwischen der Lebensweise und der Weise der Produktion, die zielgerichtet auf diesen Zusammenhang zusteuert und auf konkrete Ergebnisse aus ist, die ihren Fortbestand und Wohlstand sichern. Diese allgemeinen Aussagen gelten jedoch nur in ihrer historischen Spezifizierung, also dem was Früher war, und nicht im Allgemeinen, wo sie gegebenenfalls hinfällig und belanglos bleiben. Die Geschichtsauffassung von Marx und Engels hat in jeder Periode, nicht wie die idealistische Geschichtsanschauung, nach einer Einteilung zu fragen, sondern bleibt fortwährend auf dem wirklichen Geschichtsboden und den nackten, verifizierbaren Tatsachen stehen, erklärt nicht die Praxis aus der Idee, erklärt die Ideenformationen an der materiellen Praxis ausgerichtet und kommt demgemäß auch zu dem Resultat, dass alle Formen und Produkte des Bewusstseins nicht durch geistige Kritik, durch Auflösung ins Selbstbewusstsein oder Verwandlung in Spuk, Gespenster, etc., sondern nur durch den praktischen Umsturz der realen gesellschaftlichen Verhältnisse, aus denen diese idealistischen Irrtümer hervorgegangen sind, aufgelöst werden können – dass nicht die geistige, ideelle Kritik, sondern die Revolution die treibende Kraft der Geschichte auch der Religion, Philosophie, Kunst und sonstigen Theorie ist und auch zwingend sein muss. Nur so sei Veränderung zum Guten möglich. Aber gilt dies auch für die Kunst. Kommt sie nicht aus dem Kopfe, wie die Raupe aus ihrem Kokon, die dann zu einem wunderbaren Schmetterling wird, der uns mit seiner Schönheit und Erhabenheit staunen lässt.

So wie die Art und Weise der Produktion der Lebensmittel durch die Menschen sich historisch verändert, so auch die Formen der Individualität und Gesellschaftlichkeit und damit auch die Erkenntnis- und Denkformen jedes Einzelnen. Hier gibt es allerdings eine Gemeinsamkeit mit Foucault: Vor allem in der Kritik der Politischen Ökonomie des Kapitalismus ist es Marxens methodischer Ausgangspunkt im Unterschied zu aller bürgerlichen Ökonomie, dass er die kapitalistische Produktionsweise nicht als die allgemein menschliche und natürliche ansieht, sondern ihre historische Beschränktheit und Fehlerhaftigkeit nachweist.

Der Unterschied zwischen Marx und Foucault besteht dann darin, dass Foucault lediglich Gleichzeitigkeit bezüglich der Art und Weise der Produktion und anderer Phänomene notiert, während Marx hier konkrete bewirkende Zusammenhänge erkennt. Foucault weist nach, dass sich die Formen von Individualität, Gesellschaftlichkeit und Erkenntnis historisch verändern – Marx dagegen setzt zusätzlich voraus, dass diese Formen und ihre Veränderung mit der Art und Weise der Produktion und ihrer Veränderung zusammen hängen.

Damit haben wir auch den maßgeblichen Unterschied zwischen dem, was als marxistische Theorie bekannt ist und der Diskursanalyse, die bspw. bei Focault und Habermas grundgelegt ist. Gemeinsam ist ihnen, dass die Diskurse als historisch veränderlich angenommen werden, weil ihre Grundlagen, die Formen der Individualität und Gesellschaftlichkeit und auch der Erkenntnis- und Denkformen, als historisch veränderlich gelten, ja zweifelsohne gelten müssen. Die marxistische Theorie untersucht zusätzlich jedoch den Zusammenhang dieser Denkformen mit der herrschenden Produktionsweise, was durchaus auch im foucaultschen Sinne wörtlich zu nehmen ist. Dieser reine Diskurs relativiert die eventuell möglichen Zusammenhänge mit der Produktionsweise als ebenfalls nur diskursiv erzeugt, weil uns die Wirklichkeit ja nur als diskursiv konstruiert begegnet. Das marxistische Denken dagegen geht davon aus, dass es eine Wirklichkeit außerhalb des Diskurses gibt, was vor allem die herrschende Wirklichkeit des Kapitalverhältnisses betrifft. Nachdem diese Herrschaft beendet ist, beginnt nach Marx erst die wirkliche Geschichte der Menschheit, in der diese Geschichte sich nicht mehr nur spontan, entsprechend ihren äußerlichen Gesetzen wie dem politökonomischen Wertegesetz, herstellt, sondern von den Menschen bewusst gestaltet wird. Noch befinden wir uns aber in der Vorgeschichte, für die diese Voraussetzung noch nicht gilt.

Viele von diesen Personen, die auch bei der heutigen Aufführung anwesend sind, durchwandern die Bibliothek nur ein einziges Mal und werden danach nie wieder gesehen. Einige Wenige kommen regelmäßiger zurück, bleiben aber lediglich interessierte Besucher und werden nicht aktiver Teil dieser Welt. Wenige Auserwählte, wie wohl auch Charly, werden zum Bestand der Bibliothek und des Weltgewissens. Dies sind die alten, berühmten Schriftsteller, oder jungen Menschen, die es noch werden wollen.

Einige andere kehren irgendwann wieder ins Leben zurück. Dies sind die wesentlichen Personen die von außen am Fundament der Bibliothek weiter arbeiten, ihren Standpunkt sukzessive, vielleicht in die Mitte der Menschen rücken – falls dies überhaupt jemals gelingt und der Welt neue Möglichkeiten eröffnen.

Die Bibliothek bildet somit einen Mikrokosmos der Welt, der hinaus strahlen will in das aktuelle Weltgeschehen und es verändern möchte. Allerdings gibt es auch Gegenstimmen aus den eigenen Reihen, die man allerdings nicht so ernst nehmen sollte.

Warum man alle Bücher verbrennen sollte

Bereits Gide schrieb in seinen nourritures terrestres:

„Du musst alle Bücher verbrennen!"

Während das ökonomische Forum zunehmend hitziger wird, da die Fragesteller mit einigen Antworten nicht zufrieden sind und unweigerlich nachsetzen, der alte Kant aber dennoch wie immer seine Ruhe und innere Gelassenheit bewahrt, sich zwischenzeitlich erhebt und einige wenige Runden um den Raum mit hinter dem Rücken verschränkten Armen dreht, wenden wir uns ab und schauen lieber auf die intime Seele, den Weltgeist, das Gerüst dieser Bibliothek, dem Charly bereits so verfallen war.

Kapitel 9: Weltgeist und Leben

Tags kommen also die Besucher, lesen, sprechen und schreiben an eigenen Büchern und des Nachts treffen sich einzelne Autorengruppen zu vehementen Diskussionen. Diese Treffen finden in aller Regel spontan und eher zufällig statt. Der endgültige Ablauf und die Struktur bleiben letztlich aber unklar, obwohl sie am Vortage dezidiert geplant wurden. Unser Held Charly, selbst Autor, der alle Entwicklungsstufen unbewusst durchläuft, ein 30jähriger arbeitsloser Akademiker, der sich als Taxifahrer etwas nebenbei verdient, versucht also ebenfalls hier seinen Platz zu finden und Teil des Gewissens der Welt zu werden. Andererseits hängt er aber auch noch sehr am täglichen Leben, so dass er nicht so ganz mit dieser Welt brechen kann und nach seinem ersten Bucherfolg einen Menschen finden muss, der sich für sein Buch, sein Thema interessiert, um seinen Platz einzunehmen. Er will noch nicht Weltgewissen sein, sondern auch leben. Dies gelingt dann schließlich mit vielen Hindernissen und Umwegen, so dass Charly wieder in sein altes Leben eintreten kann, das für ihn aber gleichzeitig nicht mehr dasselbe ist.

Seine Wohnung und Job sind weg. Vorbei der Traum einer größeren Wohnung und einer größeren Wohnung, mit einer Bibliothek, die nicht vom Einsturz gefährdet ist. Aber Charly hat nun einen anderen und neuen Blick auf sich und die Welt. Weiß nun viel genauer, wo sein Platz ist und was das Leben für ihn bedeutet. Nämlich die Umsetzung seiner existentiellen Ängste in persönliche und positive Energie, die nicht direkt etwas mit wirtschaftlichen Erfolg und gesellschaftlichem Ansehen zu tun hat. Er will nun freier Schriftsteller sein und sich neu erfinden; einen Neustart beginnen und wünscht sich nichts sehnlicher, als eines Tages eine eigene, umfangreiche Bibliothek zu haben, die ganz auf seine Bedürfnisse abgestimmt ist. Er steht also hier an einem entscheidenden Wendepunkt in seinem Leben. Auch die Bibliothek steht für heute vor ihrem Ende, da langsam die Nacht anbricht.

Wenn die Nacht anbricht

Wenn die Nacht anbricht, stirbt der helle Schein, der tagsüber alles in die Waagschale legt, was Gott einst geschaffen hat. Doch wenn es dunkel wird und tausend Sterne durchs weite Grau tanzen, erhellt sich die Seele und wohlige Wärme durchzieht den Körper, als wäre man von göttlicher Hand berührt. Nun ziehen Kräfte aus, die von Innen gewachsen, gebieterisch nach Außen drängen. Weit ins gelobte Land der Sehnsüchte und verlorenen Wünsche. Nun sind sie da, springen heraus aus ihren dunklen Grüften, erforschen die Nacht und durchwandern träge Gemüter um sie aufzurütteln, was längst nicht mehr verschwiegen werden muss. Traumwandlerisch ziehen sie ihrer Wege und durchmessen alle Horizonte, bis hoch ans Himmelszelt. Möge der neue Tag ein anderer sein. Zum Gedächtnis an alle Seelenwanderer in dieser aufziehenden Traumstunde.

Kapitel 10: Freuds Traumstunde

Die Besucher werden durch einen gewissen Freud, der jeden Abend die sogenannte Traumstunde ausruft auf den Weg zum Ausgang gebeten, den jeder sogleich findet, wenn er sich nur auf seine ganz persönlich gefärbten und verschnörkelten Gedanken in den hinteren Teil des Gebäudes begibt. Diese zu wählende Richtung erkennt man ganz genau für sich, wenn man sich vorab auf eine der bereit gestellten Liegen begeben hat und eine Weile (im Traum) in sich gegangen ist. Dort kommt man dann über ein riesiges Treppenhaus auf eine hochgelegenes Flachdach, dass mit einer schmalen Brücke, die über einen stillgelegten Hafenarm führt, auf den dahinterliegenden Kai, an dem sich Taxis sowie diverse Busse befinden, die gute an das nahe Stadtzentrum angebunden sind, was man von der anderen Seite gesehen kaum für möglich erachtet. Es scheint hier so zu sein, dass die Bibliothek quasi in die Erde eingetaucht ist, so flach ist ihr Abgang hin zur Promenade im oberen Bereich. Für Charly allerdings galt es diesen Weg zurück noch nicht zu gehen. Lieber schmökerte er ein wenig im poetischen Zimmer herum, nahm einen schlichten, schmalen Leinenband zur Hand und las ein Traumgedicht:

Georg Herwegh

Herüber zog eine schwarze Nacht

Herüber zog eine schwarze Nacht.
Die Föhren rauschten im Sturme;
Es hat das Wetter wild zerkracht
Die Kirche mit ihrem Turme.

Zerschmettert das Kreuz; zerdrückt den Altar;
Zermalmt das Gebein in den Särgen -
Die gotischen Bögen wälzen sich
Donnernd hinab von den Bergen.

Zum Dorfe stürzt sich Turm und Chor
Als wie zu einem Grabe -
Da fährt entsetzt vom Lager empor
Und spricht zur Mutter der Knabe:

"Ach Mutter, mir träumte ein Traum so schwer,
Das hat den Schlaf mir verdorben.
Ach Mutter, mir träumte, soeben wär'
Der liebe Herr Gott gestorben."

Sind wir nach Freud eigentlich noch Herr im eigenen Hause? Und wie unterscheidet Rilke Mensch und Tier in seinen Elegien?

Gewiss Fragen von Belang. Freud hat den Menschen wieder zu dem gemacht, was er sein sollte. Eine Tier mit gewissen Attitüden zum Heroischen und Libidinösen. Immerzu kämpfend gegen das eigene Ich und Über-Ich, verliert er seinen Stellenwert und den Glauben an die eigene Stärke. Aber die Kunst ist und bleibt sein engster Begleiter, seine Philosophie und Überlebensstrategie. Und auch Rilke steigt herab von seinem Podest und feiert den neuen Menschen, den es schön früher einmal gab.

Worin sah Freud das Wesen und die Funktion des Traums?

Zunächst ging Freud im Gegensatz zur Medizin und Psychologie seiner Zeit davon aus, dass jeder Traum einen tieferen, verborgenen Sinn hat, den es zu ergründen gilt. Die Fremdartigkeit, die häufig unseren Träumen anhaftet, ist somit Folge von Entstellungen, die an seinem ursprünglichen Sinn vorgenommen worden sind, weil sie zwingend notwendig sind, um uns nicht gänzlich in den Wahnsinn zu treiben.

Freud erarbeitet nun eine Technik` mit deren Hilfe wir vom Traum, wie wir ihn nach dem Erwachen erinnern, zu seinem versteckten Sinn, den latenten Traumgedanken gelangen können. Diese Gedanken sind in der Regel unbewusste Wünsche, die aus diesem oder jenem Grunde von der übergeordneten Traumzensur nicht zum Bewusstsein zugelassen werden. Die einzige Möglichkeit, diese Traumzensur zu passieren, ist die Entstellung der latenten Traumgedanken. Diese Entstellung besorgt die Traumarbeit, die für Freud ein wesentliches Instrument zur wahren Erkenntnis ist. Sie verdichtet mehrere Vorstellungen zu einer einzigen oder verschiebt die Betonung von einem Moment auf den anderen. Die festgestellte Idee Freuds ist somit folgende:

Hinter dem Traum, wie wir ihn nach dem Erwachen erinnern, das heißt hinter dem manifesten Trauminhalt, stehen die latenten Traumgedanken. Nach Freud bestehen diese vorwiegend aus unbewussten Wünschen, die auf tiefere Schichten unserer Persönlichkeit verweisen, die grundlegend individuell geprägt und nicht austauschbar und vergleichbar sind.

Die Deutung des Traums muss den Vorgang der Traumarbeit rückgängig machen, Verdichtungen auflösen und Verschiebungen wieder zurechtrücken, damit ein Erkennen möglich wird. Wenn ihr das gelingt, so kann sie die hinter dem manifesten Trauminhalt stehenden Vorstellungsinhalte erraten und dann befragen. Für Verdichtung und Verschiebung, die beiden wichtigsten Formen der Traumarbeit, finden sich bei Freud zahlreiche Beispiele. So werden in einer Person die Züge zweier oder mehrerer Personen zu einem Traumbild verdichtet, scheinbar sinnlose Wortschöpfungen erweisen sich so als Zusammenschluß mehrerer einzelner Worte. Bei der Verschiebung liegen die Dinge allerdings etwas komplizierter und weniger offensichtlich. Im Mit-telpunkt des manifesten Trauminhalts stehen andere Dinge als in den latenten Traumgedanken, ja manchmal erscheint der wesentliche Inhalt der Traumgedanken gar nicht im manifesten Inhalt. Freud sieht dabei die Verschiebung als ein wesentliches Element der Traumdeutung an. Im Traum passieren oft Dinge, die uns selten witzig erscheinen und wir – solange wir träumen - keinen Anstoß daran nehmen.

Freuds Traum

„Warum drängst du mich der Hölle entgegen, die ihren feurigen Schlund schon rauchend vor mir öffnet?"

„Du bist es, der mich immer in sich trug. Und beständig schallt dein Ruf nach mir, wenn du angeekelt nach Oben schaust".

„Lenkst meine Blicke immer wieder ab, nimmst mich als Pfand für deine Lüste und willst Gewinn von mir erpressen".

„Mein Gewinn ist deine Lust, die nur in dir alleine reift und gleich nach Außen getragen werden muss, wenn du befiehlst, was deine Worte sagen".

„Legst sie mir in den Mund immerdar, wie eine große Himmelsschaar. Doch sei gewiss, mein Blick bleibt starr, zum Himmel hoch gewendet, ganz bizarr".

„Und träumst schon wieder von der Lust, ganz unbewusst".

„Hätt ich gewusst, dass Lust mich leitet und nimmer mehr Moral begleitet, wählt ich den Sprung ins offene Feuer. Gebadet nun in Schuld und Sühne, betrete ich die neue Bühne, die nur geschaffen ist für alle Sünder, sie stehen dort bei mir und öffnen weit die Münder. Nun gebt uns das was unser ist …" … bin dann plötzlich erwacht und schaue hinüber zu meinem Freund Rilke, der mir aufmunternd zunickt und selbst der Überzeugung ist, dass nur der Mensch alleine auf diesem Planeten ein todesbewusstes Wesen ist, dessen Leben gerade durch diese Vorstellung gravierend und grundlegend bestimmt ist, was er an vielen Stellen in seiner Poesie zum Ausdruck bringt.

Insofern ist es wichtig, menschliches Leben auch chronistisch zu begleiten und die Dinge aufzuschreiben, so wie es bei Charly noch geschehen sollte.

Kapitel 11: Balzacs Chronik

Balzac als eminent fleißiger Schreiber der Chronik der Bibliothek, ergänzt um die Geschichte unseres Helden Charly, läuft umtriebig durch die Räume, diskutiert und disputiert, ereifert sich maßlos vor versammeltem Publikum, um genügend Mittel für seine Projekte zu sammeln. Denn daran fehlte es ihm immer wieder. Stetig befindet er sich in finanziellen Nöten, um seinen Lebensstandard halbwegs halten zu können. Das liebe Geld, Manna für seinen Genuss, den er befriedigen musste, um schreiben zu können. Ständig den Ausschweifungen des Lebens wie irrsinnig zugewandt war, was Platon ihm immer wieder, wie ein Lehrer einem kleinen Kinde gleich, vorwarf, verlor er ständig seine Gedanken. Sie kippten förmlich von der Seite über und verloren sich in seinem aufgeblähten Ideenkosmos, der so weit und völlig unerforscht war wie eine ganze Menschheitsgeschichte. Und wenn sich seine Gedanken fanden, musste er sie mühsam an sich heften, ständig ihrer Begleitung versichern und dann explosionsartig aus sich heraus quälen. Ständig sich neu erfinden und ein neues Menschsein begrüßen, ist eine schwere Last, die einem aufgebürdet wird, wenn man der weltlichen Lust, die vom Traume herkommt, so zugetan ist. Aber dennoch blieb er Zeit seines Lebens ein Arbeitstier. Auch jetzt noch, in einem Schwebezustand zwischen Himmel und Hölle. Und wie ein kampfbereiter Bulle füllte er Seite um Seite, bis er in Schweiß gebadet nach Luft rang und in einen tiefen Schlaf fiel, der ihm ein neues Gedankengebäude sichern sollte, das gelegentlich aus abgründigen Tiefen kam, die kaum beschrieben werden konnten. Und dennoch bringt eine alte Komödie dies wunderbar zum Aus-druck.

Dantes Fegefeuer zwischen Himmel und Hölle

Von den Schrecken des Inferno, der Hölle, macht uns der zweite Teil der gewaltigen Dichtung frei. Nicht ganz glücklich hat man diesen Ort als Fegefeuer bezeichnet. Einer Welt zwischen Himmel und Hölle, einer Welt des Übergangs und der Entscheidung, die unbedingt und nur hier getroffen werden muss. Dante, dieser große Poet und Dichter hatte sie als umgekehrter Trichter gedacht, als ansteigender Berg mit Vorgelände, sieben Terrassen, die durch Felsenstufen verbunden sind, und hohe Gipfel, die in den Himmel weit aufragen, dass sie kaum noch zu erkennen sind. Im Vorgelände wandeln die säumigen Sünder abwartend umher, die erst im letzten Augenblick des Lebens Buße getan, den Läuterungsberg hingebungsvoll erklommen haben und nun auf die Erlösung warten, nein hoffen. So scheint es zumindest. In den sieben Kreisen büßen dann die Stolzen, die Neidischen, die Zornigen, die Trägen, die Geizigen, die Schlemmer, die Wollüstigen und Unvernünftigen für ihre Taten, die sie wie von Geisterhand gelenkt begingen. Aber sie büßen froh in der Hoffnung, der göttlichen Gnade und Erlösung harrend, die doch kommen musste. Und Dante selbst sieht seinen Platz hier, reiht sich als Mitbüßer in ihre Schar ein, die so ausufernd groß ist, einem kriegerischen Heere gleich. Stufe auf Stufe überwindet er sich selbst in seinen Gedanken. Und mit jedem einzelnen Schritt erlischt eines der sieben Terrassen, die ihm der Cherub an der Eingangspforte mit spitzer Feder auf die Stirn geschrieben hat. Mit jeder wird der Emporstieg leichter, bis er endlich federleicht, gleich dem Winde, gelingt, der vorantreibt, was seinen Weg unendlich befeuert. Auch hier stehen ihm die büßenden Seelen Rede und Antwort. Belehren ihn, geben Rat und verweigern das Unaussprechliche.

So wird das Leid über das Land, das Schiff ohne Steuer, gedacht, des Vaterunsers, der schönen Worte über die Vergänglichkeit des Ruhmes und der Ewigkeit, die gleichsam nach Oben strebt. Im strahlenden Morgenlicht öffnet sich dann vor dem von Virgil mündig gesprochenen Dichter das irdische Paradies auf dem Gipfel des Läuterungsberges, das Paradies, dessen die Menschheit durch den Sündenfall verlustig ging und nun wiederfindet an diesem besonderen Ort. Weiter reicht der Blick und die Kenntnis Vergils, des Nichterlösten, nicht. Er verschwindet spurlos im Nichts, als wäre er nie da gewesen und seine Worte bleiben für immer ungesagt.

Aber schon schwebt im roten Kleide und weißen Schleier, den Ölblattkranz im Haar, Beatrice heran, wie der junge Dante sie in Florenz erschaut hatte, in purer Schönheit, wie ein Engel aus einer anderen Welt. Und nachdem er vor ihr ein demütiges Bekenntnis seiner Verirrungen abgelegt hat, wird er in den Fluten des Flusses Lethe entsündigt und ist, in das heilige Lächeln der himmlischen Geliebten verloren, nach einem Trunk aus einer sauberen Quelle rein und bereit zum Aufschwung nach den Sternen, wie bei Balzac, der sich immer wieder auf seine Worte besinnt und niederschreibt, was zwingend aufs Blatt gebracht werden muss.

Bei Balzac, der innerlich zauderte und ewig schwankte, ist es fast so als würde er im nächsten Moment aus Schwäche schwer zusammen sinken und nicht wieder auf-stehen. Doch noch war es nicht soweit. Stark und aus sich selbst heraus konnte er seinen eigenen Mythos immer wieder selbst befeuern, sich aufrichtend der ewigen Vergängnis stellen und sein Werk vollenden, dort wo es noch möglich sein sollte. Er, nur er alleine war dazu auserkoren, die Geschichte von Charly, seine Chronik aufzuschreiben. Und dies alleine in Versen, was für ihn mit großer Überwindung verbunden sein musste. Denn die Sprache eines Träumers war ihm bislang eher unbekannt.

Die Geschichte Charlys aus Balzacs Sicht

Einst maß ein junger Bursche aus Not die Geister aus,

so ganz alleine in seinem Haus,

bedruckte Wände an allen Seiten,

sie sollten seine Not begleiten.

Er kehrte ein,

umschlug die Seiten,

und wollte nun vom Hof schon reiten,

ein Geist der würde ihn wohl leiten.

Und kam zu diesem fernen Ort,
ganz ungeniert, wollt nimmer fort.
Er reiht sich ein und sammelt Träume,
und streift durch wundersame Räume.

Hier ein Gespräch, Diskurs, Gedicht,
hat er den Platon gar erwischt,
befragt den Genius nach guter Art,
so einvernehmlich und ganz zart.

Er findet hier ein herrlich Spiel,
von Sünde, Hoffnung, ganz Zivil,
und reiht sich ein ganz wunderbar,
nach außen macht er sich nun rar.

Gedanken hüpfen nun nach außen,
gleich ist er wieder draußen,
und findet nun sein Stellungsziel,
in diesem weiten Weltenspiel.

Und weiß nun wo der Weltgeist wohnt,
und sorgsam auf dem Stuhle thront,
dort ist sein Ort für alle Zeit,
nun ist das Glück für ihn nicht weit.

Gedanken fließen schnell ganz wunderbar,

aufs weiße Blatt, für immer dar.
Er findet Worte nie gekannt,
bespiegeln nun ein anderes Land.

In dem gelebt wird ganz von Innen,
mit allen wunderbaren Sinnen,
gespitzte Träume im Gedränge,
erreichen eine Zeitenwende.

Nun ist sie fort, banale Enge,
ergießt sich bald, dem Hirn ergeben,
von ganz allein, zum Himmel streben,
hinein ins himmliche Gepränge.

Dort steht es nun,
ganz stolz und wahr,
im Zeitenstrome,
wunderbar.

Wir schwimmen fort
Auf breiter Welle,
und träumen dort,
an dieser Stelle.

Von neuem Glück,
aus sich geboren,

und einem Stück,

das nie verloren.

Und sollte dies das Ende sein,

wer schließt denn hier des Träumers Reim?

Kapitel 12: Borges, der Schließer

Nachdem, nun endlich alle Besucher das Haus verlassen haben und Ruhe einkehrt in die Welt der Bücher, kommt ein gewisser Borges und schließt die Bibliothek ab, sichert sie gleichsam mit einem schweren Kantholz, das er mit einem aufgeschlagenen Buch vor sich hertreibt und es wie von Geisterhand federleicht an seinen Platz bestimmt. Markig schmiegt es sich ans hölzerne Portal, so als wäre hier sein angestammter Platz. Und selbst ein Heer von Riesen, das gelegentlich zu nächtlicher Zeit hier rastlos umher vagabundiert, könnte diesen Ort aufopferungsvoll nun nicht mehr erstürmen.

Borges, Schriftsteller, Visionär und Surrealist von Beruf, weiß seinen Dienst sehr zu schätzen. Denn Traumorte wie diese, die auch einst in seinem Kopf sich sammelten und von ihm in einsamen Stunden ausgebrütet wurden, müssen geschützt und von äußeren Einflüssen bewahrt werden, dürfen ihre Unschuld nicht verlieren. Assimilierte Feinde könnten sich einschmuggeln und am Untergang aller Träume und dem Zusammenbruch dieser Gegenwelt arbeiten. Doch Borges, der Utopist und Alchimist geträumter Wörter, opfert seinen Verstand für das Unglaubliche dieser Untiefen des menschlichen Verstandes, der von nun an zunehmend aus dem Blick gerät und abseits stehen muss. Dieser argentinische Phantast und Vorreiter des Surrealen weidet sich fürstlich am Tod des Logos. Gut so alter Mann! Du hast deinen Platz gefunden.

Marx und die Seinen rotten sich derweil wütend, schreiend und pöbelnd vor der Tür des Maschinenraums zusammen, während de Sade in den unteren Katakomben seine dunklen Verließe aufsucht und dabei Rimbaud allabendlich vor den Kopf stößt, in dem er ihn einen nutzlosen Abenteurer nennt, der nichts weiß von den dunklen Schattenseiten des Lebens. Dieser jedoch lässt sich nicht beirren, lichtet sorgsam sein Anker und betritt mit schläfrigen Augen sein trunkenes Schiff, das auf dunklem Fluss ins dichte Grün der schwarzen Wälder treibt, die wie ein finsteres Herz vor ihm aufgehen. „Lasst die Anker nicht von Bord, damit wir Fahrt gewinnen". Und eines Tages, ich glaub an Abessiniens Küste war's, schlug er dann sein lang vermisstes Lager auf, entgegen seiner alten Kampfrichtung der ewigen Unrast. Doch diesen Ort wollt er gewinnen, bis die traurige Körperlichkeit sich seiner sang und klanglos entledigte. Nun begann der Traum ins Ewige und wütend, auch heute noch, von früh bis spät das Schicksal beklagend.

Kant, Platon, Kierkegaard und die Anderen versammeln sich derweil in den Übungsräumen um den folgenden Tag zu planen. Vieles muss neu bedacht und aufbereitet werden. Denn der Weltgeist steht niemals still. Tief in Gedanken versunken sitzen sie zusammen, stecken die Köpfe geheimnisvoll zueinander und pflegen einen regen Austausch der Gedanken. Kierkegaard springt von einem Ende zum anderen, während Platon pausenlos das Licht befragt und sich umringt von Schatten wähnt. Und Kant? Den hält es nicht auf seinem Platz. Mit gefalteten Händen umkreist er die Beratenden einem geplanten Angriff gleich. Jederzeit auf der Hut, müssen sie mit seinem Einfall rechnen. „Bedenkt dabei, dass wir nur das sehen und sehen wollen, was wir konstruieren können. Und in dieser Grenze, liegt die wahre Natur. Aber der Geist der Welt ist und muss mehr sein". Platon nahm dies gerne auf, während Kierkegaard einem Hobbit gleich ins weite Land dachte, um die Grenze neu auszuloten. Dialektisch die Gedanken in zwei Länder teilen. Das Eine denken, und das andere wählen. Vielleicht? Und doch nur reine Makulatur? So verspricht sich schon zu dieser Stunde ein vielgeteilter Ideenwettkampf, der die Geister gegeneinander zu Felde ziehen lässt. Gesondert und ergossen scharf sich spinnend in ein gar wolkig aufblühendes Haus, das mit Gedanken vollgestopft am nächsten Tag entstehen soll. Ein Geist für alles, doch nur ein kleines Stück verrät den nächsten Tag.

Der Weltgeist stellt sich vor. Monolog eines Verhüllten auf der Theaterbühne

„Zunächst einmal muss ich bemerken, dass ich als metaphysisches Prinzip geboren bin, meinem schwäbischen Vater, dem geschätzten Philosophen Hegel, Gott hab ihn selig, zu Ehren. Für mich ist seitdem die gesamte historische Wirklichkeit, die Totalität der Welt, mein Geist an sich, der ich bin und von dem ich tief durchdrungen bin, bis in jede kleinste Pore meines Körpers, der sich machtvoll über den Dingen erhebt. Schon mein Freund Hölderlin, der lange Jahre einsam in seinem Turme saß, besann sich in seinem Hyperion auf das ideelle, indem er sich seiner Gedanken nochmals versicherte, sie durchwalkte und neu aufblitzen ließ, auf höherer Stufe als je zuvor, wie ein nochmaliges, nun deutlicheres Erinnern. Ebenso wie einst Proust, der sich über das Zurückschauen eine neue Vergangenheit schuf, deren Konturen nun schärfer und wahrhaftiger in den Himmel schossen. Durch meinen Geist realisiere ich ganz alleine den Endzweck in der Weltgeschichte, den es zu bestimmen galt. Und zwar in der Vernunft der Geschichte, die nur im Traume sich bedingt, wenn man dies so sagen kann. Schelling, Fichte und Hegel haben mich einst aus der Taufe gehoben und auf diesen langen Weg gesetzt, dem ich nun auf alle Zeit folge. Ich muss es tun. Es ist meine Bestimmung! Sie haben mir Mut zugesprochen für die vielen Entbehrungen und Anfeindungen die mir bevor standen und die meinen Willen brechen sollten, was allerdings vergebens war, weil er ins Unermessliche stieg und nicht mehr zu bezwingen war. Zu mächtig strahlte er in die Unendlichkeit Aber letztendlich werde ich heute dennoch als Summe der Geistes- und Gedächtnisleistungen aller Menschen gesehen, die alle auf ihre Art miteinander vernetzt und verbunden sind, weil sie am gleichen Traume spitzen. Ich bin also sozusagen das Resultat dessen, was der Mensch aus mir über die Jahrhunderte gemacht hat und noch machen wird. Denn wir stehen noch am Anfang, die Räder stehen niemals still und rollen unaufhörlich weiter. Immerfort. Und dennoch bin ich mehr als jedes einzelne Herz- und Kopfgewitter. Denn ich siebe aus, verwerfe, schürfe nach neuen Dingen, bis mir endlich der Kopf platzt und ich mich betttrunken zur Ruhe lege. Ja einst, wenn die großen Zwischenbrüche entfallen und die flachen Täler nicht mehr mit Leid geflutet werden, wie damals auf den großen Schlachtfeldern der Weltgeschichte, die kein Ende nehmen wollten. Unendliche Scham brach über mich ein, dass ich dies nicht voraussehen konnte, denn die Dinge wiederholen sich ewiglich und hätten vorhergesagt werden können, wenn Furcht und Angst uns nicht eingeengt hätten. Doch nun herrscht Frieden in meiner Seele, wenn ich einzelne Neuländer betrachte, die mir meinen rechtmäßigen Platz zuweisen lassen. Geht nur voran und setzt meinen breiten Stuhl um. Ihr habt es verdient an alten

Säulen zu kratzen! Auch du, mein junger Freund! Reine Zuversicht erstrahlt aus deinem Antlitz. Und so soll es sein, bis in alle Ewigkeit!"

Und Charly kannte nun seinen Weg. Schon hatte er innerlich die Richtung gewählt und machte sich in Gedanken auf, durchschritt Wüsten, hohes Felsgestein und süße Täler, bis die dunklen Nächte ihn Heim riefen zu sich selbst. Nun gefangen, konnte er seine Freiheit genießen und aus sich heraus schälen, was er selbst einst in vielen Träumen geboren hatte. Erst jetzt sollte er seinen Platz finden. Er schloss seine Augen und trat über in eine Welt, die er neu entdeckt hatte. Ganz alleine für sich. Tiefe Dunkelheit stieg ins Sternenzelt empor, als er geruhsam seinen Platz gefunden hatte. Wie immer in der Ecke stehend, sehnte er sich nach einem neuen Gedanken. Maß seine Schritte auf schlammigem Grund beim Gehen aus. Und erst als trübe Wasser seinen Schuh umspülten und sich die Flüsse ins Meer ergossen, konnte er ins Weite sehen. Schnell fand er zu sich, betrat das schaukelnde Schiff und machte sich auf in eine neue Welt, die sich nun im lauen, aufsteigenden Nachthimmel zeigte. Die Sterne erstrahlten heller als sonst und selbst die Sonne verging sich platt am Mond, bestellte seinen Platz und wollt den Tag vollenden. Nun stand sie eingedunkelt auf hoher See und selbst ihr Schatten konnte den nächsten Tag nicht mehr versprechen. Was sollte nur aus Charly werden? War er verloren oder gab es noch Hoffnung auf Erneuerung?

Kapitel 13: Ein künstlerischer Traum oder Der andere Morgen

Das dreizehnte Kapitel und letzte Kapitel unserer Geschichte drängt sich nunmehr auf. Unaufhaltsam zieht es alle Blicke auf sich, zum finalen Schluss, der nun kommen muss, weil es unvermeidlich ist. An einem Freitag vor langer, sehr langer Zeit wurde die Zahl 13 zu einer Unglückszahl ausgerufen, von einem Schreier und Zauberer, der nicht anders konnte, weil dies von einer großen Macht so vorgesehen war. „Es muss sein. Wenn der Teufel schon nicht sichtbar ist, müssen wir dennoch eine klare Grenze ziehen, ein Feld haben, auf das wir unsere Ängste, unseren Zorn und die allgemeine Verzweiflung projizieren können. Und Zahlen stehen ja für Klarheit und haben eine eindeutige Symbolik, der es sich zu vergewissern gilt. Doch gerade die 13 scheint sich dem Irrsinn geopfert zu haben. Fleht förmlich durch ihre Form danach, etwas Besonderes zu sein, das dem rationalen Schicksal entgegensteht und dem Irrsinn entgegen fliegt". Hoffnungslos verloren, verschmäht und von der Logik in den Boden gestampft, verharrt sie seitdem in der Bedeutungslosigkeit in der Welt des aufgehenden Lichts, immer nahe an der Schattenlinie, abseits der Sonnenseite des Lebens, im verborgenen tiefen Schoß einer anderen Wahrheit. Wie einst der junge Charly in seinem engen, einsamen Studierzimmer, ohne festen Stand für sein inneres Herz, seine Büchersammlung, seine Wünsche und Träume. Doch diese Zahl stand auch schon immer für den Wandel, Umbruch und das Neue, vielleicht sogar das Ausrufen eines anderen Lebens mit göttlicher, aufstrebender Perspektive in naher Zukunft. Doch diese Zuversicht ist im Laufe der Jahrhunderte entschwunden und verloren gegangen. Hat sich sozusagen ins Nichts aufgelöst. Warum auch immer. Sie ist also nicht nur alleine ominös, sondern kann durchaus auch als wundersam gesehen werden mit enormer Sprengkraft für das eigene Denken. Beinhaltet also auch Dinge, von der sich der gemeine Betrachter keinen Begriff machen kann, weil sie surreal und kaum greifbar, nur von Innen erfahrbar sind. Dazu müsste man schon in mystischen Sphären schweben und die alten Griechen beschwören, die alleine in der Lage wären uns hierzu einen philosophischen Traum zu gewähren, der uns in diese Richtung befeuern könnte. So könnte uns gewiss Euklid ein Zeichen geben oder Archimedes einen versteckten Hinweis zukommen lassen. Denn dieser Traum ist unzweifelhaft notwendig, um ein neues Denken auf den Weg zu bringen. Entgegen dem anderen Gegensatz unserer letzten Zahl, der von Mutlosigkeit, Trägheit und Depressionen geprägt ist.

Aber, was ist mit Charly? Was bedeutet diese Zäsur, das Ende der Geschichte für ihn selbst? Kann dies ein Neuanfang sein?

Charly träumt seinen Traum weiter. Er kann nicht anders. Ist ein Getriebener seiner inneren Ängste und Wünsche. Von dichter, ins Unbewusste fließender Sprache getragen, versucht er seine Welt von innen heraus zu schauen, neu zu entdecken. Hadert, zaudert, schreckt auf, wird von Angst ergriffen, stellt sich seinen Dämonen und vergewissert sich seiner Seelenfliegerei, indem er seine Gedanken auf Papier bannt. Endlich das Unsagbare in Form gegossen. Vielleicht von einem alten Griechen oder surrealen Traummaler geküsst, setzt er neue Maßstäbe für sich und sein Dasein in der Welt, dass auf den Tod ausgerichtet ist, wie alles im Leben, aber hoffnungsvoll auf die ewige Wiederkehr setzt. Denn der Tod soll und kann nicht das Ende sein. Wie sollten Träume sonst möglich sein, die ewig an dieser Schattenlinie und Grenze entlang ziehen und die Welt der dunklen Nebel durchleuchten. Und so ist die Philosophie der Kunst oder Kunst der Philosophie oder sogar die Kunst selbst sein Mittel der Wahl, um diesen Berg, wie einst Sissyphos, bewältigen zu können. Denn auch Charly teilte Camus Meinung, dass wir uns Sissyphos als einen glücklichen Menschen vorstellen müssen. „Glaubst du an dich!" „Ja. Ich schreie mein Glück heraus, wenn der Irrsinn mich packt und ich ein ums andere Mal ins Tal hinab steige, meine Aufgabe in flirrender Hitze vor mir liegen sehe und schnell im Vorbeigehen zupacke. Dann ist es, als greife ich die Welt und alle vorhandenen Träume und mich selbst gleich mit. Denn diese Welt hat einen Sinn, der sich niemals erschließt. Und ich kann nur lachen über diese Einsicht und fühle das Glück in mir anschwellen bis zur Besinnungslosigkeit". „Zeigst du mir dein Glück und führst mich dorthin?"

Charlies Glück

„Wenn die Welt mich erdrückt, dann schaffe ich mir Träume, die mich fortreißen von der Enge des Glücks, in die Güte der Bäume". Immer wieder gingen ihm diese Verse durch den Kopf, bis er sie aufschrieb, wie einen Leitspruch, der nur ihm und seinem Leben galt. Und war dieser Ort hier nicht so etwas wie eine Erfüllung für ihn, abseits vom oberflächlichen Glück, hin zu einer tieferen Erkenntnis tiefer menschlicher Sehn-sucht, die auch ihn schon längst ergriffen hatte. Alles wühlte sich in ihm ins Unendliche auf. Räume ragten wie endlose Baumkronen in den stolzen Himmel, der sich weit öffnete und die Blicke ins weite Blau tragen konnte, bis sich ihr Blätterdach schloss unter dem Gelächter längst vergessener Geister, die nun hier wieder ihr Unwesen treiben konnten. Abends saßen sie in den Baumkronen bei rotem Wein und übelriechendem Tabak, dass Charly gelegentlich von einem inneren Brechreiz geplagt schon daran dachte, die Fenster zu öffnen. Stundenlang hing er an den messingverstärkten Riegeln, um sie ein klein wenig zu bewegen. Doch es gelang nicht. Es sollte sogar unmöglich und gänzlich ausgeschlossen sein, weil Träume keine äußeren Einflüsse zulassen. Dennoch, seinem Vorbilde ähnlich, versuchte er es immer wieder. Er musste es einfach tun. Dicke, blutunterlaufene Schwielen zeichneten sich schon auf seinen Handflächen ab. Doch er spürte keine Schmerzen und war vollkomme mit sich im Reinen. Musste immer wieder neu ansetzen, um etwas Luft gewinnen zu können. Doch da war nichts. Rein nichts. Einen Spalt geöffnet, schaute man in ein eisiges, dunkles Feld in die Weite, das noch nicht einmal aus der Ferne einen hellen Fixpunkt erkennen ließ. War dies das Ende der Welt? Alle Hoffnung auf unendliche Weite verloren, auf die er so gehofft hatte? Hier an diesem engen Ort, gleich hinter dem Fenster die Welt zu Ende? Charly brauchte Gewissheit, auch wenn er annahm, dass das Ende schon überall um ihn herum Besitz von diesem Gebäude genommen hatte. Schlag auf Schlag zog er an Hebeln, vernahm das herauf schwellende Dunkel, das sich wie eine Nebelwand um jede Öffnung legte, so als wollte es diesen Ort ganz für sich bewahren. Charly sah sich gleichsam als Gefangener in einem Käfig, an dem ganz oben die plärrenden Geister seine Freude an ihm hatten. Wie kleine Dämonen schauten sie auf ihn herab, und in jedem Moment konnte es sein, dass sie ihn wie ein unbedeutendes Insekt zertreten würden.

Doch er musste dies als Glück, sein Glück begreifen. Dafür sollte und musste noch Zeit sein. Er beschloss sich ebenfalls in die Baumkronen zu begeben, um sich zu retten. Denn hier oben sollte der Vorsehung nach sein Glück auf ihn warten. Denn die Bäume waren seine Freunde. Und ohne sie war das Leben nur noch Verzicht. Er hatte es schon immer gespürt und glaubte daran. Keuchend und schwitzend erklomm er die ersten Äste, ohne dass die anwesende Geisterschar auch nur eine Ahnung davon hatte, dass die Erlösung schon bald bevorstand. Tief geduckt, hangelte er sich von einem Ast zum anderen, so dass seine Hände schon eine tropfende Blutspur hinterließen. Doch kein Schmerz trat ihm in den Weg und hielt ihn auf. Wie in Trance stemmte er seinen Körper in die Höhe, wie ein wendiger Seilakrobat, der die Angst vor dem Tod nicht kennt, weil das Risiko sein Element ist. Gleich sollte er oben sein und die giftige Dämonenbrut wie reife Kirschen pflücken können. Doch oben angelangt fiel der erste Griff ins Bodenlose. Charly versuchte sich zu konzentrieren und nahm alle Kraft zusammen. Doch die eben noch besetzten Stellen erwiesen sich als kalt und leer. Ein Blick verriet ihm, dass es hier oben noch eine weitere Welt geben musste, die auf höherer Ebene das gleiche Stück zur Aufführung bringt. Und auch der Blick zurück war nun ein eisiges Schauen in tiefe Dunkelheit. Wo war der Grund der ihn eben noch getragen hatte? War er gleichsam mit ihm nach oben entschwunden und hatte sich ans lichte Firmament geheftet? Nun gut. Entweder ins Grauen schauen oder ins Ungewisse flüchten. Was blieb ihm anders übrig als sein Glück vollkommen zu machen und stets die Flucht ins hohe Gebälk anzutreten. Also trotzte er dem höllischen Abgrund und erklomm Stufe um Stufe. So sieht man ihn heute noch in den hohen Baumkronen steigen, stets die Hoffnung auf ein baldiges Ende im Kopf mitgetragen.

So bleibt Charly, fortwährend in den oberen, künstlerischen Sphären, ins Unmögliche strebend, in lauernder Haltung, an diesem Ort, in der Bibliothek und mischt sich unter die Geisterschaar, wie Viele andere es ebenfalls getan hatten und noch tun werden. Ihm wird bald klar, dass es keine Rolle mehr spielt, ob die Protagonisten Schauspieler oder wahre, historische Geister sind. Entscheidend ist der ideelle Gedankengang, ob im Traum oder in der realen Auseinandersetzung. Beides hat sein Gewicht, wenn man die Welt nicht unnütz teilen möchte.

Und was heißt schon real?

Ist nicht alles vorhanden, was Raum, Zeit und Köpfe füllt. Und gerade die Köpfe sind es doch, die Raum und Zeit erschaffen. Und warum sollten nicht auch Träume erschaffen werden können und Gestalt annehmen, als würden sie durch einen schmalen Lichtkegel an eine Wand geworfen werden, die vorher gänzlich dunkel und unbeseelt war. Und wenn dies so ist, dann muss es eine Realität hinter den Dingen geben. Tief verborgen scharrt sie sich aus der Natur heraus ins Sternenzelt, Zeit und Raum zu erobern. Nur dieser Traum gibt ein wenig Hoffnung auf den nahenden Tod, der den Irrsinn weiterhin vorantreibt, entgegen dem Geläute der Pfaffen und Geplärre der Wohlstandsphilosophen. Schaut in den Spiegel und ihr werdet eine andere Wahrheit entdecken! „Ja, so ist es, ihr vernunftbegabten Narren der Wissen-schaft. Zerteilt unsere Natur in kleine Stücke, die das Ganze aus dem Blick verlieren. Wie Sand rinnt es durch die Finger nach eurem Zugriff, der unerhört ist. Und dennoch strahlt ihr ins Weltenall hinaus, dass der Mensch die Krönung der Schöpfung sei. Von Gott gewollt an die Spitze gestellt, die Welt zu erklären. Doch nur Zwerge singen dies verheißungsvolle Lied, das doch nur matt und elend klingen kann. Höre in dich hinein und du kannst andere Klänge vernehmen, die von Wollust, Tod, Verderben und Erregung sprechen. Im Traum geboren schafft sich diese Welt das eigene Maß. Weit hinaus ins Land gepresst, setzt es den Menschen an den Rand, lässt ihn gelegentlich ins Ungefähre fallen. Dorthin wo der Logos seine Fäden zieht".

Und so steht die Bibliothek für die Leserschaft in allen Teilen dieser Welt, die sich träumend an geistiges Gedankengut bindet, dass auch andere Welten wiederspiegelt und nicht jedermann sogleich zugänglich ist. Es braucht schon etwas Mut und Überzeugungskraft, die oft durch Träume angestoßen werden, um diesen Weg zu gehen. Doch jeder Stein, der auf diese Art überwunden wird, ist ein Teil eines Traumes, der bald schon geboren werden kann. So wie bei Charly, der nun endlich wieder als ein

Anderer, träumender Selbstdarsteller heimkehren wird. Zu sich selbst und nun ankommt, wo er nie hingelangt wäre, hätten ihn die Geister nicht auf diese Spur gesetzt. Und vielleicht wird Charly mit einer blauen Blume in der Hand Neuland betreten und einem philosophischen Fragment endlich neues Leben einhauchen. Es könnte ein Abschluss für die Ewigkeit sein. Und so sprach er nun abschließend von seinem künstlerischen Traume:

„Immer wieder erlebe ich des Nachts im Traume Momente, an denen sich mein Geist von allen Fesseln befreit, sich kraftvoll, stolz und erhaben aufstellt, in die auffrischenden Lüfte steigt mit leichtem, federndem, fast forderndem Flügelschlag und nach Höherem, Unbegreiflichem greift, fast bis ans unendliche Sternenzelt, das sich gebieterisch in die Unendlichkeit erstreckt, sie erleuchtet und maßlos in das weite Nichts streckt. Kaum bin ich nun träumend dem Schlaf entronnen, der mich noch ein wenig auf dem flachen Boden hielt und ruhig stellte, so zeigt sich mir nun die Welt in mächtigen, reinen, schimmernden Konturen und in einem schier unermesslichem Reichtum herrlicher, glitzernder Farben, die wie funkelnde Edelsteine aus der Erde hervorquellen, wie aus dem Schoß einer liebenden Mutter, die ihre Frucht in ihrem Bauch sicher bewahrt hat und auf ewig mit ihr verbunden sein wird. Die Welt und das gesamte Universum öffnet nun endlich für mich ihre faszinierenden Eindrücke voller neuer Ideen und mein Blick reicht weit bis hinter unzählige Horizonte, die noch verschlafen sich an aufgebrochener Erde halten, doch bald schon den aufbegehrenden Äther fluten werden. Sogleich fühle ich mich freier, kreativer, ästhetisch beflügelt und poetisch eingefangen, um alles in einem Wort zu nennen, was ich im Überschwange fühle, was mich bewegt und treibt, und die Dinge ringen mit meiner Sprache, die sich nun endlich aufbläht bis ins Unsagbare, fast geisterhaft erscheint und nach der Unmöglichkeit aller Dinge fragt, die in meinem Kopf sich sammeln zum großen Triumphe, der nun kurz bevorsteht. Aber das Merkwürdigste bei diesem außergewöhnlichen, phantastischen Zustand des Geistes und der Sinne ist, dass dieses Wunder immer wieder von Neuem entsteht, als wäre es die Wirkung einer höheren, unsichtbaren und nicht fassbaren, außerhalb meiner Selbst befindlichen Macht, etwas Traumatischem, Göttlichem, Dämonischen, das sich nicht klar umreißen und beschreiben lässt, fernab jeder Form von Sprache, die an dieser Stelle nur zum Schweigen verdammt ist, weil sie nichts bewirkt und von Niemandem getragen wird. Darum ziehe ich es vor, diesen ungewöhnlichen Geisteszustand, der mich zunehmend bedrängt, herausfordert und in die Irre treibt, als wirkliche Gnade, unermesslichen Entdeckungsraum zu empfinden, als magisches Spiel, in dem der Mensch, und auch Ich, als Protagonist der Kunst, in Schönheit und Anmut sich neu zu entdecken geladen ist, ganz vom Geist der Poesie beseelt, der nun über mich kommt wie ein heraufziehender, mächtiger, wilder Sturm, der meine Seele mit seinen blähenden Winden aufrührt, wie noch niemals zuvor. Sozusagen eine Art künstlerischer Weckruf in idealisierter Form, der sich in die weite Zukunft universeller Art wendet. Fernab des profanen Tagesgeschäfts, dass die Aufklärer fein säuberlich am gedeckten Tische hält, so dass sie kein Lüftchen mehr nach Oben tragen kann, sondern getreu am Boden hält, dort wo der Schein über die Wahrheit herrscht und nichts gewonnen werden kann".

„Dieser die Sinne reizende, fordernde, ästhetisierende, blumig aufsprie-ßender und außergewöhnliche Bewusstseinszustand, bei dem alle Kräfte sich frei bewegend im Gleichklang empfinden, sich gegenseitig ausloten, auspendeln, annähern und gleichzeitig aber auch wieder abstoßen wie eine herumirrende Menschenmenge im dichten Nebelfeld, in dem die zwar sonderlich mächtige Phantasie das moralische Gewissen in gefährliche, unwiderstehliche Abenteuer lockt, es verführen möchte und eine auf-sprießende Empfindsamkeit nicht mehr von wankenden Nerven gequält wird, sondern vollends tief in uns aufgenommen wird, so eindringlich und fest, dass die Überzeugung sich unweigerlich ihre Bahn bricht und aus sich herausquellt wie ein ewiger Jungbrunnen der Erkenntnis und tiefen Läuterung".

„Es ist eine Art tiefer Besessenheit und purer Lust am Traume, eher sogar zeitweiliger, verwirrender Todesnähe und Verderbnis, die das Gute, Un-mögliche sucht und es vor sich hertreibt, wie eine aufgescheuchte Schaf-herde vor einem herannahenden Wolf Reißaus nimmt. Gleich wird er zur Tat schreiten, das mörderische Tier und seine Opfer finden, wie einst Malldoror auf schrecklichem Feld." „Und die Tat ist gut!", schallte es aus dem anwesenden Chor, der Abseits gestellt nun seiner dämonisierenden Aufgabe nachging.

„Diese Schärfe des Verstandes, aus dem neuen Geist heraus gekrönt mit scharfer Klinge, die sogar Luft zerschneiden könnte, diese Begeisterung und Aufrührung aller Sinne, der eigenen, unendlichen Ideenflut, die selbst härtesten Stein durchbricht, müsste zu allen Zeiten den Menschen als der Güter höchstes erscheinen und ihn erst dadurch zu einem wahrhaft höheren, tief beseelten Wesen machen, was er bislang nie gewesen ist und auch nicht sein konnte, weil er zu sehr ein Gefangener seiner Selbst war, tief von der abendländischen, dekadenten Kultur geprägt, die das ewige Frohlocken und Verleugnen der wahren Dinge zu ihrem selbstverständlichen Wesen erklärt hatte. Weshalb er auch die Blicke nur auf die Lust des Augenblicks richtete, und ohne Rücksicht auf die Gesetze seiner Gesundheit, in die Zukunft gewendet, in allen Zeiten die Mittel suchte, um, und wäre es nur für einige Augenblicke oder Momente, seiner stinkenden viel zu engen Behausung zu entfliehen, wie es bei mir selbst der Fall ist, um das Paradies, das Ziel aller Erkenntnis und Wünsche mit einem Male vollends für sich zu gewinnen. Ach! die Sünden des Menschen, die so vielgestaltig und des Grauens so nahe sind wie man glaubt, beweisen seine Lust an der Unendlichkeit, an dem Mehr des Daseins, wie schon de Sade es uns gelehrt hat, den wir als unseren ehrwürdigen Lehrmeister ansehen könnten, wenn die Blicke uns wieder sehen lassen. Denn die Dunkelheit ist auch immer die Schwester des göttlichen Lichts, das aus der Dunkelheit geboren erst seine wahre Bestimmung und Schärfe findet, sich endlich absetzt ins Unbewusste. Nur, dass es eine Lust ist, die oft hilflos im Wege irrt, mal hier und mal dort sich verliert im wilden, aufstrebenden Nebel zum ewigen Nichts, das nun seine Form gewinnt und unaufhaltsam nach außen bricht und die Dinge unaufhörlich anschiebt".

„Alles führt letztlich zur Belohnung oder zur Strafe, zu Gut und Böse, zu den zwei Formen der Unendlichkeit, die einander so nahe sind und aufeinander aufbauen, sich geradezu als Antipoden bedingen! Doch Jenseits von Gut und Böse erhebt sich ein anderes Land, wie schon Nietzsche wusste, den ich leider niemals kennenlernen konnte. Wie gerne hätte ich ihm meine Sicht der Dinge erläutert, ihn zu Boden gerissen und mit ihm das hohe Lied einer anderen Welt im Takt einer göttlichen Musik gesungen, die er im Kopfe bereits dicht bei seinem Freunde ausgelotet hatte. Zu stark seine Verbundenheit mit dem göttlichen Meister. Der menschliche Geist zerbricht hier vor tiefer Leidenschaft. Aber dieser unendliche Geist, dessen natürliche Verderbtheit ebenso groß ist wie seine plötzliche, fast paradoxe Bereitschaft zu tugendhaften, moralischen Dingen, ist reich an Irrtümern und unbequemen Wahrheiten, die es ihm erlauben, für das Böse das Zuviel dieser überfließenden Leidenschaften zu verwenden und einzusetzen. Denn es ist und bleibt ein wesentlicher Teil des Denkens. Und so wird es auf alle Zeiten bleiben".

„Sprechen wir aber nun von der einsamen und konzentrierten Besinnungs-losigkeit des Literaten, Dichter, Poeten und Künstler, der in seiner Gefängnisstube etwas Anderes aus sich heraus treibt, als die Vernunft ihm sorgsam und mit schrecklicher Zuversicht zuschreiben würde, weil er es muss und nicht anders kann. Er kann nicht anders, ist ein getriebenes Wesen. Die Vorsehung will es so. Er lässt sich mitreißen, verfällt rasch dem aufkommenden Winde, der alleine alles Alte vom Altare fegt und Neues auf diesen, nun neu gesetzten Platz setzt".

„Was empfindet man dann? Was sieht man? Neues, Unerklärliches, Wunderdinge? Außerordentliche Schauspiele? Vielleicht ein neues Weltenstück? Ist es herrlich? Schafft es sich Räume und steht es abseits von Gut und Böse? Ist es zeitlos?"

„Dieser stinkenden, so widerlichen Moral, die von Menschen gemacht, der tiefen Sehnsucht ihre eisernen Gitter vorstellt und sie bis aufs Blut reizt, dass es nur so aus sich heraus spritzt, wie aus einem alten Vulkane. Oder ist es vielleicht schrecklich gefährlich oder dämonisch? Kann es das Ende oder einen neuen Anfang bedeuten? Und was wäre wenn dies alles falsch und dennoch wahr wäre, weil es gedacht werden kann und …? Ein totales Paradoxon, als Gesetz dieser Welt. Das Chaos die Welt und das Denken bestimmt!?"

„Nichts dergleichen scheint sicher, wenn man die Tiefe der Seele, des inneren Selbst erreicht hat stellen sich viele Fragen und die Welt scheint eine andere zu sein, wie es zunächst scheint, die sich nun im wandelnden Schein zeigt und tausendfach aufbegehrt gegen den ersten, vernunftgeschwängerten Blick, der nur die Jasager überzeugt und die Unschärfen ausmisst, das Wahre aber nicht wirklich trifft. Wir werden den natürlichen Traum nicht verlassen können. Denn er liegt in uns wie ein großer, schwerer Stein, den wir sorgsam hüten, weil er eines Tages Flügel bekommen könnte, um der Unendlichkeit entgegen zu schweben, die schon würdevoll ihre Arme öffnet. Aber verleugne nicht dein Wesen, du Heros aus alten Zeiten!"

„Dank der Tiefe der Farben und der Dramatik der Gedanken, kann dies nur ein ungeheurer, sehr weiter und umfassender Traum sein, der Alles in uns aufbegehren lässt, was nach Veränderung giert. Und dies ist nicht gerade wenig. Aber er wird immer die dem Einzelnen eigentümliche Färbung und Prägung behalten, sein persönliches Schuldeingeständnis, dass er nun endlich wie eine letzte Beichte in die Welt setzt, um vor dem Gericht zu bestehen, dass ganz sicher schon zu Rate sitzt, seine Schuld festzustellen, die sicher-lich tausendfach ins Buch der Erinnerung geschrieben ist. Und dann, endlich, steht das Urteil fest und überfällt dich mit brachialer, zu Boden drückender Gewalt. Nur der Sprung ins weite Blau kann dich noch retten. Und du wirst untergehen, um an anderer Stelle neu aufzutauchen."

„Der Mensch wollte träumen. Der Traum wird den Menschen also in Besitz nehmen und regieren, ihn umtreiben, wie die scharfen Winde auf dem höchsten Berge den weißen Schnee aufstöbern, der das grüne Land einst fluten wird, wenn die eisigen Tage dereinst über uns kommen werden. Aber dieser Traum, mein ganz persönlicher Traum wird durchaus ein Kind dieser Sicht sein. Nichts als die gesteigerte, unbegreifliche, mächtig aufschießende Natur bleibt darin, die hochkonzentriert zu Werke geht und alle Seelenflieger auf weitem Felde zu sich zieht und sammelt. Der Mensch, wie auch Ich, kann dem Schicksal seines physischen und moralischen Moments nicht entsagen und muss diesen Weg gehen, der vielleicht ein Ausweg sein kann und allen Irrwegen zuwider laufen wird. So ziehe deine Bahn geläuterter Phönix!".

„Dieses vermeintliche Unglück, wie es scheint, ist also in der Nacht betrachtet das neu gewonnene Glück auf Erden! Es füllt den Fassungsraum eines bereit stehenden Glases, das Glück mit all seinen Sprüngen, all seinen Tollheiten, all seinen Banalitäten und Vorwürfen, die uns an die Wand der ewigen Anklage stellen und wir das Urteil sehnsuchtsvoll erwarten wie einst den jüngsten Tag. Und gleich werden wir, nein müssen fallen! So tief, wie ein Mensch nur blicken kann. Mögen die Moralapostel doch ihre Waffen schärfen und den ersten Schuldspruch sprechen! Ihr könnt ohne Furcht sein und von dieser Erkenntnis trinken, denn unsere harten Panzer sind stärker, aus heißem Eisen mit Höllenfeuern geschmiedet, halten sie den Angriffen ganz sicher stand. Man stirbt nicht sogleich daran, meine Freunde. Glaubet mir! Eure physischen Organe bleiben unberührt und nehmen keinen Schaden, denn im Traume wacht der Tod über euch und lässt euch nicht in Mutter Erde fallen, wie es später einmal sein soll, wenn die Zeit des Wandels gekommen ist und ihre Fänge unbarmherzig über euch ausbreitet. Ihr werdet vielleicht weniger Mann sein als ihr es heute seid. Aber die Strafe ist so fern, kaum zu erkennen und der künftige Zusammenbruch eurer Natur somit schwer vorherzusagen! Was wagt ihr? Nichts, ihr angstvollen Gemüter. Nur das, was zu Gebote steht und euch antreibt steht auf des Messers Schneide. So ist der Aufstand möglich. Denn die Welt ist zum Greifen nah. Packt zu und ihr könnt sie fühlen!"

„Wie sie sich windet in den Fesseln, die kilometerweit, krakenartig aus den sakralen Kathedralen herausragen um euch zu entsagen. Am Morgen hab ihr vielleicht ein wenig nervöse, euch bestürzende Erregung. Aber wagt ihr nicht täglich größere Strafen für kleinere Taten, als diese? Also, nun ist es getan. So seid ihr denn genügend für eine lange und merkwürdige Reise gerüstet, die euch niemals zurückschauen lassen wird, denn dort wartet Niemand auf euch, an diesem vorgesehen Ort. Ihr könnt euch treiben lassen! Denn dies kann nur im Zorn geschehen. Der Dampfer hat gepfiffen, die Segel sind gehisst, die Fahrt kann beginnen und ihr habt den gewöhnlichen Reisenden voraus, dass ihr nicht wisst, wohin die Reise geht, was euch in den Blick gerät. Und dennoch strahlt euer Licht aus funkelnden Augen heraus, den Himmel zu entdecken, der sich ins Unendliche öffnet. Vielleicht ins Niemandsland oder ins Höllental? Gewissheit hat man nie. So seid ihr Suchende, noch ohne verlässlichen Weg, um euch zu läutern. Ihr habt es aber so gewollt. Es lebe das Verhängnis eurer trostlosen, vergessenen Existenz! Denn es begreift euch besser, als jede tumbe Wohltat, die euch ein wenig wach kitzelt, wo der Traum euch schon bezwungen hat".

„Ich setze einmal voraus, dass ihr klug und umsichtig genug wart, den Moment für euer Abenteuer gut zu wählen und sei es nur aus purer Lust und Laune heraus, die gleichsam im Seelentraum geboren wurde und dich in die Lüfte trägt. Jede vollkommene Ausschweifung erfordert absolute Ruhe und Gelassenheit. Nur so ist wahre Annäherung möglich. Dieser Kummer, diese Last und Unruhe, diese Erinnerung ans tugendhafte Tagesgeschäft, an die Moral der aufdringlichen Massen, der kalbenden Lämmer, die euren Willen und eure Aufmerksamkeit zu wohltemperierter Stunde erfordert, würden wie eine Schiffsglocke durch eure Trunkenheit schallen, euch mit einem Male wecken mit lautem, diabolischen Klang und euer Vergnügen ins Absurde steigern, ganz wie in der Versen Rimbauds, der sein trunkenes Schiff durch die tobende Gicht steuert, ohne auch nur einen Gedanken an einen möglichen Untergang zu verschwenden, der ihm unweigerlich bevorstand, aber niemals das Ende bedeuten konnte, denn die Vorsehung hatte andere Pläne mit ihm. Schon sein Gedankengang ließ die ersten Wellen aufbegehren. Die Unruhe würde zum Alpdruck, der Kummer zur Pein und tiefensitzenden Sorge werden".

„Wenn ihr aber alle diese Vorsichtsmaßnahmen getroffen habt, das Wetter schön ist und die Sonne hell am klaren Firmament scheint, ihr in einer günstigen und anregenden Umgebung euch befindet, wie der einer malerischen Landschaft voller herrlicher, farbtrunkener Bilder oder einer geschmackvoll eingerichteten Wohnung, wie es die meine niemals war, dann ist die Zeit gekommen zur Tat zu schreiten. Wenn ihr überdies ein wenig Musik hören könnt, die euch innerlich beschwingt und aufrüttelt, dann steht alles zum Besten und ihr könnt es wagen Neuland zu betreten. Pflückt eine bläulich schimmernde Blume zum Eintritt in dies Universum! Sie wird euch den Weg weisen und euch auf neue Bahnen setzen!"

„Diese Freude und Heiterkeit, die bald schmachtend, bald zupackend und aufwirbelnd ist, diese Unruhe in der maßlosen, schieren Freude, die euch aufwallt, diese Unsicherheit, dies Unbestimmte einer lodernden, auffiebernden Krankheit, unendlich pulsierend, dauert gewöhnlich nur nicht lange, schlägt wie ein Blitz aus heiterem Himmel ein und entschwindet irgendwann genauso schnell wieder in der endlosen, dahinfließenden Zeitenfluss des ewigen Wandels. Bald werden die Gedankenverbindungen so locker und leicht, die Netze deiner Einfälle so dünn, porös und ganz verschlissen von innerer Zersetzung und Ergriffenheit, dass nur deine Genossen, Seelenverwandten und Vertrauten dich verstehen können und du eine andere Sprache, vielleicht die Sprache der Vögel, Katzen oder Bäume, sprechen wirst. Und auch das lässt sich nicht belegen, wenn man Beweise für nötig erachtet, was keinesfalls in unserem Sinne ist. Denn für wen sollte dies gut sein? Vielleicht glauben sie nur dich zu verstehen, und die Illusion wird eine gegenseitige sein. Wer weiß? Diese Tollheiten erscheinen jedem, der nicht im selben Zustand sich befindet wie du, als wirkliche Verrücktheit, zumindest als Albernheit von Besessenen im Grenzgängertum einer vollkommenen Künstlerschaft, die es zu finden gilt in diesen Stunden der Erneuerung".

„Desgleichen erheitern dich die Weisheit, der Verstand und die Regelmäßigkeit der Gedanken des anwesenden Zeugen, der sich nicht berauscht hat, und unterhalten dich wie eine besondere Art von Wahnvorstellung des Realen, das du instinktiv verachtest und mit Nichtachtung strafst. Der Irrsinn steht am Ende, wenn alle Gedankenbäume darniederliegen und die breite, nun freie Lichtung in vollem Glanze erstrahlt und den Himmel hell

erleuchten lässt. Die Rollen sind also nun getauscht, Schatten- und Licht-
seite wechseln ihre Positionen, erschaffen sich neu, wie erste Pinselstriche
auf dem heiligen Weis. Der Verrückte hat Mitleid mit dem Weisen und
von diesem Augenblicke an dämmert am Horizont deines Verstandes die
Idee deiner unendlichen Überlegenheit und Unverwundbarkeit für das
Außergewöhnliche, das seine Tore nun weit für dich öffnet. Bald wird sie
ins Unendliche wachsen, anschwellen und wie eine aufragende Eiterblase
platzen und sich ins weite Land ergießen, das einst ein fruchtbares Tal
war. Schauspieler werden nun auf die Bühne des Lebens treten und ihr
ewiges Stück zur Schau stellen, das von der Wahrheit deines Traumes
spricht und sie an die erste Stelle stellt, dort wo ihr Platz auf ewig sein
muss".

„Sie erschienen mir aber außerordentlich klein, unbedeutsam und nicht
der inneren Größe entsprechend. Gleichzeitig aber erhaben, künstlerisch
beseelt und genau bis ins kleinste Detail umrissen. Ich erkannte deutlich
nicht nur die feinsten Einzelheiten ihrer Haarpracht, Kleider, Stoffmuster,
Nähte, Knöpfe usw. und sogar die Farbe ihrer wandelbaren, leuchtenden
Augen, sondern sogar die dick auf geschmierte Schminke, das Weis, das
Blau, das Rot und alle Details fein wie bei einem Gemälde mit leichtem
Strich aufgetragen, dass an flacher Wand sich prächtig macht und den
Raum würdevoll und erhaben erscheinen lässt. Alles an seinem Platz, als
wäre es vorbestimmt und genau an seinem passenden Ort angelangt, so
wie es die Vorsehung mahnte. In der Tat ergibt sich in diesem Stadium
eine neue Feinfühligkeit und Sensibilität, eine Konzentration aller Sinne
auf das Wesentliche, das rasiermesserscharf Raum und Zeit durch teilt,
Alles um sich herum gefügig macht und einfängt, damit das umfassende
Werk gelingen möge. Geruch, Gesicht, Gehör, Augenschein und Gefühl
nehmen gleichen Anteil daran und wühlen die Dinge auf. Insbesondere
die Augen suchen die Unendlichkeit der Tiefe, die sich nun erwartungsvoll und weit vor uns auftut. Verlieren sich geradezu darin und schließen
sich auf Zuruf schon im nächsten Augenblick mit scheuer Attitüde. Das
Ohr vernimmt fast unhörbare, lautlose Töne im größten Tumult der Sinn-
lichkeit, wie ein Walfisch im tiefen Ozean, der nach seiner Gruppe ruft,
die noch verloren scheint im tiefen Wasser. Die Gegenstände der Außenwelt nehmen langsam und nacheinander merkwürdige Gestalt an, verkeh-
ren sich in ihr Gegenteil, als kämen sie aus einer anderen Welt, die jetzt
neu geboren wird, aufersteht aus tiefen Wunden, die vor Jahren geschlagen wurden und nun aufquellen und nach persönlicher Schuld befragen.

Sie ändern und verändern sich, mutieren zu etwas ganz Neuem, einer neuen wunderbaren Sicht der Dinge, die sich nun eindrücklich am Horizont abbildet".

„Dann folgen der Doppelsinn, der Irrtum, die Verwirrung, der tiefe Fall ins Nichts und das Spiel der Ideen im sprudelnden, aufquellenden Treiben, wie ein heraufziehender Sturm auf hoher See. Schon stürzen die Wogen übers morsche Gebälk. Und die Chöre fallen immer wieder bestätigend ein, wie ein antiker Aufschrei auf großer Bühne. Die Töne bekommen leuchtend helle Farben und die Farben geben Musik, die in alle Himmelsrichtungen ausbricht und ins Weite der Sphären flieht. Herrliche, himmliche Sphärenmusik, einem Wagnerischen Genius gleich, der den Mythos nach vorne treibt und ihn aufleben lässt. Dies, wird man sagen, ist nur natürlich und jedes poetische Gemüt kann gleiches in gesundem und normalem Zustande leicht erfahren, wenn er sich ernsthaft über diese Dinge befragt. Sie durchdringen, ergreifen und übermannen herrschaftlich den gesamten Geist, die tiefste Seele bis in den kleinsten Winkel, der sich der trügerischen Erkenntnis zunächst wiedersetzen möchte".

„Die Töne werden zu Harmonien, fast zu tanzenden, herumwirbelnden Zahlen, die gezähmt werden wollen auf bereiteter Bühne und seit Anbeginn aller Zeiten schon die Gesetze der Welt erklären. Und wenn dein Geist etwas Begabung für diese Welt hat, verändert sich hier die gehörte Melodie und Harmonie ganz leicht und sacht, zerfließt aus ihrem Rahmen, während sie dabei ihren triebhaften, wilden und sinnlichen Charakter behält, in eine ungeheure mathematische Aufgabenstellung, in der sich Zahlen zu Zahlen gesellen und deren Phasen und Auflösung du mit unerklärlicher Leichtigkeit und der den Spielenden gleichen Geschicklichkeit folgst, weil du es musst und keinen anderen Ausweg findest. So treibt es dich unaufhörlich an".

„Die Betrachtung der äußeren Dinge und Zustände, die einst in deinem Kopfe geboren, lassen dich deine eigene Existenz, die nie ganz sicher war, vergessen. Nur ein schwarzer, dunkler Fleck bleibt zurück und veredelt deinen angestammten Platz, wo auch immer er sein mag in dieser grenzenlosen Vielfalt. Denn du bleibst außerhalb, als zunächst stiller Beobachter und schwimmst alleine auf hoher See, wie ein verlassener Schiffsrumpf in tosender Gischt seinen verlorenen Anker sucht und ihn niemals finden kann, weil er für immer im tiefen Blau geborgen ist und nunmehr der Tiefe zu gehorchen hat".

„Deine Augen richteten sich nun auf einen im Wind harmonisch gewiegten Baum, der das Wasser durchfurcht, wie eine Egge den trostlosen, ausgetrockneten Acker im wüsten, ungeweihten Land. Und in wenigen Augenblicken wird, was im Hirn eines Dichterfürsten umherschwirrt zur Wirklichkeit, die sich vor dir auftürmt in ihrer ganzen Herrlichkeit, einem Bild des Lebens, der Gottheit gleich, der auf weißen Grund gebannt ins Ungewisse leuchtet. Du verleihst zunächst dem Baum deine Leidenschaften, deinen Wunsch oder deine Melancholie und Traurigkeit. Sein Seufzen und sein Zittern am ganzen, knochigen Stamm wird zu deinem, und bald bist du der Baum mit all seinen Wurzeln und Ästen, der von den aufbrausenden Fluten getragen wird, die den auffrischenden Winden standhalten werden, wie ein starkes Band der Läuterung".

„Ebenso stellt der Vogel, der in der leichten Brise des weiten Himmels auf und ab schwebt und nirgends festen Halt findet, zunächst die unsterbliche Lust, über den menschlichen Dingen zu gleiten dar. Aber gleich bist du der Vogel selbst und spielst mit den Winden wie ein Schulkind mit seinen Puppen und steigst auf und lässt dich treiben im Spiel der ewigen, fliehenden Gewalten, die machtvoll in dies Spiel brechen und die Unendlichkeit lobpreisen. Aber schon trägt dich ein anderer, neu aufschießender Gedankenfluss fort an einen anderen Ort. Auch er wird dich eine Minute in seinem lebendigen Wirbel forttreiben, umher schleudern, und diese weitere Minute wird zu einer weiteren Ewigkeit werden, die endlos ihre Bahnen zieht, bis in alle Zeiten, die doch schon vergangen schienen. Am Horizont kannst du sie noch erahnen. Denn die Begriffe der Zeit und des Daseins werden durch die Vielheit und die Intensität der Gefühle und der Ideen völlig verwirrt und laufen orientierungslos durch dunkles Astwerk, bis es endlich bricht und seinen Wiederstand aufgibt".

„Es ist, als lebte man mehrere Menschenleben in einer Stunde und durchwanderte unzählige Leiden und Triebe. Ähnelst du selbst nicht einem phantastischen Traumroman, der gelebt anstatt geschrieben wird und nur darauf wartet, dicke Wände einzureißen, die sich über viele Jahre aufgetürmt haben zu einer unüberwindbaren Hürde werden? Was kann es schöneres geben als ganz in der Poesie zu sein, von süßen, innigen Worten umschmeichelt zu werden, die dich locken, um dich werben und zu einem Gott der Läuterung verwandeln, der den Zauber der Worte nun tief für sich erkennt. Zwischen Organen und Freuden gibt es keine Übereinkunft, kein Vertrauen mehr. Und alleine diese Perspektive begründet das

Sträfliche, Missratene, Profane und Diabolische dieser gefährlichen Übung, in der man die Freiheit verliert, um sie letztlich wieder zu gewinnen und nun endlich ganz und gar für sich zu besitzen. Und so gestärkt fühlst du das Göttliche in dir anschwellen. Und nun schallen Rufe durch die Nacht, die dich zu sich rufen und dein Inneres mit süßlichem Duft benetzen".

„Die umzingelnden Wände sind nun von schmalen und langen, funkelnden Spiegelflächen bedeckt, die in der Mitte geteilt sind, auf denen ferne, unbekannte Landschaften mit leichtem, verwundbaren Strich gemalt wurden und die anschwellenden Seiten mit tausend, brillierenden Farben fluten, die wie durch ein Prisma sich entdecken lassen, von dem der sich dieser Reise mit bereiter Seele stellt. In der Höhe des Kaminofens befinden sich auf allen vier Wänden verschiedene in Blei gegossen Figuren, in ruhender Stellung und unverrückbar, die einen an festem Ort, die anderen im Laufen oder im Fluge gänzlich dem Himmel entgegen fiebernd, gleich auffahrend in unbekanntes Terrain, das noch erschlossen werden will, von jedem dem die Seelenfliegerei bekannt und vertraut ist. Über ihnen einige leuchtende Vögel und Blumen von unbekannter Herkunft. Hinter den Figuren erhebt sich ein perspektivisch gezeichnetes, klar gegliedertes Gitterwerk, das sich ganz natürlich und anschmiegsam der Wölbung der Decke zuneigt, wie ein aufgezogener, sichernder Mantel, der dem Grunde Schatten verleiht, auf das die Nacht hereinbrechen möge!"

„Die Decke selbst ist mit hellen, glitzernden Farben bemalt und erstrahlt das dunkle Zimmer in lichtem, befeuerndem Glanz. Alle Zwischenräume zwischen den Stäben und Figuren sind entsprechend kunstvoll ausgestaltet und in der Mitte wird der metallene Ton nur durch das geometrische Netz des gemalten Gitterwerkes unterbrochen und in sich gebrochen, wie ein hartes Stück Brot am Tische des Herrn. Zuerst war ich sehr erstaunt, vor mir, neben mir und von allen Seiten her große Täler sich ausbreiten zu sehen, die bis zum Horizont reichten und sogar darüber hinaus. Wie einfallende grüne Wiesen streuten sie sich übers ausgelobte Land und bedeckten alles mit ihrem Gleichmut, ihrer Flächigkeit, die in die unendliche Weite brach. Es waren klare Flüsse voll sprudelnder Wahrheiten, und die aufgrünenden Landschaften spiegelten sich in den stillen, ruhenden Gewässern nieder, die unendlich blau und verloren auf der Stelle lagen, wie ein tief gefrorener See im Abendschein zur besinnlichen Andacht erschaffen".

„Als ich endlich selbstvergessen die Augen hob, sah ich einen Sonnenuntergang gleich erkaltetem flüssigem Metall, das sich in die Täler ergießt und Blumenwiesen und Felder ganz unter sich bedeckt mit einer unendlichen Schwere und Trägheit, die alles unter sich begräbt. Es war das Leuchten des umschließenden Raumes ganz und gar. Es konnte nur so sein. Dies war gewiss. Aber das Gitter ließ mich glauben, dass ich in einer Art Käfig oder in einem nach allen Seiten offenen Haus mich befand, und dass ich von all diesen Wundern und Eingebungen nur durch die aufstrahlenden Gitterwände getrennt wäre. So schien es mir zu dieser Zeit".

„Zuerst lachte ich über meine Einbildungskraft, die sich zunächst zutraulich an mich schmiegte, wie ein Kind an Mutters fürsorgliche Brust. Aber je mehr ich hinschaute, umso mehr verstärkte sich das Wunder und wurde Wahrheit, wurde lebendiger, klarer und von zwingender Wirklichkeit, die ich nicht mehr leugnen konnte, nur noch tränenreich begrüßen konnte. So war es vollbracht. Endlich! Von da an beherrschte der Gedanke, gefangen zu sein, meinen Geist, ohne, wie ich es zugebe, den vielen Freuden allzu sehr Abbruch zu tun, die ich aus dem um mich und über mir stattfindenden Schauspiel zog. Ich sah mich wie auf lange Zeit, für viele Jahre vielleicht, in diesem grausigem Käfig inmitten dieser wundersamen Märchenlandschaften gefangen, geradezu eingepferscht wie trautes Vieh, und träumte von verwunschenen Gestalten, Feen und Elfen, von Sühne und Sünde, die ich tragen musste, und späterer Erlösung, die irgendwann über mich kommen sollte, wenn die Zeit reif sein sollte und mich aufforderte etwas zu tun".

„Über meinem Haupt flatterten herrliche bunte, tropische, paradiesische Vögel. Und da mein Ohr den Ton der Glöckchen an den Hälsen der Schafe hörte, die in der Ferne auf den Weiden friedlich trabten, vereinigten die beiden Sinne ihre Eindrücke zu einer einzigen Vorstellung des Seins, das nun mein Sosein sein sollte".

„Ich schrieb den Vögeln diesen geheimnisvollen Gesang zu und glaubte, dass sie aus göttlicher Kehle sängen. Anscheinend sprachen sie von mir mit lautem Gebrüll und feierten meine Gefangenschaft wie einen großen Sieg über den Dämon. Hüpfende, komische Affen, die mir bislang nicht erschienen waren, schienen mich zu verspotten und warfen nach mir mit lauwarmen Worten, die gleich wieder verpufften und zur anderen Seite mich anriefen, wohl vergebens, weil meine Ohren kaum Notiz davon nahmen und sich verweigerten. So innig lauschte ich in mich hinein. Aber all die mythologischen Götter sahen mich mit reizendem Lächeln an, wie um mir Mut einzuflößen, meine Verzauberung geduldig zu ertragen und das Missfallen zu verhöhnen. Und siehe, alle Augen folgten mir, als wollten sie meinen Blick festhalten und ihn über Jahre retten. Ich empfand, dass, wenn alte Fehler, Sünden, die ich selbst nicht kannte, diese vorübergehende Strafe verschuldet hatten, ich dennoch auf die Güte aller Götter vertrauen konnte, sogar musste, die, während sie mich zur Klugheit mahnten, mir dennoch größere Freude bieten würden als das anfängliche, jungfräuliche Spiel, das gemeinhin unsere Jugend füllte und nunmehr endlich der Vergangenheit angehörte. Aber ich muss gestehen, dass das Vergnügen, diese Form und diese leuchtenden Farben zu betrachten, das Vergnügen, mich als Mittelpunkt eines phantastischen Traumes zu sehen, meist alle anderen Gedanken überlagerte und geradewegs an unendlicher Stelle stand, die nur diesem Schauspiel angemessen war. Tief gebannt von meiner Vorstellungskraft, die nun unermesslich war, und ich dies ganz sicher spürte, bis in mein Herz hinein, das sich mit weitem, beharrlichen Schlage nach außen öffnete".

„Nun schweige ich aber von meiner Besinnungslosigkeit, Schlaffheit, Müdigkeit ..., die mich ergriff, mich anhob für die letzten noch nicht gesagten Wünsche. Sie war ungeheuerlich breit und schwer, fast schon wie schrecklicher Ballast, der mich ins tiefe Blau zog und dort zu belassen schien. Immer weiter, immer tiefer, unaufhörlich spottend und meinen Verzicht fordernd".

„Man sagt, dass die Kreativität der Dichter und schöpferischen Menschen dem ähnelt, was ich zu dieser Zeit so nachdrücklich empfand, obgleich ich immer der Meinung war, dass Menschen, die die Aufgabe haben uns zu bewegen, ein sehr ruhiges und überlegtes Temperament besitzen müssten, was aber wohl nicht der Wahrheit, von der hier keine Rede sein kann, entspricht. Aber wenn der poetische Traum dem ähnelt, was mir ein romantischer Vers oder ein kleiner Schluck süßen Weins verschaffte, meine ich, dass das Vergnügen des Publikums den Dichtern sehr teuer zu stehen kommt, und nicht ohne ein gewisses Wohlbefinden einer prosaischen Genugtuung fand ich mich endlich zu Hause in mein reales Leben zurück, umringt von Enge und bedruckten Bänden rings umher, die tausend Geschichten an die Wände banden, die einst gelebt nun Träume sind, die stets bei Nacht auf Wanderschaft ausgehen und mich gelegentlich beglücken, wenn die verwandelten Zeiten dies erfordern!"

„Am anderen Tag jedoch war die Ermüdung wieder unendlich groß. Aber sie zeigte sich nicht sogleich, zog sich zunächst zurück und verschonte mich auf's Erste, bevor sie umso mehr und nunmehr drängender zum Zuge kam. Aber, im Augenblick, wo sie dich packt, geradezu aufrüttelt, bist du erstaunt und kannst dieses Leid kaum glauben. Drückend schwer lastet es auf dir, bedrängt deinen freien Flug in heiterer Luft. Denn, wenn du zuerst erkanntest, dass ein neuer Tag am Horizont deines Lebens aufsteigt, empfindest du ein erstaunliches Wohlbefinden, wie einen Neuanfang an anderem Ort. Wie neugeboren schaust du auf mit breitem Kinderlachen, das die Sonne zu sich ruft und ihre Wärme sucht. Du glaubst geistig selten frischer und ergriffener gewesen zu sein, als in diesem verträumten, verwunschenen Moment. Aber kaum bist du aufgestanden, folgt dir ein alter Rest von Betroffenheit nach und hält dich wie die Ketten deiner eben durchlebten Hölle fest am kalten Boden und nagelt dich geradezu fest, dass du nicht entfliehen kannst und im Schlamme deiner Gedanken stecken bleibst. Deine schwachen Beine zittern und tragen dich nur mühsam, und jeden Augenblick fürchtest du, wie ein zerbrechliches Glas zu Boden zu gehen und in tausend Einzelteile aufzuspringen, die nun auf ewig auseinandergehen werden, um niemals mehr zueinander zu finden".

„Eine große Taubheit befällt wiederum deinen Geist und senkt sich auf all deine Fähigkeiten wie ein feuchter Nebel auf eine sich öffnende Landschaft. Für einige Stunden noch bist du unfähig zur Arbeit, zur Handlung und zur Energie. Ein Gefangener deiner Selbst und drehst dich unverhohlen im eigenen Kreise des Immergleichen. Immer weiter, weiter, weiter. Unaufhörlich im Kreise. Und kein Ende in Sicht".

„Gehörst du zu jenen Seelen, wird die dir innewohnende Liebe zur Form und zu den Farben im Beginn deines Wandels zunächst einen ungeheuren Ruheplatz finden. Dein Atmen wird ruhiger, beseelter und dein Brustkorb wiegt sich auf und ab auf ruhigem Meer, Welle an Welle zueinander schwappend in ewiger, naturner Harmonie. Die Farben werden ungewohnten Glanz annehmen, mit siegreicher Kraft in dein Gehirn dringen, wie Maden in den Speck sich ihren Weg bahnen. Die Deckengemälde, mögen sie zart, mittelmäßig oder weit verflechtet sein, erhalten ein erschreckendes Leben und sind dem baldigen Tod geweiht, der auch hier nach neuer Beute sich von oben senkt. Selbst die gröbsten Tapeten, die auf den ungepflegten Holzwänden albern, ganz verlassen kleben und gelegentlich vom Volke beiläufig belacht werden, werden dir wie herrliche

Fresken in einer erhabenen Kapelle erscheinen, einer Kathedrale gleich, die in funkelnder Pracht zum Eintritt lädt und tausendfach vergöttert wird".

„Die Nymphen mit der leuchtenden Haut schauen auf dich mit Augen, die tiefer und klarer als Himmel und klare Wasser sind, und ihr Muster aus dunkler, vergangener Asche geformt haben. Figuren der Mythologie tauschen in ihren Prachtgewändern oder Rüstungen durch einen einfachen Blick mit dir feierliche Geständnisse der Reue aus, werden dein salbungsvolles Gegenüber, dein zweites Ich, das für Versöhnung und Ausgleich sorgt im wirren Kopfgewitter. Das Geflecht der Linien wird zur deutlichen Sprache, in der du die Erregung und die Sehnsucht der Seelen liest und sie in dich aufnimmst wie süßen Nektar, den du gierig und betrunken aufsaugst".

„Unterdessen entsteht dieser geheimnisvolle und vorübergehende Geisteszustand der verlorenen Eile und Hetze, in dem die Tiefe des Lebens mit seinen vielgestaltigen Problemen sich ganz und gar in dem Schauspiel, das man vor Augen hat, abspielt, wie auf einer großen Bühne der ewigen Lust ganz in rotes Blut getränkt und dem Schicksal verpfändet. Mag es so natürlich und alltäglich wie immer nur sein. Wo der erste beste Gegenstand zum sprechenden Symbol für die Vorsehung wird, der wir uns alle zuwenden. Der Geist aller Dinge nimmt dir selbst unbekannte Ausmaße an, wie noch niemals zuvor geschehen. Die Zeitenwende steht bevor. Unumstößlich klopft sie an dein hölzernes Portal, das sich gleich weit öffnend zur Schau stellt und den Eintritt erwartungsvoll zugesteht."

„Du musst nicht glauben, dass all diese Phänomene durcheinander in deinem Hirn entstehen, in der aufdrängenden Art der Wirklichkeit und der Unordnung des äußeren Lebens, das keinen Anspruch auf die Wahrheit hat. Das innere Auge verwandelt alles und verleiht jedem Ding die Schönheit, die ihm fehlte und die nun gewonnen scheint und sich auf ewig turtelt im trauten Bund vergangener Herrlichkeit. In diese besonders wollüstige und empfindsame Phase muss man die Liebe zu den klaren, laufenden oder stehenden Gewässern bringen, die so erstaunlich im Geistesrausch einiger Künstler entsteht, auf das sie für die Ewigkeit gilt, einem ehernen Gesetze gleich".

„Die aufgetürmten Spiegelwände dienen dieser Träumerei zum Vorwand, scheinen zu verstehen in ihrer Trostlosigkeit. Träumerei, die einem unendlichen geistigen Durst ähnelt der den Gaumen beharrlich austrocknet und von dem ich erst kürzlich gesprochen habe. Die fliehenden Gewässer, die Fontänen, die harmonischen Wasserfälle, die freie Unendlichkeit des Meeres rollen, singen, schlafen unaussprechlich reizvoll und brechen in riesigen Wellen über dich ein, klatschen bis an den Rand der Flüsse, die schon auf diesen Widerhall warten, weil sie einst aus tiefem Fels geboren wurden und diesem Moment entgegen fiebern. Ein Sturm der dein Leben ändert. Das Wasser breitet sich als wahrer Verwandlungszauber aus, furcht durch braunes Ackerland mit kühler Wellenhand und obschon ich nicht an Wahnsinn glaube, möchte ich doch nicht versichern, dass die Betrachtung eines durchsichtigen Wassers ganz ohne Gefahr für einen in hellsichtigen Kristall verliebten Geist wäre. Den fast wäre es geschehen und der Sprung gewagt. Nun soll es ganz gelingen!"

„Ich muss aber auch über das gewaltige Wachsen der Zeit und des Raumes sprechen, als von zwei immer zusammenhängenden Ideen, die bereits der alte Kant mit seinem a priori erhellte, denen der Geist aber nun ohne Trauer und Furcht begegnet, weil es die pure Notwendigkeit ist. Denn durch sie wird die Welt erklärt, entzaubert und zu einer anderen erklärt. Und vielleicht gelingt es nie sie voll und ganz zu sehen. Ich schaute mit einer gewissen rückwärtsgewandten Verzückung durch viele, tiefe Jahre und stürzte mich kühl in unendliche Welten, die sich am Horizont auftaten und laut um Einlass riefen. So muss die Idee der Schönheit, der Ästhetik natürlich großen Raum einnehmen, weil sie unabdingbar, zeitlos, kühn ist und nicht mit Maß gewogen werden kann".

„Die Harmonie, die Ausgeglichenheit und Feinheit der Sinne erscheinen dem Träumer als Notwendigkeit und reine Pflichten, nicht nur für alle Wesen der Schöpfung, sondern für den Träumer selbst den selbstgewähltem und allgemeinen Rhythmus des Lebens zu erfassen, der tief fallend, schnell wieder ins Weite prescht. So gelangt dann der Geist meiner Wahl, zu dem Grad der Freude und Heiterkeit, der ihn zwingt, sich selbst zu bewundern und sich ergriffen im Spiegel als er selbst zu betrachten und Gewissheit zu haben, dass dies Wunder gerade geschieht. Und in sich schauend, das Erhabene klagend rezitierend. Jeder Widerspruch verschwindet ins triefende Nichts, alle philosophischen Probleme scheinen durchsichtig, verloren oder geben sich zumindest so. Alles dient nur der Freude eines großen Festes, dass bald die hohen Räume füllen wird an diesem Ort des Glanzes, der früher einmal in tiefem Schatten lag".

„Die Fülle seines augenblicklichen Lebens flößt ihm maßlosen Hochmut ein. Eine Stimme in ihm spricht: Jetzt hast du das Recht, dich endlich allen Menschen überlegen zu fühlen, einzigartig zu sein und aus der grauen Herdenschar auszutreten, ins Licht, dass dich tausendfach ummanteln wird. Deine Besonderheit zu preisen. Keiner kennt oder könnte all das nur verstehen, was du denkst, und all das, was du fühlst ist übermenschlich und nicht von dieser Welt. Einer anderen Zeit anvertraut, die schon vorher unaufhörlich ihre Spur gezogen hat. Sie wären unfähig, selbst das Wohlwollen zu würdigen, das sie dir einflössen. Du bist ein König ohne Kleider, den die Passanten verkennen und der in der Einsamkeit seiner Überzeugung lebt. Erinnert euch das nicht ein wenig an Rousseau, der sich selbst als moralischen Held zum Mittelpunkt des Universums erklärt hat und jämmerlich gescheitert ist? Dieser Träumer ohne Glut, der sich immer an die erste Stelle setzte, der Vernunft verfallen war und bald am moralischen Abgrund stand, dem ein Künstler sich schnell entzieht. Er hat weit gefehlt und sich selbst entzaubert. Schon von Geburt war er zum Scheitern verurteilt, wie ein Kind, dass von der Mutter Brust gezogen wird".

„Keiner wird sich wundern, dass ein endlicher, höchster Gedanke dem Gehirn des Träumers entspringt. Denn ich bin zu einem überirdischen, verwegenen und ausuferndem Wesen geworden, dass dieser Schrei die Engel auf dem Wege des Himmels hin schmettern würde, dass er vernehmbar wird für alle Arten, die sich in diesem Raum befinden. Und es werden nicht wenige sein. Das sei gewiss!"

„Aber der andere Morgen! Der schreckliche andere Morgen. Was ist mit ihm? Und was bleibt davon übrig? Kannst du es mir sagen, wenn mir bereits die Sinne schwinden?"

„Und in der Tat ist es am anderen Tage den Menschen bei ausgesprochener Strafe des Niedergangs verboten, die Grundbedingungen seiner Existenz zu stören und das Gleichgewicht seiner Fähigkeiten mit der Umgebung anzutasten, in der er sich zu bewegen bestimmt ist. Mit einem Wort, sein Schicksal zu ändern, um es durch eine neue Idee, eine neue Sicht, ein neues Künstlertum zu ersetzen, so wie nur göttliche Wesen es vermögen und es auf ewige in die Tat umsetzen".

„Balzac glaubte wohl, dass es für den Menschen keine größere Schande noch größeres Leid gäbe, als auf die Willenskraft zu verzichten. Drum sprach er sich ereifernd ständig Mut zu und beraubte sich gar selbst sämtlicher Sinne. Ich traf ihn einmal beim Schreiben seiner Chronik und er befragte mich zu meiner Geschichte, die er gerade schrieb. Er hörte mit belustigender Aufmerksamkeit und Lebhaftigkeit zu. Die Leute, die ihn kennen, erraten, dass er interessiert sein musste und begierlich nach den Dingen sich erkundigte, die er noch nicht wissen konnte, auch wenn er alle Bücher gelesen hatte, die zu lesen man gelobte. Aber die Idee, entgegen seinem Willen zu denken, andere Richtungen abzuwägen, stieß ihn heftig ab, verdrehte ihm den ganzen Kopf und ließ ihn rötlich, bärbeißig schäumen, dass ihm die Weißglut aus den dunklen Augen tropfte und den Boden unter ihm durchweichte, bis der feste Stand ein unmögliches Unterfangen sein sollte und es ihn gänzlich zu Boden drückte".

„Der Kampf zwischen seiner fast kindischen Neugier und seinem Widerwillen gegen den Willensverzicht verriet sich in seinem ausdrucksvollen, markant gezeichneten Gesicht in erstaunlicher Weise, das sich unendlichen Konturen austobte, bis zur Unkenntlichkeit. Die Liebe zur Würde siegte, und in der Tat wäre es schwer, sich von diesem Theoretiker des Willens, einem Ahnherr des Skeptikers Schopenhauer, vorzustellen, dass er einwilligen würde, auch eine Spur nur dieser kostbaren Substanz zu verlieren, seine Vernunft aufzuopfern, die ihm so heilig war, wie der göttliche, rot schimmernde Rebensaft oder die Anwesenheit einer schönen Frau. Ohne sie konnte er nicht leben und verbarg geschwind sein Traumgebiet".

„Der menschliche Geist muss also in der Philosophie ähnlich der Sternenbahn eine Kurve durchlaufen, die ihn auf kreisrunder Bahn, weit ins Universum vordringen lässt und schließlich zu seinem Ausgangspunkt zurückführt. Enden heißt einen Kreis schließen, der vollendeten Form auf ewig huldigen. Ich habe anfangs oft von diesem merkwürdigen Zustand gesprochen, in dem der menschliche Geist mitunter wie durch besondere Gnade dahin stürmte, immer weiter vorwärts wie ein sprudelnder Gebirgsbach über hohe Klippen springt und in die unendlichen Tiefe schießt, dann sich besinnend an seinem Ausgangspunkte befindet, aber neu gedacht, wo vielleicht die Wahrheit tief unten sitzend auf ihn wartet".

„Ich habe gesagt, dass er im steten Wunsch, seine Hoffnungen neu zu beleben und sich in die Unendlichkeit zu erheben, in allen Ländern und zu jeder Zeit die unbändige Lust zu allen selbst gefährlichen Mitteln neigte, die durch Steigerung seiner Person auch nur für einen Augenblick vor seinen Augen diesen zufälligen, paradiesischen Garten hervorzaubern konnten, dieses Ziel aller Wünsche, der aufgehende Imagination. Und dass dieser wagemutige Geist, der, ohne es zu wissen, bis in Dantes Hölle dringt, so seine ursprüngliche Größe bewies, die vollends aus ihm geboren wurde. Aber der Mensch ist so verlassen nicht, nicht so verlustig aller ehrlichen Mittel und moralischen Tugenden, um den Himmel zu gewinnen, dass er sich unbedingt der Zauberei verschreiben müsste. Keineswegs, wehrte Zuhörer. Er braucht nicht seine Seele zu verkaufen, um die Freundschaft und die berauschenden Zärtlichkeiten zu bezahlen, die er des Nachts erfährt".

„Was bedeutet ein Paradies, das man mit seiner ewigen Seligkeit erkauft? Im Leben wohl das Gegenteil, als das was alle Wünsche formulieren. Ich stelle mir einen Mann vor der auf dem schroffen Olymp seines Geistes steht und zurückschaut auf das was gewesen ist und vielleicht noch kommen wird. Ist er geläutert oder treibt der Hochmut weiter seine drohenden Blüten mit ihm? Um ihn herum die tänzelnden Musen, die ihn verführen und ihn über seine lange Fastenzeit, die vielen Entbehrungen, seine bedrängenden Gebete trösten und ihn zärtlich im Winde wiegen. Die edelsten Tänzer, Ritter und Götter sehen ihn mit ihren sanftesten Augen und breiten Lächeln an. Der göttliche Apollo, dieser allwissende Meister der Gefühle, streicht die zitternden Saiten mit seinem mit Liebe getränkten Bogen. Unter ihm, am Fuße des Berges, mitten in Dornen und unendlichem Schmerz schneidet die Masse der Menschen falsche Grimassen der Freude und stößt die Schreie aus, die ihr die Schmerzen des Giftes nun für immer entreißen".

„Auf die Worte vertrauend, nach denen der Glaube Berge versetzt, haben wir das einzige Wunder vollbracht, zu dem uns der Weltgeist die Möglichkeit verlieh." Mit diesen Worten trat Charly ab. Aber gleichsam war ihm bewusst, dass dies im eigentlichen Sinne eine Antrittsrede in eine neue Wirklichkeit war. Ein Wunschtraum, an dem es zu spitzen galt. Und dies wollte er tun. Mit all seiner Kraft, Beharrlichkeit und Kreativität. Darauf kam es an!

Und schon flossen poetische Verse aus seiner Feder, die das Erlebte für ihn in eine neue Sprache gossen und zeigten, dass er nun zu einem Dichter, Poeten und Schriftsteller geworden war, der er schon immer sein wollte:

An diesem Ort,

den Geistern nah,

will nimmer fort,

so weit ich sah.

Und meines Blicke Enge nun gebrochen,

schau ich durch dicke Nebelwand,

wie in ein Bild so scharf gestochen,

sogar bis untern Tellerrand.

Dort ruht die Welt nun,

platt gewalzt vom Essen schwer,

will nun endlich tun,

und bin nun DER.

Der aufgreift frisch sein Traumgedicht,

und dreht die Worte wunderlich,

von links nach rechts wird neu gewogen,

und auf die andere Bahn gebogen.

Der Weg ist steinig,

übers Wolkendach,

ich bin mir einig,

hab viel gedacht.

Die Welt ist das was mich befeuert,
mich antreibt und gar voll erneuert,
und wenn der Wahnsinn Blüten treibt,
dies Stück nun endlich Weite zeigt.

Und springt hinaus,
ins tosende Blau,
ganz unverblümt,
zur Wesensschau.

Und schau genau,

von allen Seiten,

gar unermesslich Seelenweiten,

in tiefem Fall, zum Himmelszelt,

und schreie laut „Was euch gefällt".

Das nunmehr nicht der Rede wert,

und zücke lieber gleich mein Schwert,

zu kämpfen für das wahre Gute,

Besinnliche und heiße Glute.

Hier taumeln mir die Träume weiter,

auf hochgestellter Himmelsleiter.

Sie federt an,

ein erster Fuß,

und Gott zum Gruß,

ich weiter muss.

Und ewig währt mein Traum,

nun zart und scheu,

ich lieg vor einem Baum,

und denke neu.

Und dieses Neue,
unverblümt,

ist meine Schläue,

werd ich gerühmt?

Doch sei's drum,

kein Trompetenmeer,

bleib lieber stumm,

wandle umher.

Von hier nach dort,

schon übers Meer,

bin nun schon fort,

der Glaube mehr.

An das was zählt auf dieser Welt,

ich bin alleine mein einz'ger Held,

der manchmal fällt,

und seinen Kopf auf Füße stellt.

Und greife dann nach rechts zur Blume,

die bläulich schimmert im Gesumme,

schon schießen Verse in mein Blut,

entfacht ist tausendfache Glut!

Tief in sich gekehrt und zufrieden mit dem was er geschaffen hatte, saß Charly nun am anderen Morgen am Rande eines Flusses, erinnerte sich an die Dinge, die ihm in seinem Leben wichtig sind und schaute fast gleichgültig dem Treiben der Wellen zu. Wohin die Wasser auch führen würden; sein Standpunkt war fest. Geradeso, als wäre er verwurzelt mit der Natur um ihn herum. Selbst seine Füße, die sorgsam oberhalb des Stromes baumelten, sollten nichts von der Kühle der plätschernden Pracht abbekommen und seinen sicheren Stand nicht gefährden. Dafür wollte er Sorge tragen. Ganz sicher.

Nach einer Weile stand er auf, zog sich die Schuhe an und machte sich auf den Weg nach Hause. Still war es hier oben. Der umliegende Wald schien alle Geräusche, die es hier doch geben musste, wie ein Schwamm in sich aufzusaugen. Gelegentlich waren in der Ferne Vögel zu hören oder das Rascheln der Blätter im Wind, der von Norden her zunehmend ins hölzerne Gebälk blies.

Nun waren fast schon zwei Wochen vergangen, ohne dass er ein einziges Wort zu einem anderen Menschen gesprochen hätte. Er lebte in vollständiger Stille, nur sein ruhiger Atem erinnerte ihn daran, dass er noch existierte. Mit gesenktem Kopf ging er seines Weges und allerlei Gedanken schwirrten in seinem Kopf umher. „Warum nur genüge ich mir selbst? Ich entbehre Nichts. Und doch habe ich das Gefühl, das Leben schon längst verloren zu haben. Vielleicht träume ich das alles nur und dieser Zustand ist nicht real?" Weiter vor sich hinmurmelnd verschwand er hinter der nächsten Biegung im tiefstehenden Wald. Die Dunkelheit der dichtgewachsenen Tannen schien ihn nunmehr begraben zu haben.

Schon immer stand er abseits, ganz am Rande. Und diesen Zustand hatte er sich selbst gewählt. Es entsprach seiner Natur niemals mitten drin zu sein. Egal worum es ging. Er hielt Abstand. Zu Personen, Dingen, Situationen … Und überhaupt konnte er nur er selbst sein, wenn er ganz mit sich alleine war. Für ihn war das ein, sein göttlicher Zustand, den es immer wieder zu erreichen galt. Sein Idealzustand.

„Aber es gibt Dinge, die lassen sich nicht vermeiden. Sind unentrinnbar da. Müssen angenommen und erledigt werden. Entscheidend ist nur, dass man sie nicht zu nah an sich heran lässt. Immer ein gutes Stück auf Distanz bleiben!", sprach Charly sich unentwegt Mut zu. Dies war seine Maxime; seine goldene Lebensregel. „Und dann zurückkehren zum Wesentlichen - dem Idealzustand", den er nun für sich, unter einer schützenden Decke aus feuchtem Blätterwerk, heraufbeschwor.

Ein neuer Tag sollte für ihn anbrechen. Nun konnte er Neuland betreten. Endlich! Seine Zeit war gekommen und sollte bleiben. Behutsam

durchschritt er sein Leben in neuer Herrlichkeit und sprach sich selbst
Mut zu:

Der andere Morgen

Etwas ist anders. Neu. Gänzlich unverbraucht und brachial eingebrochen, wie ein Sommergewitter auf geblümter Wiese einprasselt. Und dennoch bin ich erwartungsvoll. Begrüße diesen anderen Morgen, der mein
Sosein vielleicht neu entdeckt.

Hatte dich gestern noch anders erwartet. Doch nun schaust du mich
mit einem Lächeln an und führst mich hoch hinaus. Ins Gebirge, wo die
Luft klar und rein ist. Hier oben kann ich einen neuen Anfang denken.
Wo ich einst war, wer mich begleitet hat und nun alleine auf einer neuen
Schwelle stehe.

Soll ich springen? Oder treibt mich nur der Irrsinn auf diesen engen
Pfad, der vielleicht im Nichts endet.

Es ist alles da

Aus mir selbst heraus kann ich die Welt gebären. Fäden sind gezogen.
Perlenartig an den Enden verknotet, untrennbar gehalten eilen sie in die
Welt hinaus. Immer voran. Ein dichtes Netz webend, das ein ganzes Leben lang trägt. Immer weiter schwillt es aus der Enge in die Weite des
tobenden Blaus.

Denn der Mensch will geboren werden. Von Anfang an ein Läufer auf
einsamen Weg. Vorauseilend auf leisen Sohlen, über die Berge zu schweben und das endlose Nichts zu schauen. Hierhin trage ich die Dinge, meinen Samen zu säen, was einst zum Kinde, zum Manne und zum Stammesvater wird. Greif endlich zu und werde Teil deiner Träume. Nur du
alleine kannst bestehen!

Weiße Wand, steil aufschießend

Hier beginnt mein Weg, mein Denken, dass sich noch freischwimmen und einen Anfang gebären muss.

Wohin des Weges, verwirrtes Auge im Niemandsland? Suchst deinen Fixstern am Himmel, der dich leiten soll. Greif zu! Ideen gibt's wie am Sand am Meer. Wellen trugen sie einst ans trostlose Land. Nun begleiten Sterne ihren Weg, wenn die Nacht ihr hohes Zelt aufschlägt. Dort Oben flackern sie der Hoffnung entgegen, die tief aus uns selbst geboren wird.

Die Welt ist ein Bild, das ich mir male

Sprache ist nicht mit Sinn gefüllt. Nur Striche und farbige Flächen enthalten Ideen, die sich erst beim genauen Schauen aus sich heraus schälen. Tiefe Grundmauern der Erkenntnis, die man mit dem bloßen Auge niemals sehen kann. Ein Bild ist ursprünglicher wie jede Sprache, weil es das Ganze bein-haltet. Erkenne dies und das Schweigen wird dein gefolgsamer Begleiter sein, wenn du den ersten Strich machst.

Die Ruhe. Die Dunkelheit. Die Einsamkeit

Und dann doch das Licht. Ganz tief in mir schält es sich heraus und nimmt mich an die Hand. Führt mich auf neuen Weg, hoch hinaus ins Gebirge. Hier oben atmet man ins Unendliche. Gedanken fliegen um die Wette ins Tal hinab, den neuen Menschen zu begrüßen.

Schon steigt die Menge auf zu mir in geweißten Stein, der früher einst vom Wasser gefurcht wurde, doch nun steil oben den Kamm beisammen hält.

Gedanken

Ordne deine Gedanken und du kannst wiederstehen. Du kannst sogar neu aufstehen, wenn du den Grund kennst. Schau tief in dich hinein und die Worte werden sich finden, dich begrüßen und ihren eigenen Stand haben. Ganz sicher!

Mein Nachen

Meinen Schwerpunkt klären. Die einfachen Dinge, aber das Besondere erfragen, ersehnen, vielleicht sogar erflehen. Gegen das Einerlei des gemeinen Flusses, den ich nie befahren wollte. Zu kühn war mein Nachen zu jener Zeit.

Absicht

Buchstabe an Buchstabe, dann erste Sätze, ein Vers, ein kleiner Text, ein ganzes Kapitel und dann herausgeschrien ein ganzes Buch. So schreib ich nun bis ans Ende meiner Tage. Blatt für Blatt das Weiße verdrängen. Ob Schwarz diesen Grund beerben kann?

Perspektiven

Schaue nach vorne, nach hinten, oben und unten. Sehe den Menschen neben mir und nehme ihn ein. Schaue durch seine Brille und sehe dann mich, gedankenverloren neben mir stehen. Und die Welt dreht sich fort – von mir. Was soll nur werden?

Nur noch Zwei

Nur diese Anker bleiben. In aufpropfender See hüpfen sie wie zwei Herzen auf mein Boot zu. Am Steuer stehend schleife ich die Eisenwurzel, ziehe sie auf mein Boot, das die Muskeln bläht und zufrieden seine Bahnen zieht.

Nun ist das Meer schwarz und meine zwei Feuerpunkte senden ihre Lichtstrahlen aus. In die Tiefe fallend, geht mein Blick nur noch zum Licht. Gleißend berührt es mein Herz in dieser wüsten Einöde, die mir das Leben gebar.

Und ein Kater

Ein besonderes Tier. Scheu und wundersam, über den Menschen stehend und vom Himmel bestellt. Dies Tier muss einmal ein Baum gewesen sein. Seine Wurzeln sind tief in meinem Herzen verankert. Gelegentlich kitzeln es himmliche Winde, einem Aufschrei der Zuversicht gleich.

Was ist hinter dem Mond?

Vielleicht eine andere Welt? So unberührt wie ein Sandkorn in tiefer See. Von Wasser umschlungen, in die Tiefe gedrückt, wo des Mondes Strahlen sich keine Bahn ziehen kann um es heimwärts zu leuchten.

Zufällig unter Brüdern

Gestern war ich noch an anderem Ort, einem fremden Mädchen versprochen. Heut stehe ich hier, verloren mit meiner Sehnsucht, die kein Zurück mehr kennt, nur noch Blicke in tiefe Leere, die einst familiäre Bande war.

Freund gesucht

Glaubt mir, ich bin ganz anders, wie ihr denkt. Einfühlsam, gefühlvoll, mitleidend, den schönen Dingen zugetan und vermisse das Soziale. Holt mich herein, auch wenn ich nur am Rande stehen bleiben werde. Ganz gewiss. Ich könnte euer Wachposten sein und eure Grenze schützen? Was meint ihr. Schreit es nur heraus, wenn ihr meine Dienste nicht wollt. Ich bin es gewohnt Verzicht zu üben, zu verzagen und mich selbst nach dem Wesentlichen zu befragen.

Tägliches Befeuern

Spanne die Muskeln, blähe mich auf, wie ein Pfau beim Anblick von Gefahr und sende meine Schreie ins aufgepumpte Grau der tiefen Nacht. Ich bin noch hier und suche den Kampf. Wer wagt es und stellt sich mir in den Weg?

Verzicht

Jeder Cent schreit nach dem Besonderen. Gedreht füllt er die Schatulle für besondere Momente, die kaum jemand im Niemandsland erkennt. Tief unter den aufgepolsterten Wolken schweben sie in andere Welten, die nicht mit Gold aufzuwiegen sind. Denn Verzicht ist ihr Gebot.

Lasst uns die Sprache vergessen!

Schauen, nicht Worte malen, sondern Bilder schreiben. Schrei es nur heraus und greife zu. Bahn um Bahn füllt sich papiernes Geäst und ein prachtvolles Gemälde aus tausend Wörtern erstrahlt in machtvoller Größe, das Unsagbare zu bezwingen.

Platons Schatten in meinem Keller

Flackerndes Feuer zaubert eine Schattenwelt an die Wand, die das Wahre begräbt. Denn jede Idee hat ihren Grund und reicht tief ins Innere hinein, dort wo die Götter seit Jahrtausenden wohnen. Wer wollte hier den letzten Spruch fällen?

Ich vertraue mir selbst

Und ihr? Schaut nur weg, wenn sich unsere Blicke treffen. Werde an anderer Stelle auferstehen.

Güte der Bäume

Bäume sind das wahre Glück. Ihre Güte ist mein Gold. Und wenn du ganz fest an ein Wunder glaubst, werden goldene Äpfel die Krone schmücken und ihr Glanz die Sonne überstrahlen.

Schon wieder ich (Wiedergeburt)

Gestern erst Ich und nun ein Neuanfang. Wieder Ich. Doch bald schon werden es mehr sein. Und das Wir kriecht aus allen Ecken und wird mich ganz alleine zurückschleudern ins dunkle Eck. Auf, dass ich mich verleugnen möge! Doch bleibe standhaft. Wie ein steinerner Koloss, mich auf dem Boden festkrallend, übe ich Wiederstand.

Ich habe euch nie gesucht

Was ruft ihr nach mir? Ich kenne euch nicht. Hab euch verloren über Jahre hinweg auf trostlosem Feld. Finster war die Nacht, als es geschah. Dunkle Schatten legten sich auf mein Gemüt. Hielten mich auf dem Boden, die Arme verschränkt und kein Rufen war möglich. Doch ihr hättet der Ahnung einen Weg ebnen können. Doch kein Wort davon. Nirgends vernahm ich eure Spur in aufgeplatzter Erde, die mich herein sog ins feuchte Wurzelwerk. Nun blähen sich mir die inneren Feuer entgegen und jagen im Sturme über mein geschorenes Haupt. Legt noch einmal die Hand auf und ihr könnt es fühlen. Ein Fremder bin ich. So wie ich geboren ward. Fernab geschwätziger Runden im Einerlei.

Haben und Sein

Viel Geld und goldener Kram. Doch kein Haben kann das Ewige sein, das tief in breiter Seele schlummert und aufs Neue geboren wird, wenn dein Herz bereit ist und sich endlich öffnet.

Standhafter Rächer?

Geboren als Räuber rettet er mein verwunschenes Schloss. Dort draußen in den kalten Nächten zieht er seine Bahnen. Runde um Runde trotzt er der Zeit. Immer auf der Hut vor den nachbarschaftlichen Hächern, die keine Ehrfurcht kennen. Denn ihre Kreise kreuze ich nur am Rande. Wird er standhaft sein und sie entwaffnen?

Nicht von dieser Welt

Abgehoben, leicht verschroben, in den Himmel schießend, auffahren ins unbekannte Land, das eine ganz andere Welt in sich birgt. Noch schaue ich nichts ahnend in die Wolken. Doch bald bläht der Wind meine Gedankenwelt auf. Auf zu neuen Horizonten, die noch nicht gemalt wurden und nun den ersten Strich ersehnen.

Früher ein Kafka

Diese Welt ist gemalt für einen Fremden an diesem geheimnisvollen Ort. Denn hier sind wir nur auf der Durchreise, warten auf ein neues Land, das sich heraus träumt aus durchwachten Nächten. Und eines Tages werden wir uns wiedersehen und erahnen, dass wir zusammen neu geboren wurden, um uns fremd zu sein. Dies soll unser Band für die Ewigkeit sein.

Als die Angst belanglos war

Kein Schrecken kann mich vom Ende abhalten. Denn die Herde ist schon machtvoll über mich gekommen. Wie ein Insekt, vor ihren schweren Füßen tief auf dem brodelnden Boden schwankend, zertraten sie meine Träume. Damals in der Wüste, bei den verwirrenden Gedanken, die keine Zuflucht mehr fanden, denn die Horizonte waren weggefegt und alle Hoffnung ganz zerbrochen. Nun endlich konnte die Angst belanglos werden.

Falsch sozialisiert

Bin schon immer schwarz gewesen. Habe die weiße Herde verlassen, als sich mein Mund zum ersten Mal aufspitzte und es elendig klang in den Ohren der Anderen, die meinen Tod schon lange ersehnten. Nur so konnte die Herde gerettet und die andere, schwarze Seite aus dem Erinnern vertrieben werden.

Seelenbrüder gesucht

Hier ist es. Mein Herzblut. Steige auf und betreibe Seelenfliegerei. Auf der Suche nach Gefährten umrunde ich gierig die langen, einsamen Nächte. Vielleicht kann mir der Mond den Weg weisen? Ins Nichts, wo die Schatten schon müde geworden sind. Vielleicht eine letzte Chance!? Drum krümmt sich mein Rücken wie verrückt und kann doch den Stab nicht beugen, der mich ins Zukünftige schickt.

Endlich gehalten

Ein kleiner Schritt. Vollbracht. Endlich dort, wo meine Seele hingewollt. An fernem Ort, in freiem Land, das Horizonte bricht. Doch schon spült Schlammes Schwere mich jäh zurück, als wäre er nie geschehen. Nur ein Traum? Tagein, Tagaus. Nach vorn getrieben, auf der Stelle tretend den zähen Brei, der den Schritt sich nicht gefallen lässt. Und mein Jubelschrei erklimmt die höchsten Berge, doch gefriert am Abend schon, wenn mich die Fäden bergen, zu meinem verlorenen Ort. Und dennoch: Ich. Ein Fünkchen hoffen wag ich noch. Auf einen neuen Morgen, der den Durchbruch schafft!

Horizont hinterm Garten

Nur bis hierhin umspült mich herrlicher Duft aus Minze, Kirschblüten und wildem Lorbeer. Mein Blick weitet sich bis zur grünen Wand am äußeren Rand meiner Einflusszone, die mich schützt, umschließt vor der Glut der täglichen Lavaströme und dem Geplärre der Affen in den steinernen Bäumen der Ewigkeit, die gleich neben mir ihre Zelte aufgeschlagen haben. Hier singen sie ihr tägliches Lied über Liebe, Tradition und Käuferglück, während die Bäume dort draußen zum Schutz immer näher an-einander rücken, sich einhaken und auf den großen Wurf warten, der sie aus diesem schwarzen Tal führen wird.

Schon setze ich an, spanne meinen Arm federleicht wie eine angelegte Armbrust und schleudere von mir, was längst schon hätte begraben werden müssen. Jetzt und hier, in trockener Erde, die bald zu Wüstensand zerrieben sein wird. Gelobtes Land der ewigen Läuterung. Einst bist du uns erschienen um dich zu preisen und selig zu sprechen. Doch wir haben kriegslüstern alle Waffen gerichtet, auf das was uns lieb und teuer sein sollte. Aber meine Insel, die sich galionsartig aus dem Meer erhebt, soll ein Mahnmal sein. Drum hebt sich mein Land an, immer höher aus der brodelnden Gicht dem Himmel entgegen. Und schon umfahre ich die tosenden Wellen aus gebrannter Erde und steuere einen sicheren Hafen an, der meiner Zuversicht endlich Auftrieb gibt, für das was noch kommen wird.

Und dies, so sei gewiss, wird nicht wenig sein, wenn man die Fülle betrachtet, mit der meine Träume durchsetzt sind. Fontänenhaft schießen sie ins Göttliche hinein, dass abwartend auf den großen Wurf hofft, der tief vernetzt das Neue zur Welt bringt, dass fürwahr schon immer verborgen und fest ins uns schlummerte und nun begierlich aufbricht und sein Recht verlangt. Vorbei die Zeiten der langen Schatten und des üblen Verzichts, der nur vom Schein spricht und die Lämmer schon früh zur Schlachtbank führt. So wie es immer war. Nun ändert sich die Sicht und die Träumer springen laut jubilierend über Barrikaden. In diesem neuen Land, das nun geboren und geläutert zu einem anderen Land wird, indem die Seelen sich nun endlich auf Wanderschaft begeben können und zueinander finden – an diesem anderen Morgen, der aus dem Traum geboren ist.

Über tredition

EIN EIGENES BUCH VERÖFFENTLICHEN

tredition wurde 2006 in Hamburg gegründet. Seitdem hat tredition mehrere tausend Buchtitel veröffentlicht. Autoren veröffentlichen in wenigen leichten Schritten gedruckte Bücher, e-Books und audio-Books. tredition hat das Ziel, die beste und fairste Veröffentlichungsmöglichkeit für Autoren zu bieten.

tredition wurde mit der Erkenntnis gegründet, dass nur etwa jedes 200. bei Verlagen eingereichte Manuskript veröffentlicht wird. Dabei hat jedes Buch seinen Markt, also seine Leser. tredition sorgt dafür, dass für jedes Buch die Leserschaft auch erreicht wird.

Im einzigartigen Literatur-Netzwerk von tredition bieten zahlreiche Literatur-Partner (das sind Lektoren, Übersetzer, Hörbuchsprecher und Illustratoren) ihre Dienstleistung an, um Manuskripte zu verbessern oder die Vielfalt zu erhöhen. Autoren vereinbaren direkt mit den Literatur-Partnern die Konditionen ihrer Zusammenarbeit und partizipieren gemeinsam am Erfolg des Buches.

Das gesamte Verlagsprogramm von tredition ist bei allen stationären Buchhandlungen und Online-Buchhändlern wie z. B. Amazon erhältlich. e-Books stehen bei den führenden Online-Portalen (z. B. iBookstore von Apple oder Kindle von Amazon) zum Verkauf.

Jetzt ein Buch veröffentlichen: **www.tredition.de**

EINE BUCHREIHE ODER VERLAG GRÜNDEN

Seit 2009 bietet tredition sein Verlagskonzept auch als sogenanntes "White-Label" an. Das bedeutet, dass andere Personen oder Institutionen risikofrei und unkompliziert selbst zum Herausgeber von Büchern und Buchreihen unter eigener Marke werden können. tredition übernimmt dabei das komplette Herstellungs- und Distributionsrisiko.

Zahlreiche Zeitschriften-, Zeitungs- und Buchverlage, Universitäten, Forschungseinrichtungen, u.v.m. nutzen diese Dienstleistung von tredition, um unter eigener Marke ohne Risiko Bücher zu verlegen.

Alle Informationen im Internet: **www.tredition.de/Buchverlage**

tredition wurde mit mehreren Innovationspreisen ausgezeichnet, u. a. Webfuture Award und Innovationspreis der Buch-Digitale.

tredition ist Mitglied im Börsenverein des Deutschen Buchhandels.

Zeitfracht Medien GmbH
Ferdinand-Jühlke-Straße 7
99095 Erfurt, Deutschland
produktsicherheit@kolibri360.de